W0314646

Cynthia St. Aubin

Perfect Girl Paradox

Roman

Aus dem amerikanischen Englisch von
Tess Martin

HarperCollins

Die Originalausgabe erschien 2024 unter dem Titel
Summer of Perfect Mistakes bei Afterglow Books by Harlequin, Toronto.

1. Auflage 2025
© 2024, Cynthia St. Aubin
Deutsche Erstausgabe
© 2025 für die deutschsprachige Ausgabe
HarperCollins in der
Verlagsgruppe HarperCollins Deutschland GmbH
Valentinskamp 24 · 20354 Hamburg
info@harpercollins.de
Gesetzt aus der Adobe Garamond
von GGP Media GmbH, Pößneck
Druck und Bindung von CPI books GmbH, Leck
Printed in Germany
978-3-365-00986-4
www.harpercollins.de

Jegliche nicht autorisierte Verwendung dieser Publikation zum Training generativer Technologien der künstlichen Intelligenz (KI) ist ausdrücklich verboten. Die Rechte der Urheberinnen und des Verlags bleiben davon unberührt.

Druckprodukt mit finanziellem
Klimabeitrag
ClimatePartner.com/15109-2009-1001

FSC
MIX
Papier
FSC® C083411

Eins

Schnall dich einfach ab.

Und zwar jetzt sofort.

Lark Hockney saß wie erstarrt auf dem Beifahrersitz des makellosen Land Rovers ihrer Mutter, im Magen einen Eisklumpen, die Glieder schwer wie Blei.

Sie hätte niemals zustimmen dürfen.

Warum nur hatte sie gedacht, dass es diesmal anders werden würde?

Warum sollten sich plötzlich auf magische Weise all die Barrieren aufgelöst haben, die sie in den letzten Monaten daran gehindert hatten, auch nur die kleinsten Aufgaben zu erledigen?

»Ich kann mit reinkommen.« Diana Hockney, ungeheuer schick in einem maßgeschneiderten cremefarbenen Anzug, den sie an den Tagen trug, an denen sie Patienten empfing, drehte die sanfte Musik leiser.

Lark wusste, dass ihre Mutter die Musik mit Bedacht gewählt hatte, wie überhaupt alles in letzter Zeit: übertrieben vorsichtig wegen des fragilen Gemütszustands ihrer Tochter.

»Musst du nicht«, sagte Lark und zog einen Strich durch das Kondenswasser an ihrem Fenster. Sie standen schon lange genug am Bordstein, dass es beschlagen hatte.

»Natürlich *muss* ich nicht. Ich würde aber gern.« Ihre Mutter griff über die Armlehne nach ihrer schweißnassen Hand. »Ich weiß, wie einschüchternd das für dich sein muss.«

Lark blickte durch die vom Frühlingsregen nasse Windschutzscheibe auf die gedrungenen, einfallslosen Gebäude des Spring Valley Community College und unterdrückte ein bitteres Lachen.

Ihre ersten Tage in Dartmouth – der Alma Mater ihres Vaters – waren einschüchternd gewesen, und dennoch war sie damals mit einer an Hybris grenzenden Zuversicht in das ehrwürdige georgianische Gebäude hineinmarschiert.

Sie war schließlich die Tochter von Dr. Anderson Hockney.

Spitzenleistungen lagen ihr im Blut.

Zumindest hatte sie das gedacht.

»Hier geht es um einen Malkurs und nicht um ein Medizinstudium.« Mit dieser Bemerkung wollte sie die Stimmung auflockern, doch als sie sah, wie sich die blauen Augen ihrer Mutter verdunkelten, bekam sie sofort ein schlechtes Gewissen. Ihre lange Auszeit nach nur einem Semester Medizinstudium versetzte ihre Eltern – beide Gynäkologen mit eigener Klinik, die ein Eckpfeiler der eng verbundenen Gemeinschaft des Ortes war – in große Angst.

Eine Gemeinschaft, die fest damit rechnete, dass Lark in die großartigen Fußstapfen ihrer Eltern treten würde.

Sie aber war kläglich gescheitert.

Spektakulär und vor aller Augen.

»Liebes, wenn du noch nicht bereit bist …«

»Ich gehe ja schon.« Lark beugte sich vor und öffnete den Sicherheitsgurt, um nicht den zweiten Teil des Satzes hören zu müssen, der ihr so schmerzhaft vertraut war.

Du kannst dir mehr Zeit lassen.

Was sie dann jedes Mal daran erinnerte, wie wenig Zeit ihr in Wahrheit blieb.

Siebenundzwanzig Tage.

Dieser Countdown schwebte über ihrem Kopf wie die Klinge einer akademischen Guillotine.

Siebenundzwanzig Tage, in denen sie sich entscheiden musste, ob sie im Herbst das Medizinstudium fortführen oder ihren begehrten Platz als eine der zweiundneunzig Studentinnen aufgeben wollte, die jedes Jahr aus etwa siebentausend Bewerberinnen ausgewählt wurden.

»Hast du dein Handy dabei?«, fragte ihre Mutter.

Lark griff in die Kängurutasche ihres übergroßen Kapuzenpullis und hielt dann ihr Telefon hoch.

»Schickst du mir eine Nachricht, kurz vor Ende des Kurses?«

Lark widerstand dem Drang, zu seufzen und die Augen zu verdrehen. »Ja, Mom.«

Seit sie sich von ihrer Mutter aus dem Keller hatte locken lassen, hatten sie den Plan mindestens zehn Mal durchgesprochen.

Sie drückte die Wagentür gegen den regenschweren Luftzug auf.

»Lark?«

Feiner Nebel kühlte ihre Wangen, als sie sich ihre brandneue Portfolio-Tasche über eine Schulter warf. »Ja?«

Die Hoffnung in den Augen ihrer Mutter traf sie wie ein Messer in die Magengrube. »Du schaffst das.«

Lark nickte mit angespanntem Kiefer.

Beide hatten sie keinen Grund, das wirklich zu glauben.

Was die Tatsache, dass ihre Mutter am Straßenrand stehen blieb, bis Lark das geisteswissenschaftliche Gebäude betreten hatte, nur weiter bezeugte.

Die nassen Sohlen ihrer Turnschuhe quietschten auf dem Linoleum, als sie innehielt und von einer Welle der Nostalgie überrollt wurde. Der salbungsvolle Geruch von Leinöl und die erdige Note des Lehms. Sensorische Erinnerungen an eine Version ihrer selbst, die sie nicht mehr war.

An eine Lark, die mühelos Skizzen und Bilder anfertigte, von denen ihre Lehrer ganz und gar angetan waren. Niemals hätte sie es für möglich gehalten, dass sie eines Tages allein bei dem

Gedanken, einen Fuß in einen Kunstunterrichtsraum zu setzen, in Panik verfallen würde.

Sie holte tief Luft und ging zum Ende des Korridors.

»… und ich habe ihm gesagt, wenn ich wollte, dass jemand meine Klamotten kritisiert, wäre ich mit Phil verheiratet geblieben«, hörte sie eine sanfte Stimme, so süß und weich wie Sonnentee.

»Hast du nicht«, entgegnete eine heisere weibliche Stimme.

»Doch. Also muss ich wohl die App wieder aktivieren.«

»Oder du nimmst einfach unseren Kunstlehrer mit nach Hause«, schlug die zweite Stimme vor.

»Also bitte«, schnaubte die erste. »Ich hätte lieber einen Ziegenbock als einen Mann in den Zwanzigern. Macht weniger Arbeit.«

»Ich bin immer noch der Meinung, du und ich hätten heiraten sollen.«

Das Zischen der Tür hinter ihr kündigte entweder die Ankunft einer weiteren Studentin oder des besagten Kursleiters an. Das war der Anstoß, den Lark brauchte, um sich wieder in Bewegung zu setzen. Tief durchatmend steuerte sie auf einen Tisch im hinteren Teil des Klassenzimmers zu, wo sie sich einen Stuhl heranzog und schnell hinsetzte.

Die beiden Frauen, die mindestens zehn Jahre älter waren als sie, drehten sich um und sahen sie mit überraschten und neugierigen Blicken an.

Noch bevor sie sich einander vorstellten, erkannte Lark in der braun gebrannten blonden Frau, die ein Vintage-Sommerkleid trug und wie eine ehemalige Schönheitskönigin aussah, Sprecherin Nummer eins – Tammy, wie sich herausstellte. Sprecherin Nummer zwei trug Blazer und Stiefel, hatte dunkle Haut und einen wilden Kranz aus kleinen Locken um den Kopf – Linda.

»Lark Hockney«, murmelte sie und zwang sich zu einem Lächeln, bevor sie sich in den übergroßen Kapuzenpulli kuschelte, der ihr als Talisman zur emotionalen Unterstützung diente.

»Guten Abend, meine Damen.« Eine tiefe, volltönende Stimme war zu hören, noch ehe der Kursleiter den Raum betrat und dann mit dem Rücken zu ihnen eine Umhängetasche und einen Karton auf den Tisch stellte. Ohne sich umzudrehen, begann er, den Inhalt auszupacken. Eine rostige Teekanne. Mehrere rote und grüne Äpfel. Eine Art Samenkapsel. Ein schwarzes Tuch.

Stillleben-Bestandteile.

Selbst in ihrem verdüsterten Zustand bemerkte Lark, dass er groß war, breitschultrig und einen Kopf voller dunkler, zerzauster Locken hatte, die den Kragen seines hellblauen Hemdes streiften. Die verblichenen Jeans schmiegten sich eng genug an seine schlanken Hüften, um einen kleinen, aber wohlgerundeten Hintern zu betonen. Er trat einen Schritt von dem Tisch zurück, kramte ein Handy aus der Tasche und rief ein Bild davon auf, was vermutlich das Arrangement der letzten Woche gewesen war.

»Was meinen Sie, meine Damen?«, fragte er. »Ähnlich genug?«

Larks Herz machte einen Satz, als er sich zu ihnen umdrehte und ein schwindelerregendes Wiedererkennen sie durchflutete.

Sie kannte ihn.

Oder wusste zumindest, wer er war.

Nick Hoffman.

Ein Name, an den sie seit Jahren nicht mehr gedacht hatte, der aber eine ganze Reihe von Assoziationen hervorrief. Enthusiastisch schwache Leistungen. Unerwünschte philosophische Debatten mit Lehrern. Ständiges Nachsitzen. Ein Computervirus, der die Blackboard-App der Spring Valley High School eine komplette Woche lang lahmgelegt hatte. Handgezeichnete Graphic Novels, die er stattdessen bei Prüfungen einreichte, weil er die Aufgabenstellung für unsinnig hielt.

Was meistens der Fall war.

Seine gebogene Nase war länger und breiter als früher, wozu die ausgeprägten Wangenknochen und sein markanter Kiefer hervorragend passten. Seine großen grauen Augen glänzten seelenvoll hinter der schicken Drahtgestellbrille, die er in der Highschool noch nicht getragen hatte. Doch der entscheidende Hinweis war die Narbe. Ein blasser, Zehn-Cent-Stück-großer Fleck direkt unter seinem rechten Auge. Lark konnte sich noch daran erinnern, wie diese Narbe ganz frisch gewesen und von einer üblen Schramme auf dem Wangenknochen und dem Kiefer begleitet worden war. Sie stammte von dem Autounfall, der seinen Vater das Leben gekostet hatte, damals, als sie ein Jahr lang dieselbe Klasse besucht hatten.

Die ganze Schule hatte Nick mit unschönem Mitleid beobachtet, wie sie erst jetzt begriff, nachdem sie es selbst erlebt hatte. Seit dem »Vorfall« wurde sie genauso angeschaut, was der Grund war, weshalb sie so selten wie möglich das Haus verließ.

Spring Valley, eine verschlafene Touristenfalle inmitten der sanften grünen Hügel Virginias, verlangte von seinen Einwohnern, dass sie in feste Rollen schlüpften, die genauso leicht zu identifizieren waren wie die Sehenswürdigkeiten der Stadt.

Lark war früher einmal der Liebling aller gewesen.

Prom Queen. Abschiedsrednerin. Von den blumengeschmückten Umzugswagen herabwinkend, die die Main Street entlangfuhren. Frisch wie der Strauß rosa Pfingstrosen in ihren Armen und strahlend wie das Diadem auf ihrem naiven Köpfchen.

Lark wusste, dass Nick sie erkannt hatte, denn er räusperte sich und setzte eine höfliche Miene auf. Ob er sie jetzt auffordern würde, aufzustehen und sich vorzustellen?

Er neigte nur den Kopf und schenkte ihr ein verschwörerisches Lächeln. »Herzlich willkommen«, sagte er. Dann: »Wer kann mir die vier Grundprinzipien von Design aufzählen?«

Die Armreifen an Tammys Handgelenk klirrten, als ihre Hand hochschoss.

»Bitte schön, Tammy.«

Deren Pecan-Pie-süße Antwort ging vollkommen an Lark vorbei, so erleichtert war sie, einer offiziellen Vorstellung entkommen zu sein.

»Und nach welchem Prinzip sieht ein roter Apfel röter aus, wenn man ihn neben einen grünen Apfel legt?«, fuhr Nick fort und deutete auf das Stillleben-Arrangement.

»Simultankontrast.« Der Klang ihrer eigenen Stimme ließ sie aufschrecken. Leise und rau, weil sie kaum noch gebraucht wurde.

»Das stimmt.« Nicks Grinsen ließ seine geraden weißen Zähne aufblitzen.

Hatte sie ihn in der Highschool jemals lächeln sehen?

In ihrer Erinnerung hatte in seinem Blick, den sie im Kunstunterricht gelegentlich aufgefangen hatte, bestenfalls ein süffisantes Grinsen gelegen.

»Angeberin«, schalt Tammy sie, doch ihr Lächeln deutete an, das sie das als Kompliment meinte.

»Schon gut, Tammy.« Nick ging in den hinteren Teil des Klassenzimmers, um eine Lampe anzuschalten. »Lark soll nicht denken, dass Neulinge hier routinemäßig schikaniert werden.«

In der Dunkelheit, die nur durch einen auf die Stilllebenobjekte gerichteten Lichtstrahl durchbrochen wurde, fühlte sich Lark sofort wohler.

»Diese Woche möchte ich, dass ihr euch auf die Darstellung verschiedener Farben von Früchten mit einem Graustufenmedium wie dem Bleistift konzentriert«, sagte Nick, als er nach vorne zurückkehrte und einen Bluetooth-Lautsprecher aufstellte. Elvis' rauchige Stimme erfüllte das Klassenzimmer.

»Der könnte selbst einen Priester um den Verstand singen«, seufzte Tammy.

»Ich wette, dann kämen mehr Leute zur Sonntagsmesse«, meinte Linda, während beide Frauen ihre Taschen durchwühlten.

Froh, eine Aufgabe zu haben, förderte Lark einen Skizzenblock mit dickem, cremefarbenem Papier und ein Metalletui mit Zeichenstiften zutage.

Wie ihre nagelneue Portfolio-Tasche waren auch diese von Larks Mutter gekauft worden.

Ein kluges Geschenk, mit dem sie ihrer Teilnahme an diesem Kurs zumindest einen Hauch von Freiwilligkeit zu verpassen versuchte.

Warum ihre Mutter sich speziell für diese Taktik entschieden hatte, war ebenso offensichtlich wie ironisch: Lark hatte Kunst früher geliebt, genau genommen sogar dafür gelebt. In ihrem Abschlussjahr, das vollgestopft war mit Förderkursen, die ihren Weg aufs College beschleunigen sollten, war Kunst für sie ein nicht verhandelbarer Teil des Stundenplans gewesen, den sie mit der Hilfe ihres Vaters erstellte. Die einzige Möglichkeit, etwas aus reinem Vergnügen zu erschaffen.

Ein Motiv, das ihr später, als sie dann die Anforderungen für das Medizinstudium in Dartmouth durchlas, geradezu frivol vorkam.

Wir wissen, wie sehr du die Ölmalerei liebst, Schätzchen, aber ist dir dieses Wahlfach wirklich ein zusätzliches Semester wert?

Und da diese Frage der Vater stellte, den sie vergötterte, lautete die Antwort natürlich Nein.

Jetzt aber ließ man ihre ehemalige Leidenschaft wie eine Karotte vor ihrer Nase baumeln, in der Hoffnung, dass sie endlich wieder zu funktionieren begann wie früher einmal. Sie bezweifelte jedoch sehr, dass das Zeichnen von Granny-Smith-Äpfeln ein Burn-out-Kid unversehens wieder in eine Überfliegerin verwandeln konnte, schon gar nicht in siebenundzwanzig Tagen.

Und doch war sie hier.

»Vergesst eure Lichtquelle nicht«, rief Nick, ließ sich auf einem Stuhl am Nachbartisch nieder und klappte seinen Laptop auf.

Resigniert wählte Lark einen Bleistift aus der ordentlichen Reihe und ließ ihn zwischen ihren Fingern hin- und herrollen. Es war so lange her, dass sie einen Stift gehalten hatte, dass er ihr unangenehm in der Hand lag.

Wie gelähmt starrte sie so lange auf das Stillleben, bis es sich beim Blinzeln als leuchtendes Weiß hinter ihren Augenlidern abzeichnete.

Sie hatte keine Ahnung mehr, wie das ging.

Wo oder wie sie anfangen sollte.

Schweißperlen rannen ihr von den Achselhöhlen über die Rippen, als sie den Bleistift auf das Blatt drückte.

Mach einfach einen Punkt. Irgendwo.

Die Grafitspitze berührte das Papier, und sie versuchte, den runden Umriss des roten Apfels neben seinem hellgrünen Nachbarn heraufzubeschwören. Doch immer wenn sie aufblickte, um einen visuellen Vergleich anzustellen, wirkten ihre Bemühungen flach und kindisch.

Was sie in dem teuren Materialpaket, das ihre Mutter zusammengestellt hatte, nicht finden konnte, war ein Radiergummi.

Sie riss das Blatt ab und begann von Neuem.

Je länger sie auf die Komposition starrte, desto mehr störte sie sich daran. Die luftlose Nähe zwischen dem Apfel und der Teekanne. Die unnatürliche Positionierung der fremdartig aussehenden Samenkapsel zur Teetasse. Wann im wahren Leben würde jemand beim Teetrinken Äpfel neben die Kanne legen?

Das ergab gar keinen Sinn.

Heißer Zorn ergriff sie.

Was wollte sie sich hier überhaupt beweisen?

»Mr. Hoffman?« Tammy hob einen schlanken Arm. »Könnten Sie sich das kurz ansehen?«

»Nenn mich Nick«, sagte er und drückte sich vom Tisch zurück. »Und du brauchst dich nicht zu melden.«

»Meine Oma würde sich im Grab umdrehen, wenn sie wüsste, dass ich einen College-Professor beim Vornamen nenne.«

»Oma kann beruhigt sein«, entgegnete Nick. »Ich bin kein Professor und habe nicht einmal einen Collegeabschluss. Ich habe die NYU im dritten Jahr verlassen und brauchte, um diesen Kurs überhaupt unterrichten zu dürfen, eine Sondergenehmigung der Leiterin der Geisteswissenschaften.«

»Sie muss eine hohe Meinung von dir haben.« Tammy legte eine Hand unters Kinn und klimperte mit ihren langen Wimpern.

»Das hoffe ich«, antwortete Nick, »schließlich ist sie meine Mutter.« Er lehnte sich vor und blickte zwischen dem Arrangement der Gegenstände und Tammys Kunstwerk hin und her. »Okay, siehst du, wie sich in deiner Zeichnung der Schatten des roten Apfels parallel zum grünen Apfel erstreckt?«

»Mhm«, sagte Tammy, die nicht auf ihre Zeichnung, sondern auf Nicks muskulösen Unterarm schaute. Lark folgte ihrem Blick und konnte nicht umhin, die wohlgeformten Umrisse von der Ellenbeuge bis zum Bizeps zu bemerken, die sich unter dem Stoff seines Hemdes abzeichneten.

»Damit dieser Schatten räumlich akkurat wäre, müsste der Apfel teilweise *in* der Teekanne liegen.« Er warf einen Blick auf Tammy, die hastig blinzelnd die Augen abwandte.

»Das ist absolut richtig«, meinte sie.

Als Lark ein kleines Grinsen in Nicks Mundwinkel bemerkte, überkam sie eine verblüffende Erkenntnis.

Er wusste *ganz* genau, worauf Tammy ihre Aufmerksamkeit gerichtet hatte.

»Darf ich?«, fragte er und streckte die Hand nach Tammys Bleistift aus.

»Natürlich.«

»Um das zu beheben, müssen wir nur den Winkel des Schattens verändern.«

Lark starrte wie gebannt auf seine starken, anmutigen Hände, überrascht von dem enormen warmen Gefühl, das sich in ihrer Mitte ausbreitete.

Sie bemerkte, dass sie nicht länger Tammy beobachtete, wie diese Nick beobachtete … sie beobachtete ihn selbst.

Spürte eine intensive, magnetische Anziehungskraft, die sich aufbaute.

Wann hatte sie so etwas zum letzten Mal erlebt? In den ganz frühen Tagen mit Reese vielleicht?

So lange konnte das unmöglich her sein.

Oder doch?

»Alles klar?« Nick gab Tammy den Bleistift zurück.

Lark entging sein rascher Blick auf ihr eigenes erbärmliches Liniengewirr auf dem Papier nicht, als er sich aufrichtete.

Alles okay?, formte er lautlos mit den Lippen, wobei sich auf seiner Stirn neben einer dunklen Haarlocke eine Falte bildete.

Lark nickte schnell, denn der Gedanke, dass er genauso nah neben ihr stehen könnte wie gerade bei Tammy, war gleichermaßen aufregend wie beängstigend.

Nick warf ihr ein ermutigendes Lächeln zu und kehrte zu seinem Platz zurück. Eine verflixt lange Zeit legte sie weitere Fehlstarts hin, ihre Frustration erreichte den Höhepunkt, gerade als das Licht wieder angeschaltet wurde.

»Also gut.« Nick rieb sich die Hände. »Wollen wir mal nachsehen?«

Linda und Tammy lehnten sich in ihren Stühlen zurück und gewährten Lark einen Blick auf das, was sie produziert hatten. Als sie deren enthusiastische, aber dilettantische Bemühungen sah, wappnete sie sich für die Kritik, die die beiden gleich zu hören bekämen.

Was jedoch nicht der Fall war. Nick machte lediglich vage, in aufmunternde Komplimente verpackte Vorschläge.

Wie sollten sie besser werden, wenn sie gar nicht wussten, was sie falsch machten?

Sie fragte sich, ob er ihnen aus Mitleid oder aus Desinteresse kein ehrliches Feedback gab.

Weder das Eine noch das Andere könnte sie ertragen. Nicks sturmgrauen Augen würde nichts entgehen, wenn er ihre chaotischen Zeichnungen sah. Wahrscheinlich konnte er sich noch daran erinnern, wie gut sie früher gewesen war, und würde mitleidig nach etwas Positivem suchen, das er sagen konnte.

Das war nicht auszuhalten.

Nicht eine einzige Sekunde länger.

Ohne abzuwarten, dass er Linda Komplimente über ihre Kreuzschraffur machte, zerknüllte Lark ihre Blätter, schnappte sich die Tasche und verließ das Klassenzimmer.

Sie lief mehrere leere Korridore entlang, bis sie zu einer Sitzecke vor den Verwaltungsbüros kam, wo eine riesige Wanduhr anzeigte, dass ihre Mutter sie erst in zwanzig Minuten abholen würde. Sie zu bitten, früher zu kommen, würde nur zu einer weiteren Diskussion führen, auf die Lark keine Lust hatte. Zudem erschienen ihr zwanzig Minuten unbeaufsichtigtes Doomscrolling durch die sozialen Medien, nachdem sie fast eine Stunde in der Gegenwart anderer Menschen verbracht hatte, geradezu wie der Himmel auf Erden.

Sie ließ sich auf einen der Stühle plumpsen und zückte ihr Handy.

Der Bildschirm blieb hartnäckig dunkel.

Tot.

Sie hatte völlig vergessen, den Akku zu überprüfen, und da sie so selten das Haus verließ, hatte sie auch nicht daran gedacht, ein Ladegerät mitzunehmen.

Heimtückische Tränen trübten ihre Sicht. Sie hasste es, wie sehr solche kleinen Unachtsamkeiten sie aus dem Gleichgewicht bringen konnten. Ein weiterer Beweis dafür, dass sie in keiner Weise bereit war, aufs College zurückzukehren.

Entsetzt bei der Vorstellung, zwanzig Minuten allein mit ihren Gedanken verbringen zu müssen, schnappte sie sich eine der Zeitschriften vom Beistelltisch. Der Redakteur von *Campus Life* schien zu glauben, dass Studenten ihre Zeit damit verbrachten, sich auf dem Rasen zum Picknick zu versammeln und zuzuhören, wie jemand auf einer Gitarre herumzupfte.

Medizinstudenten jedenfalls ganz sicher nicht, dachte sie verbittert.

Um fünf vor neun hörte sie Stimmen auf dem Flur, Tammy und Linda verließen das Gebäude. Erst als ein paar Minuten später weitere Schritte folgten, kam Lark aus ihrem Versteck hervor und machte sich auf den Weg zum Parkplatz.

Feiner Regen fiel, kühlte ihre Wangen und legte sich auf ihre Haut.

Da der SUV ihrer Mutter nirgends zu sehen war, ging sie zu einer hüfthohen Backsteinmauer und stellte ihre Tasche ab, um zu warten.

Und zu warten.

Und zu warten.

Ihr unterer Rücken schmerzte vom Stehen, da sie in den letzten Monaten hauptsächlich vom Schlafzimmer ins Bad und wieder zurück geschlurft war, mehr nicht. Sie stützte sich mit beiden Händen auf den kühlen Ziegelstein, um sich hochzustemmen und auf die Mauer zu setzen.

Ihre Mutter konnte sehr zerstreut sein, aber nachdem sie so hart dafür gearbeitet hatte, Lark zu diesem Kurs zu überreden, konnte sie sie auf keinen Fall vergessen haben. Da dies einer der seltenen Abende war, an denen sie keine beruflichen oder sozialen Verpflichtungen hatte, würde sie direkt von zu Hause kommen, und es handelte sich um eine fünfzehnminütige Fahrt, die Diana Hockney schon Hunderte Male zuvor gemacht hatte.

Somit gab es nur zwei Erklärungen: ein schrecklicher Unfall oder eine Notgeburt.

Kalte Krallen gruben sich in ihren Magen.

Noch vor sechs Monaten wäre das keine große Sache gewesen, aber jetzt, als sie im Regen auf dieser Backsteinmauer saß wie eine Art Dickens'scher Straßenjunge, fühlte Lark sich … verloren. Allein.

Verängstigt.

Irrational wütend.

Das Schlagen von Türen hinter ihr ließ sie aufschrecken.

Sie warf einen Blick über die Schulter und sah Nick Hoffman den Bürgersteig entlangkommen.

Bitte geh einfach zu deinem Auto, versuchte sie ihm im Stillen mitzuteilen. *Bitte sieh mich nicht.*

Lark hielt die Luft an, als er in der Tasche seiner Jeans kramte und dann einen Schlüssel herausfischte. Die Scheinwerfer des einzigen Autos auf dem Parkplatz tauchten sie in silbriges Licht, sie musste ihre Augen abschirmen.

Nick drehte sich zu dieser Bewegung um, und ihre Blicke trafen sich.

Er kam direkt auf sie zu.

Zwei

Er hätte nicht nach Hause zurückkehren sollen.

Dieser Gedanke ging Nick Hoffman nicht mehr aus dem Kopf, seit er mit seinem BMW vor fast einem Monat die Stadtgrenze von Spring Valley passiert hatte.

Womit sich die irrsinnige Vorstellung, dass ihm die Rückkehr in eine Stadt, die er eigentlich hasste, helfen könnte, sich von seinem hektischen Leben in Manhattan zu erholen, umgehend in Luft auflöste.

Und zwar noch bevor seine Mutter ihn dazu überredete, einen Kunstkurs für zwei, oder nein, drei Schülerinnen zu halten.

Eine von ihnen hockte in diesem Moment auf der Parkplatzmauer wie eine Prinzessin, die sich in einen steinernen Wasserspeier verwandelt hatte.

Nick hatte sich so sehr gewünscht, dass sie schon weg wäre.

Sie *musste* einfach weg sein.

Und genau aus diesem Grund hatte er zehn Minuten länger als nötig im Klassenzimmer herumgewerkelt, bevor er sich auf den Parkplatz wagte.

Ihm war klar gewesen, dass er exakt das tun würde, was er jetzt tat, als er Lark Hockney mit diesem entsetzten Ausdruck auf ihrem blassen, herzförmigen Gesicht sah.

Sich kopfüber in ein Drama stürzen, das ihn nichts anging. Was genau das Gegenteil von dem war, worum es in diesem Sommer gehen sollte.

Hattest du nicht vor, dich hier auf nichts einzulassen?

Er konnte die Stimme seines Vaters so deutlich hören, als säße sein alter Herr wie ein Zeichentrickteufel auf seiner Schulter.

Beunruhigend, wenn man bedachte, dass Pop schon seit zehn Jahren tot war.

Und doch passierte genau das immer wieder, seit er im Haus seiner Mutter wohnte.

Ein toter Mann, der ihm ungefragt Ratschläge zu seiner Karriere gab. Seinem Liebesleben. Seinem Schwur, alles zu vermeiden, was in etwa den Verstrickungen ähneln könnte, die er beim Verlassen der Stadt hinter sich gelassen hatte.

Ein Schwur, den er nun brach.

Nick räusperte sich. »Hey«, sagte er.

»Hey.«

»Wartest du auf jemanden?«, fragte er.

Lark zog ihren übergroßen Kapuzenpulli fester um sich. »Nö. Mir gefällt nur die Aussicht.«

Sie besaß also zumindest noch genug Kampfgeist, um eine neunmalkluge Antwort zu geben. Das war gut.

Was nach allem, was er vorhin beobachtet hatte, nicht unbedingt zu erwarten gewesen war.

Sie zu sehen, hatte ihn schwer schockiert.

Lark Hockney. Die Königin der gesamten verdammten Highschool, hatte sich in ein blasses, dünnes, zittriges Gespenst verwandelt, das auf seinen Skizzenblock starrte, als wäre es von ihm verraten worden. Der Ausblick auf den einsamen Parkplatz war auch nicht viel freundlicher.

»Ich werde jeden Moment abgeholt.«

»Cool.« Er lehnte sich gegen die Wand.

»Ich bin echt okay.« Sie nagte an einer bereits zerfetzten Nagelhaut. »Du musst nicht hierbleiben.«

Nick schenkte ihr ein, wie er hoffte, beschwichtigendes Lächeln. »Es macht mir nichts aus.«

Lark ballte sich zu einem noch festeren Knäuel zusammen, was er bis zu diesem Moment nicht für möglich gehalten hätte. »Also, ich will nicht unhöflich sein, aber ich wäre wirklich lieber allein, okay?«

»Kein Problem.« Nick raffte seine Sachen zusammen, ging ein paar Schritte den Bürgersteig entlang und stellte sie dann wieder ab.

Lark drehte sich um und sah ihn an. »Du bist immer noch hier.«

»Das hängt davon ab, wie du *hier* definierst«, antwortete er.

»Ich kann dich noch sehr gut sehen«, bemerkte sie.

»Der Solipsismus besagt, dass das Wissen über alles, was außerhalb des eigenen Geistes liegt, unsicher ist. Die äußere Welt und andere Gedanken kann man nicht kennen, und deswegen existieren sie vielleicht gar nicht. Also technisch gesehen …«

»Damit hast du deine Abschlussprüfung in Kunstgeschichte nicht retten können, und es funktioniert auch jetzt nicht.«

Nick war überwiegend geschmeichelt, dass sie sich daran erinnerte. Denn er hätte gewettet, dass Lark Hockney sich vor allem daran erinnerte, wie er die Jahrbuchseite ruiniert hatte, indem er sich geweigert hatte, sich fotografieren zu lassen. Weshalb ihr perfektes Foto für alle Ewigkeit über einer schwarzen Fläche namens Fenwick Hoffman schweben würde.

Verdammt, ich war wirklich ein überheblicher kleiner Scheißer.

»Wie wäre es dann damit? Ich würde mich nicht wohlfühlen zu gehen, bevor du abgeholt wirst. Betrachte es als die moralische Verpflichtung deines Kursleiters.«

Lark sprang von der Mauer herunter und schnappte sich ihre Mappe vom Bürgersteig. »Ich bin nicht daran interessiert, jemandes moralische Verpflichtung zu sein.«

Ihre Worte klangen giftig genug, um zu bestätigen, was er bereits vermutet hatte.

Sie hatte sich nicht aus freien Stücken für seinen Kurs angemeldet.

Nick joggte ein Stück, um sie einzuholen, als sie auf den Ausgang des Parkplatzes zumarschierte. »Hör mal, ich will mich nicht einmischen, aber du kannst nicht nach Hause laufen.«

»Warum nicht?«, fragte sie. »Ich gehe gern zu Fuß.«

»Selbst unter normalen Umständen wäre das keine gute Idee.«

Lark blieb abrupt stehen und warf ihm einen eisigen Blick zu. »Unter normalen Umständen?«

Sein Herz begann zu pochen. »Wenn es nicht stockdunkel wäre, regnen würde und euer Haus nicht so weit außerhalb der Stadt läge, dass sogar ein Marine sich weigern würde, zu Fuß zu gehen.«

Ihr verkniffenes Lächeln erreichte ihre rot geränderten Augen nicht. »Ich bin okay, Nick. Versprochen.«

»Nein, bist du verdammt noch mal nicht.« Die Worte waren aus seinem Mund gekommen, und jetzt konnte er sie nicht mehr zurücknehmen. »Du hast dreißig Minuten lang hinten in meinem Klassenzimmer gesessen, als würdest du gleich losheulen, und den Papierkorb mit einem halben Dutzend Skizzen gefüllt. Jetzt stehst du im Regen, bist klatschnass und wartest darauf, abgeholt zu werden. Du siehst aus, als hättest du seit einem Jahr nicht mehr geschlafen, und ich lasse dich auf keinen Fall allein im Dunkeln am Stadtrand zurück.«

Zu seinem blanken Entsetzen begann ihr Kinn zu zittern. Ohne Vorwarnung ließ sie die Mappe auf den Boden fallen und rannte davon.

»Lark!«, rief er ihr hinterher. »Warte.«

Zu spät fiel ihm ein, dass sie auf der Spring Valley High eine der besten Sprinterinnen des Landes gewesen war.

Leise fluchend warf er einen Blick zurück auf den Parkplatz.

Seine Chancen, sie einzuholen, während er ihre Tasche trug, waren gering bis gar nicht vorhanden. Er änderte die Richtung, rannte zu seinem Auto, pfefferte die überdimensionale Mappe auf den Rücksitz und startete den Motor, noch bevor er sich angeschnallt hatte. Er entschuldigte sich in Gedanken bei seiner Mutter und trat aufs Gas.

Lark war bis zur ersten Ampel gekommen, als er neben ihr an den Bordstein fuhr und das Fenster auf der Beifahrerseite herunterkurbelte.

»Weißt du, die SVPD patrouilliert noch immer ständig auf dieser Straße«, schrie er so laut, dass sie ihn durch das Fenster hören konnte. »Wenn du also nicht von einem Spring-Valley-Polizisten mitgenommen werden willst, solltest du lieber einsteigen.«

Der Regen wurde jetzt heftiger, er prasselte auf die Windschutzscheibe und schlug gegen das Schiebedach. Endlich wurde Lark etwas langsamer, dann hielt sie ganz an. Sie blieb schwer atmend, den Blick auf die vor ihr liegende Straße gerichtet, mitten auf dem Bürgersteig stehen. Er konnte den Kampf, den sie im Geiste austrug, praktisch sehen.

Erst in diesem Moment wurde ihm klar, dass sie zwar seinen Namen kannte, aber deswegen noch lange nicht *ihn*.

Damals jedenfalls hatte sie ihn nicht gekannt.

Und jetzt auch nicht.

»Wenn du Bedenken hast, kannst du jemanden anrufen und auf Lautsprecher stellen, während wir fahren«, schlug er vor.

»Mein Handy ist tot«, antwortete sie mit flacher Stimme.

»Dann können wir meins nehmen.« Er holte es aus seiner Tasche und hielt es ihr vor die Nase.

Lark sackte etwas zusammen, und er spürte einen Anflug von Erleichterung, als sie auf seinen Wagen zuging.

Er öffnete die Beifahrertür, und Lark glitt hinein. Er wollte ihr sein Handy geben, doch sie schüttelte nur den Kopf.

»Ist schon in Ordnung«, sagte sie.

Nick wusste nicht, ob er geschmeichelt sein sollte oder besorgt über ihre mangelnde Vorsicht.

Er tastete auf dem Rücksitz nach seiner Sporttasche und zog ein Handtuch heraus. »Es ist sauber«, sagte er. »Und ich benutze Weichspüler und alles.«

Zumindest, solange er sich in der Nähe seiner Mutter aufhielt, die behauptet hatte, sich mit Sandpapier abtrocknen zu müssen, als sie einmal in seinem Rattenloch in Manhattan übernachtet hatte.

»Danke.« Lark trocknete sich das Gesicht ab, bevor sie den durchnässten Kapuzenpullover über den Kopf zog. Das Tanktop darunter war ebenfalls feucht und klebte so an ihren Brüsten, dass seine Jeans eng wurde.

Dann tupfte sie das Top ab und zog sich ein Gummiband aus dem Haar. Die vom Regen dunklen kastanienbraunen Locken reichten ihr bis zu den Rippen und füllten den Wagen mit einem zarten Blütenduft. Lark beugte sich vor, wickelte das Handtuch um die Haare und wrang es wie einen Waschlappen aus.

Nick räusperte sich, dann riss er den Blick von ihr los. »Wohin?«, fragte er.

Eine feuchte Strähne streifte seinen Arm, als Lark ihr Haar über die Schulter warf und mit dem Handtuch über ihren Kopf rieb. »Lakewood Estates.«

»Anschnallen«, sagte er.

Sie gehorchte, und er fuhr los.

Nick versuchte erfolglos, nicht zu bemerken, wie sich der Gurt an den nun durchsichtigen Stoff ihres Oberteils schmiegte.

Als er an einer Ampel hielt, durchforstete er sein Hirn nach einem unverfänglichen Gesprächsthema. »Was hat dich hierher zurückgebracht?«, fragte er. »Du bist am Dartmouth College, wenn ich mich recht erinnere?«

Sie hielt in der Bewegung inne. »Ich war.«

Ihre Stimme klang erstickt, er sah, wie ihr erneut Tränen in die Augen stiegen.

Shit.

»Es tut mir leid«, sagte er. »Ich wollte dich nicht aufregen.«

»Hast du nicht«, gab sie zurück. »Ich bin diejenige, die sich entschuldigen sollte.«

»Wofür?« Nick drückte den kleinen Knopf an seiner Konsole, um die beschlagene Scheibe zu reinigen.

»Dass ich den Unterricht früher verlassen habe. Dass ich dich gezwungen habe, mir im Regen hinterherzujagen. Dass ich dein Handtuch schmutzig gemacht habe.«

»Erstens und zweitens sind kein großes Ding, und drittens ist nichts, was ein Waschgang nicht beheben könnte. Außerdem hast du das, woran wir momentan arbeiten, schon in der zehnten Klasse gezeichnet.« An der Ampel, die die Main Street mit der King James Avenue am Rande der malerischen historischen Innenstadt von Spring Valley verband, wurde er langsamer.

Lark lehnte sich im Sitz zurück und starrte aus dem Fenster. »Glaub mir, was auch immer für ein Talent ich einmal hatte, ist längst verschwunden.«

»Das bezweifle ich stark«, sagte Nick.

Lark rollte den Kopf an der Kopfstütze in seine Richtung. »Ich konnte nicht einmal einen *Apfel* zeichnen.«

Nick zog eine Augenbraue hoch. »Und glaubst du, dass diese Tatsache deine Zukunft maßgeblich beeinflussen wird?«

»Darum geht es nicht. Es geht darum, dass ich etwas nicht mehr kann, was ich früher gut konnte.«

»Ich war mal gut im Radschlagen«, sagte Nick. »Ich kann dir gern zeigen, wie das jetzt aussieht, wenn du dich dann besser fühlst.«

Ihre Mundwinkel hoben sich leicht. »Das würdest du tun?«

»Scheiße, nein«, rief er. »Das war geblufft. Ich bin auch furchtbar schlecht im Kartenmischen, wenn du willst, kann ich nächste Woche ein Kartenspiel mitbringen, um es dir zu zeigen. Vorausgesetzt, du hast überhaupt vor, noch einmal zum Unterricht zu kommen.«

»Oh, dafür wird meine Mutter schon sorgen. Dass ich heute wieder nach Hause komme, hat sie dagegen …« Sie brach ab.

Sein Puls beschleunigte sich mit einem Anflug von Wut, die vollkommen unberechtigt war. »Auf sie hast du also gewartet?«

Lark nickte und schloss die Augen, als sie weiter in ihrem Sitz zurücksank. »Ja.«

Sein Griff um das Lenkrad wurde fester. »Und sie hat nicht angerufen oder geschrieben oder so?«

»Mein Handyakku ist leer, schon vergessen?« Sie gähnte. »Wahrscheinlich steckt sie mitten in einer Geburt«, sagte sie mit verschlafener Stimme.

»Stimmt ja«, erwiderte er. »Deine Eltern haben eine eigene Klinik.«

Ein Arzt-Ehepaar. Weitaus beeindruckender als eine Highschool-Lehrerin und jetzt Dezernentin und ein NYPD-Beamter in einer Kleinstadt. Nicks Eltern hatten sich im Hinterland von New York kennengelernt und dort geheiratet, bevor sie durch Neuengland zogen und sich schließlich kurz vor der Pensionierung seines Vaters in Spring Valley niederließen. Eine Stadt, in der sein Vater als Kind einige idyllische Sommer im Haus seines Großvaters verbracht hatte.

Nicks Erfahrungen waren hingegen … völlig anders gewesen.

Er betätigte den Blinker und bog nach rechts in die exklusive Wohngegend ein, die an einen weitläufigen Golfplatz grenzte. Große Mittelklassehäuser in allen architektonischen Varianten schossen zu beiden Seiten des abgeschiedenen Vororts aus dem Boden. Übergroße französische Chateaus. Mediterrane Miniaturvillen. Ordentliche Tudor-Landhäuser. Alle waren kunstvoll von unten beleuchtet, sodass man sie sowohl bei Tag als auch bei Nacht bewundern konnte.

Wie sein Ostküstenakzent waren auch die vergleichsweise begrenzten finanziellen Mittel seiner Eltern während seiner Highschool-Zeit ein Problem gewesen. In Spring Valleys relativ wohlhabenden Kreisen war er aufgefallen wie ein zerquetschter Daumen.

»Du bist also nach der NYU zurück nach Spring Valley gezogen?«, fragte Lark, als ob sie seine Gedanken gelesen hätte.

Es war die erste persönliche Frage, die sie ihm stellte. »Ich lebe immer noch in New York City«, sagte er. »Ich bin nur den Sommer über hier.«

»Nur zu Besuch?«, fragte sie.

»So etwas in der Art.« So etwas in der Art bedeutete in seinem Fall, sich zu verstecken. Er war vor der immer unangenehmer werdenden Erkenntnis geflüchtet, dass seine Karriere, die Firma, das ganze Leben, das er sich in der Stadt aufgebaut hatte, bröckelte.

»Und da hast du beschlossen, aus Spaß einen Kunstkurs zu unterrichten.«

»Das hat eher meine Mutter beschlossen«, entgegnete er. »Normalerweise ist das ihre Klasse, aber sie wollte ihre Stunden reduzieren und konnte niemanden sonst finden.«

Das jedenfalls hatte sie ihm erzählt. Nach der ersten Woche zu Hause hatte er uberrascht festgestellt, dass seine Mutter nicht nur diesen Kurs, sondern alle ihre Kurse gestrichen hatte. Genauso ihre Tätigkeit als Dezernentin. Auf seine Frage, warum sie sich diese Auszeit nähme, hatte sie nur mit den Schultern gezuckt und gesagt, sie wolle mehr Zeit mit Gartenarbeit verbringen. Eine Behauptung, der Nick ungefähr so viel Glauben schenkte wie der, dass er das Haus mehr oder weniger für sich allein haben würde, weil sie »seinen persönlichen Freiraum respektierte«.

Was bisher noch nie der Fall gewesen war.

Für eine dermaßen unverblümte Frau wie sie konnte Julia erstaunlich verschwiegen sein, wenn es um ihre Beweggründe ging.

»Und das tust du auch in New York?«, fragte sie. »Unterrichten?«

Eher scheitern. Säure stieg in seinem Magen auf, als er sich an die Umstände seiner Abreise erinnerte. Ein heftiger Streit mit seinem besten Freund und Geschäftspartner, Marshall Graves. Nur eine der vielen Dornen im Gestrüpp der problematischen Beziehungen, die um Nick herum zu sprießen schienen, wo auch immer er landete.

Er wünschte sich so sehr, dass dieser Sommer anders werden würde.

Dass er einen klaren Kopf bekäme. Verschnaufen könnte.

Vielleicht findest du endlich raus, was zum Teufel du eigentlich willst.

Das hatte Marshall zum Abschied gesagt, als Nick aus dem trendigen Flatiron District Coworking Space marschiert war und auf dem Weg einen Schreibtisch umgeworfen hatte.

Doch Marshall hatte ja nicht unrecht.

Irgendwann, nachdem sie ihr Tech-Start-up gegründet hatten, war Nick … immer gereizter geworden. Ein unterschwelliges Unwohlsein und ständiger Ärger hatten die Meetings endlos erscheinen lassen, sämtliche Pläne waren ihm wie Gefängnisse erschienen. Vor allem dann, wenn Marshalls Ambitionen ihre begrenzten Ressourcen deutlich überstiegen. Sie waren ständig auf der Jagd. Im Kampf. Im Stress. Und so weiter. Jetzt waren sie an einem Scheideweg angelangt, und zum ersten Mal in seinem Leben hatte sich Nicks Ego gegen all das gesträubt.

Wenn er nicht herausfand, was er verdammt noch mal wollte – und zwar schnell –, lief er Gefahr, alles zu verlieren, was er und Marshall aufgebaut hatten.

Nick bemerkte, dass sein T-Shirt an seinem Rücken klebte, und drehte die Klimaanlage ein paar Grad kälter.

»Ich versuche, ein KI-Kunst-Start-up auf die Beine zu stellen. Ich bin sicher, du hast von der Kontroverse darüber gehört.«

»Ich bin nicht direkt auf dem Laufenden.«

Der Regen hatte nachgelassen, und die Scheibenwischer quietschten, bevor Nick sie ausschaltete. »Ich will dich nicht mit den Details langweilen.«

Er bemerkte erst, dass er sie damit eigentlich einladen wollte, weiterzufragen, als sie genau das nicht tat.

»Es ist das Haus da oben rechts mit der Eiche.«

Nick bremste und bog in die Einfahrt ein. Das Gebäude war sauber und modern. Große Fenster. Kaum Dekoration. Für Nick wirkte es eher wie ein Spa oder eine Bank als wie ein Wohnhaus. Wahrscheinlich sollte man auf den Möbeln eigentlich gar nicht wirklich sitzen.

Lark starrte auf das zweistöckige Fenster, hinter dem man einen Teil einer Treppe aus Chrom und Glas sehen konnte.

All die Fragen, die Nick durch den Kopf gingen, konnte er unmöglich stellen. *Glaubst du, dass jemand zu Hause ist? Kommst du allein zurecht? Warum siehst du so traurig aus?*

Eine Textnachricht auf seinem Handy durchbrach die unangenehme Stille. Er warf einen Blick auf das leuchtende Display und bemerkte, dass sie dasselbe tat.

> Julia: Ist alles in Ordnung? Ich dachte, wir würden zusammen zu Abend essen.

Lark öffnete ihren Gurt. »Tut mir leid. Ich habe dich von deinen Plänen abgehalten.«

»Hast du nicht«, sagte er zu schnell. »Das ist meine Mutter.«

Sie zog eine Augenbraue zu ihm hoch. »Du nennst deine Mutter Julia?«

»Sie hat vor einer Weile an einem Workshop über das Älterwerden von Frauen teilgenommen und beschlossen, dass sie energetisch nicht mehr auf die Mutterphase des Lebens ausgerichtet ist. Ihren Vornamen zurückzugewinnen bedeutet, ihre weibliche Energie zu umarmen«, rezitierte Nick.

»Scheint eine interessante Frau zu sein.« Lark faltete das feuchte Handtuch in ihrem Schoß zusammen.

»Interessant ist sie auf jeden Fall.« Er griff hinter sich nach ihrer Mappe. »Vergiss die hier nicht.«

»Danke«, sagte sie. »Lass mich wenigstens das Handtuch waschen und es dir dann zurückgeben.« Sie hielt es dicht an ihr nasses Tanktop gedrückt.

Nick verspürte den absurden Drang, abzulehnen, und hasste sich dafür, dass er sich fragte, ob das Handtuch eine Spur ihres berauschenden Duftes aufgenommen hatte. Dieser Gedanke wurde schnell durch einen noch problematischeren ersetzt. Wenn er ihr das Handtuch überließ, musste sie es ihm zurückgeben, was die Wahrscheinlichkeit erhöhte, dass sie noch einmal seinen Kurs besuchte.

»Wenn du darauf bestehst.«

»Tue ich.« Lark öffnete die Tür. »Nochmals vielen Dank für die Fahrt. Ich schulde dir was.«

»Da hast du recht«, platzte er heraus.

Ihr Gesichtsausdruck veränderte sich von höflich zu misstrauisch. »Wie bitte?«

»Du schuldest mir eine Zeichnung. Du hast deine Aufgabe nicht abgegeben.«

Ihre zarten Brauen senkten sich wieder. »Ich wusste nicht, dass ich das muss.«

»Ich nehme meine Pflichten als Kursleiter sehr ernst«, sagte er und versuchte, eine gewisse Leichtigkeit in seine Stimme zu legen. »Ich bin bereit, das Bild das nächste Mal zu akzeptieren, aber unter einer Bedingung.«

»Und die wäre?«

»Holzkohle«, sagte er. »Du wählst Thema und Größe, doch es muss Kohle sein.«

»Das ist alles?« Sie betrachtete ihn mit zusammengekniffenen Augen unter ihren dunklen Wimpern hervor.

»Das ist alles«, sagte er.

»Erwarte nicht zu viel.«

Ihre Hände berührten sich, als beide nach der Mappe griffen, und ein seltsames Kribbeln durchzog Nicks Arm. Zum ersten Mal an diesem Abend hatten Larks Wangen eine rosige Farbe angenommen.

Der Anflug eines Lächelns auf ihren Lippen erschien ihm wie ein Lottogewinn.

»Danke, *Mr. Hoffman*«, sagte sie mit einer erschreckend perfekten Wiedergabe von Tammys Südstaatenakzent. Sein Magen schien hinauf zu seinen Rippen zu schweben, als ihre Blicke sich trafen. Dann glitt Lark aus dem Auto und schlug die Tür zu.

Er wartete, während sie sich auf den Weg zur Veranda machte und einen Code in die leuchtende Tafel neben der Tür eintippte. Sie drehte sich um und winkte, bevor sie im Haus verschwand. Er entdeckte einen Hauch von dunklem Haar am oberen Ende der Treppe, als er in die Nacht hinausfuhr.

*

Das bescheidene Craftsman-Haus mit drei Schlafzimmern in einem Vorort von Spring Valley bildete einen starken Kontrast zu dem eleganten Anwesen der Hockneys. Nick saß bei ausgeschaltetem Licht am Straßenrand und ließ den letzten Song von Howlin' Wolf zu Ende spielen, während er sich darauf vorbereitete, hineinzugehen.

Als die letzte melancholische Note des Blues-Klassikers verklungen war, stellte er widerwillig den Motor ab, schlich sich die

Auffahrt hinauf und schlüpfte durch den Carport-Eingang hinein. Der himmlische Duft von Bolognesesoße hing in der Luft.

»Seit vierzig Minuten ist dein Essen im Ofen. Die Nudeln werden Brei sein, und daran bist du selbst schuld«, sagte Julia Hoffman. Sie stand an der Spüle und wusch das Geschirr, die Schürze hinter ihren breiten Hüften verknotet.

Nick nahm seine Umhängetasche ab und schlang sie über denselben Haken, an dem einst die Schlüssel zu seinem allerersten Auto gebaumelt hatten. Ein verbeulter Mustang, der in seinem letzten Schuljahr jeden Morgen auf dem Weg zur Highschool Motoröl und blauen Rauch hinter sich gelassen hatte.

»Es tut mir leid. Ich musste jemanden nach Hause fahren.«

Ein gelber Geschirrhandschuh verharrte in der Luft, als sie über eine Schulter blickte, die von der jahrzehntelangen Gartenarbeit sonnengeschädigt war. »Oh?«

»Ja.« Nick bückte sich, um seine Stiefel aufzuschnüren, und zog sie aus, bevor er sich am Küchentisch niederließ, wo ein Platz eingedeckt worden war. Ein mit Alufolie umwickelter Teller landete vor ihm, und Nick zog ihn eifrig an sich.

»Nicht so schnell«, sagte seine Mutter, schnappte sich seine Gabel und legte sie wieder auf die Serviette. »Erst der Salat.«

»Mom …«

»Julia«, korrigierte sie ihn. »Du brauchst die Ballaststoffe.« Sie stellte eine Schüssel mit Grünzeug neben seinen Teller.

Nick nahm seine Gabel und begann, die Blätter durchzumischen.

»Das Dressing ist ganz unten.«

Hinter ihrem Rücken grinste Nick, amüsiert darüber, dass sie diesen Hinweis für nötig hielt, obwohl sie den Salat schon seit Jahren auf diese Weise anrichtete. Aber solche kleinen Sätze waren Teil ihrer Rituale. Die ausgeklügelte und vertraute Pantomime, bei der seine Mutter so tat, als sei sie genervt, weil sie sich um ihn kümmern musste, während er so tat, als würde es ihm keinen Spaß machen.

Er spießte ein Blatt auf und kaute das pfeffrige Grünzeug. Vertraute Geschmäcker. Vertraute Umgebung.

Ungewohnte Gefühle.

Im Gegensatz zu der makellosen, ganz weißen Küche, die er beim Absetzen von Lark bemerkt hatte, fühlte sich der Raum, den er immer als gemütlich empfunden hatte, mit einem Mal eng und überladen an. Nicht, dass seine Mutter unordentlich war, sie neigte lediglich dazu, Sachen … anzuhäufen. Bücher. Taschen. Rechnungen.

Er nahm sich vor, den Stapel ungeöffneter Post auf dem Brotkasten durchzusehen.

Seine Mutter zog sich mit einem schlammverschmierten Gartenschuh einen Stuhl ihm gegenüber heran und stellte zwei Weingläser und eine bereits geöffnete Flasche Cabernet auf den Tisch.

»Und?«

Das war eine typisch einsilbige Frage seiner Mutter, die sie dazu berechtigte, alles über die neuen Entwicklungen in seinem Leben zu erfahren.

Nick richtete seine Aufmerksamkeit auf die Manicotti. »Also, ich hatte heute Abend eine neue Schülerin.«

»Ach ja?«

»Ja«, sagte er mit vollem Mund. »Ich bin mit ihr zur Schule gegangen.«

»An der NYU?«

»Spring Valley High.«

»Du machst Witze«, sagte sie.

»Hundertprozentig nicht.« Nick steckte die Gabel in die Nudeln und hob sie an. »Lark Hockney. Erinnerst du dich an sie?«

»Ob ich mich an sie erinnere? Sie war schließlich die Abschiedsrednerin. Sie hat eine so wunderschöne Rede gehalten.« Ihre Hand landete auf ihrem ausladenden Busen.

Nick nickte. »Genau die.«

Ihre haselnussbraunen Augen weiteten sich, als sie sich in ihrem Stuhl zurücklehnte. »Ich wusste, dass sie wieder in Spring Valley ist, aber ich habe seit Monaten nichts mehr von ihr gehört«, meinte sie, als müsste irgendjemand dafür bestraft werden, dass man sie nicht regelmäßig auf dem Laufenden hielt.

»Wie, gehört?« Nick legte die Gabel beiseite, um ihr seine volle Aufmerksamkeit zu schenken.

»Ach, du weißt doch, wie die Leute hier reden.« Sie winkte ab, als ließe sich diese Enthüllung so leicht vertreiben wie eine Rauchfahne.

Und wie er das wusste.

»Welche Leute?«, fragte Nick.

Seine Mutter richtete den Blick auf die abgelegte Gabel. »Erinnerst du dich an meine Freundin Judy, die im Country Club arbeitet?«

»Du meinst die Judy, die mir seit meinem siebten Lebensjahr bis zum Collegebeginn jeden Donnerstag Klavierunterricht gegeben hat?«

»Du bist ja heute besonders schlau.« Die Falten in ihren Augenwinkeln vertieften sich, als sie ihn ansah.

»Ich dachte, genau darum geht es.«

»Mach so weiter, und ich esse dein Tiramisu selbst auf. Du wirst schon sehen.«

Schachmatt.

»Ja, ich erinnere mich an Judy.«

»Nun, vor sechs Monaten wurde sie endlich zur Geschäftsführerin des Country-Club-Restaurants befördert. Wenn der geizige Großindustrielle, dem der Laden gehört, auch nur zwei Gehirnzellen hätte, hätte er das natürlich schon vor Jahren getan«, fügte sie hinzu.

»Julia.« Ihren Namen so zu betonen war, als ob ein Zugführer

den Hebel betätigte, um die Lokomotive wieder auf das Hauptgleis zu schicken.

»Schon gut, schon gut.« Sie wischte die Krümel vom Tisch in ihre Handfläche und ließ sie auf eine Serviette fallen. »Wie auch immer. Jedes Jahr veranstalten die doch diesen schicken Osterbrunch, und dieses Jahr kam Lark mit ihren Eltern und diesem Typen.« Sie schnippte mit den Fingern, als ob sie sich auf diese Weise seinen Namen in Erinnerung rufen könnte. »Der reiche Typ, der immer in den Zeitungen stand, weil er Baseballrekorde aufgestellt hat?«

Das Hackfleisch und die Nudeln erstarrten in seinem Magen zu einem kalten Klumpen. Die Daten, die er mit dem fraglichen Typen verband, waren ganz anderer Natur.

»Reese Hudson.«

»Richtig.« Der Tisch wackelte, als sie zustimmend daraufschlug, und Nick notierte sich in Gedanken, die Beine festzuschrauben. »Wie auch immer, alle genießen ihr Osterlamm und Minzgelee, als Reese gegen seine Champagnerflöte schlägt und einen Toast auf Larks Eltern ausbringt. Er sagt, sie sind Säulen der Stadt und eine Inspiration für jeden, der Arzt werden will, bla, bla, bla, und dass sie die tollste Frau großgezogen haben, die er je getroffen hat.« Als Expertin im Erhöhen der Spannung nippte seine Mutter an ihrem Wein. »Und dann kniet er sich hin und macht ihr einen Antrag.«

Die Säure schoss in Nicks Kehle.

»Alle klatschen und jubeln, sogar einige der Angestellten kommen raus, um zuzusehen. Judy versucht, sie zurück in die Küche zu holen, als sie bemerkt, dass Lark einfach nur dasitzt und den Ring anstarrt.«

»Ja?«

Seine Mutter nickte weise. »Zuerst dachte Judy, es sei der Schock. Ich meine, *ich* wäre auch schockiert, wenn mir jemand beim Brunch einen Diamanten von der Größe einer Katze unter die Nase hält.«

»Wer wäre das nicht?«, fragte Nick mit weit mehr Leichtigkeit, als er verspürte.

»Aber dann wird ihr Gesicht weiß wie ein Laken.« Seine Mutter ließ ihre Fingerspitzen auf Höhe der Wangenknochen schweben. »Sie bricht in Schweiß aus und fängt an, an ihrer Bluse zu zerren, sagt, sie bekäme keine Luft. Natürlich flippt ihre arme Mutter schier aus.«

»Natürlich«, stimmte Nick zu.

»Judy ist in Herz-Lungen-Wiederbelebung ausgebildet, weil sie ehrenamtliche Rettungsschwimmerin im YMCA ist, aber da sie nicht sicher ist, ob Lark eine allergische Reaktion oder einen Schlaganfall hat, wählt sie den Notruf. Noch bevor die Sanitäter eintreffen, steht Lark auf und rennt aus dem Raum.«

Diese Reaktion kam ihm bekannt vor.

»Was daraufhin passierte, hat Judy nicht gesehen, aber einer der Bediensteten erzählte ihr, dass Lark und der Reese-Junge sich auf dem Parkplatz anschrien, bevor ihre Eltern herauskamen und es beendeten. Da es keine Anzeige in der Zeitung gab, vermute ich, dass sie Nein gesagt hat. Was schade ist, denn Judy meinte, es sei ein wirklich schöner Ring gewesen.«

Ihr Blick fiel auf ihre eigene linke Hand, wo ihr Ehering immer noch in einer Falte unter ihren geröteten Knöcheln steckte. Sein Vater war seit zehn Jahren tot, und sie hatte ihn nie abgenommen.

»Die werden nicht besser, weißt du.« Seine Mutter stupste den Rand seines vernachlässigten Tellers an.

Nicks Appetit hatte sich irgendwo im Labyrinth seiner Gedanken verflüchtigt, aber er zwang sich, einen weiteren Bissen zu essen, und begann, mechanisch zu kauen.

Lark Hockney und Reese Hudson. Das goldene Paar der Spring Valley High.

Sie waren seit dem zweiten Highschool-Jahr zusammen gewesen, praktisch für jeden Popularitätswettbewerb nominiert worden und hatten die meisten davon gewonnen. Ihre Gesichter – zu hübsch, um wahr zu sein – zierten jede Jahrbuchseite. Hauptrollen in allen Schultheaterstücken und Musicals. Zusammenpassende Stipendien für Ivy-League-Colleges. Ein Kometenschweif von Superlativen umgab ihrer beider Namen. Zu hören, dass sie nach der Highschool zusammengeblieben waren und Reese ihr einen Heiratsantrag gemacht hatte, überraschte Nick nicht im Geringsten.

Die Tatsache hingegen, dass Lark von einem Brunch im Country Club geflohen war, um seinen Antrag abzulehnen …

Das war ein echter Schocker.

»Hey, Space Cowboy, willst du es oder nicht?«

Nick nahm die Stimme seiner Mutter im Hintergrund nur vage wahr und erriet den Inhalt ihrer Frage hauptsächlich aus dem Zusammenhang. »Klar will ich.«

Seine Mutter stieß sich vom Tisch ab, ging zum Kühlschrank und kam mit zwei Parfaitgläsern zurück, die mit Frischhaltefolie umwickelt waren. Sie schob ihm sein Glas über den Tisch hin zu und nahm die durchsichtige Hülle von ihrem ab.

»Was hat sie für einen Eindruck gemacht?« Seine Mutter tauchte ihren Löffel in die kakaogetränkte Sahnewolke.

»Was für einen Eindruck hat wer gemacht?«, fragte er.

»Lark.« Seine Mutter schüttelte den Kopf über Nicks Unvermögen, pikante Neuigkeiten mitzuteilen.

»Ruhig«, sagte er.

»Ruhig«, wiederholte sie.

Nick entfernte die Plastikfolie von seinem Glas und nahm einen Löffel in die Hand. »Ja. Sie saß ganz hinten und hat nicht viel gesagt.«

»Nicht einmal zu den Harpyien?« Sie sprach das Wort mit giftigem Vergnügen aus.

Seine Mutter hegte eine gewisse Abneigung gegen die beiden hübschen, geschwätzigen, geschiedenen Frauen, seit sie einmal seine Klasse im Auftrag der geisteswissenschaftlichen Fakultät besucht hatte. Nick war zuvor gar nicht aufgefallen, dass die beiden mit ihm flirteten, bis seine Mutter ihn darauf aufmerksam machte. Und gäbe es da nicht die unerbittliche Gerüchteküche von Spring Valley, hätte Nick sich vielleicht sogar darauf eingelassen. Seit seiner Collegezeit war er fast ausschließlich mit älteren Frauen zusammen gewesen und hatte seine Unschuld im ersten Semester an eine Lehrassistentin verloren.

»Erst recht nicht zu ihnen«, sagte Nick.

»Wie hat sie denn ausgesehen?«

Nick hob eine *Echt-jetzt-Mutter*-Augenbraue, während er sein Dessert verspeiste.

»Was? Ich wollte Judy nur ein Update geben. Sie war sehr besorgt.«

Judy war *um jeden* sehr besorgt.

In Larks Fall war es aber gerechtfertigt.

Nicks Brust schnürte sich zusammen, als er daran dachte, wie sie allein im hinteren Teil des Raumes gesessen hatte. Die meergrünen Augen rot umrandet und mit dunklen Schatten darunter. Zu groß in dem schmalen Gesicht. Die blassen Lippen nach unten gezogen.

Und trotzdem immer noch so verdammt schön, dass es ihm den Atem raubte.

»Sie sah … müde aus«, sagte Nick, während er auf dem dekadenten Biskuit mit Kaffeegeschmack herumkaute. »Sie hat den Unterricht früher verlassen. Ich dachte, sie hätte vielleicht etwas vor, bis ich ihr auf dem Parkplatz begegnete.«

Begreifen breitete sich wie Morgendämmerung auf den Zügen seiner Mutter aus. »*Sie* war es also, die du im Auto mitgenommen hast?«

Himmel, warum hatte er dieses Detail nicht einfach ausgelassen?

»Ja.« Nick kratzte mit dem Löffel über den Boden seines Glases.

»Hatte sie eine Autopanne oder so?«

Warum machst du alles nicht einfach noch schlimmer? »Sie ist nicht abgeholt worden.«

Nick konnte fast auf die Sekunde genau sagen, wann seine Mutter den Satz verstand, woraufhin ihre Neugierde sich in Mitleid verwandelte.

»Soll ich dir einen Espresso machen?«, fragte sie und stand auf.

»Nee.« Nick schob sich vom Tisch zurück, um beim Abräumen zu helfen. »Ich koche mir einfach eine Kanne Kaffee.«

Die Falten in den Augenwinkeln seiner Mutter vertieften sich, sie zog die Brauen zusammen. »Es ist schon halb zehn.«

»Ja, ich weiß. Ich muss aber heute Abend noch ein bisschen Arbeit nachholen.«

»Nicky«, sagte sie. »Ich dachte, wir wären uns einig.«

Genau genommen war seine Mutter sich einig. Er selbst hatte nach ihrem monatelangen Drängen schlicht aufgegeben. Als er dann vor ein paar Wochen hier angekommen war, hatte sie sofort begonnen, seine Schlaf-, Essens- und Arbeitszeiten zu verändern.

»Wir müssen nur noch über eine letzte Hürde springen.« Nick nahm seiner Mutter das Geschirr ab, trug es zur Spüle und ließ Wasser darüberlaufen. »Der Abgabetermin für die Beantragung des Zuschusses ist in drei Wochen, und Marshall und ich müssen noch ein paar Abschnitte ausarbeiten.«

»Du scheinst allerdings derjenige zu sein, der am meisten ausarbeitet«, murmelte sie und wischte sich die Hände am Geschirrtuch ab.

Marshall und seine Mutter waren sich nur ein Mal begegnet, als Julia ihn in New York besucht hatte, und sie hatten zusammengepasst wie Öl und Nitroglyzerin.

Nick hatte ihr unbedingt die Einsatzzentrale von Moonshot

zeigen wollen. Doch als er Julia durch die eleganten, gehobenen Co-Working-Suiten führte, die Mashall für viel Geld angemietet hatte, war sie ungewohnt schweigsam gewesen.

Marshall seinerseits hatte sein übliches Spiel betrieben und versucht, sie mit Komplimenten und Fragen zu umgarnen.

Was sie kühl hingenommen hatte, um dann beim Abendessen ihre scharfe Kritik anzubringen.

Sie lehnte ein Glas vom Chateau Petrus ab, den Marshall bestellt hatte, und bat um »gutes, altes Leitungswasser«. Dieses passiv-aggressive Verhalten hatte sie mit der Bemerkung ergänzt, dass man nicht so viel Geld für sie ausgeben solle, da ihr Sohn sonst nur noch härter arbeiten müsse, um die Ausgaben zu decken.

Und damit war die Sache erledigt.

»Arbeitsteilung«, sagte er jetzt. Nick öffnete den Geschirrspüler und begann, die Weingläser einzuräumen.

»Lass mich das machen.« Seine Mutter schob ihn mit der Hüfte aus dem Weg. »Je früher du zu arbeiten beginnst, desto früher kannst du schlafen gehen.«

»Du bist die Chefin.« Er beugte sich vor, um ihr einen Kuss auf die weiche, duftende Wange zu drücken, schnappte seine Umhängetasche und ging den Flur hinunter zu seinem alten Zimmer.

Seine Mutter hatte daraus zwar nicht gerade ein Mausoleum gemacht, allerdings hatte sie auch nicht alle Spuren von ihm beseitigt. Kampfsporttrophäen in den Regalen. *Fortnite*-Fan-Art an den Wänden. Der Schreibtisch, in dessen Platte er während drei Wochen Hausarrest Wörter geritzt hatte. Eine riesige Sammlung von Weltraum- und Robotik-Bildern. Zeichnungen. So viele Zeichnungen. Jede einzelne eine kleine Rebellion.

Meistens gegen seinen Vater.

Avram Hoffman – Abe für seine Freunde, Pop für Nick und Sergeant Hoffman für die Kollegen im Spring Valley Police Department.

Der Mann, der immer gesagt hatte, dass Nick mit dem »Studium von Zeichentrickfilmen« – er war vor allem von Animes besessen gewesen – nur seine Zeit verschwendete. Er solle sich lieber überlegen, wie er etwas in der Welt bewirken könne.

Der Mann, dessen Bürstenhaarschnitt der Grund für Nicks wilde Locken war. Der Mann, der Baseball liebte und Intellektualismus hasste, weshalb Nick Sport ablehnte und dicke Bände von Proust und Sartre in seinem ramponierten Rucksack mit sich herumtrug.

Mit allem, was dieser Mann nicht hatte ausstehen können, hatte er quasi Nicks Ziele geformt.

Denn er begann, all das sein zu wollen, was Avram Hoffman nicht war.

Und in Marshall Graves hatte Nick seine perfekte Vorlage gefunden.

Der mühelos kultivierte, nervtötend gut aussehende, wortgewandte und charismatische Marshall, der zusammenzuckte, als Julia meinte, sie müsse wohl erst eine Runde Roulette spielen, um sich hier eine Vorspeise leisten zu können. Marshall hatte daraufhin halb im Scherz gefragt, ob Nick vielleicht eine Stunt-Mom anheuern könne, um ihn am Ende des Sommers zur Verleihung der Tech Trailblazers Awards zu begleiten.

New-York-Nick hatte tatsächlich kurz darüber nachgedacht.

Spring-Valley-Nick kam sich dann wie das größte Arschloch der Welt vor.

Wie er diese beiden Hälften seiner Existenz unter einen Hut bringen sollte, war ihm schleierhaft.

Weshalb Nick sich einfach ablenkte, so, wie er es schon so oft getan hatte – oft genug mit katastrophalen Ergebnissen.

Er klappte seine Tasche auf und zog das gefaltete Blatt heraus, das er aus dem Mülleimer gefischt hatte. Ein Grafitschmierfleck bildete eine Seite ihrer Handfläche ab.

Da er den größten Teil des Jahres Codes geschrieben hatte, durch die KI-Maschinen lernen sollten, Muster zu erkennen, erkannte er ihre ganz deutlich. Die ätherische Qualität ihrer Linienführung. Ihren exquisiten Sinn für Form und räumliche Positionierung. Und dann die genaue Stelle, an der die Bestie begonnen hatte, sich in sie zu verbeißen.

Perfektionismus.

Der Versuch, das Objekt selbst mit exakter Genauigkeit zu erfassen und nicht ihren individuellen Eindruck.

Eben diese Eigenschaft hatte ihn auf die Idee gebracht, sie zu bitten, eine Kohlezeichnung anzufertigen. Das dunkle, weiche Medium eignete sich ausschließlich für kühne Linien, aber vor allem würde die Kohle es ihr nicht erlauben, ihre Fehler auszuradieren.

Drei

Lark erwachte in der Morgendämmerung mit einem vertrauten Gewicht auf der Brust und einem vertrauten Duft in der Nase.

Das Gewicht stammte von Muppet, der Familienkatze, die sich selbst zu ihrem emotionalen Begleiter ernannt hatte.

Der Duft kam vom Parfüm ihrer Mutter.

Lark rührte sich, was Muppets Schnurren anspringen ließ.

»Schätzchen, bist du wach?«, flüsterte ihre Mutter.

»Wenn ich Nein sage, gehst du dann raus?«, fragte Lark mit schlafvernebelter Stimme.

Neben Larks linker Wade sank die Matratze ein, als ihre Mutter sich setzte. »Es tut mir so leid wegen gestern Abend, Schatz.«

Lark vergrub die Finger in dem warmen, weichen Fell der Katze. »Ist schon gut, Mom.«

Ein kurzer Moment des Schweigens.

»Als du nicht geantwortet hast, dachte ich, du wärst vielleicht … sauer.«

Sauer traf es nicht annähernd.

Als ihr Handy wiederauferstanden war, hatte sie die Nachricht gesehen, mit der sich ihre Mutter in aller Form entschuldigt hatte. Zu diesem Zeitpunkt war sie jedoch schon zu gedemütigt und erschöpft gewesen, um zu antworten.

Doch all das zu wissen würde ihre Mutter keinen Schritt weiterbringen.

»War ich nicht«, sagte sie.

Vergiss es einfach. Bitte.

»Hattest du Schwierigkeiten, ein Uber zu bekommen?«

Tja, kein Glück.

Sosehr sie auch gehofft hatte, es umgehen zu können, wollte Lark auch nicht offen lügen. »Ich habe kein Uber gerufen.«

Einen Moment lang war es still. »Ein Taxi?«

Muppets Pfoten gruben sich in ihre Schulter, als er sich aufrichtete, um sich zu strecken. »Der Kunstlehrer hat mich mitgenommen.«

»Du bist mit jemandem nach Hause gefahren, den du gerade erst kennengelernt hast?«

»Inwiefern ist das anders als bei einem Uber-Fahrer?«, fragte Lark.

»Zum einen sind Uber-Fahrer in der App mit Namen, Adresse und Fahrzeugzulassung registriert. Im Gegensatz zu einem Fremden …«

»Er ist kein Fremder«, sagte Lark. »Ich bin mit ihm auf die Highschool gegangen.«

»Oh?« Ihre Mutter strich die Decke glatt. »Jemand, an den ich mich erinnern würde?«

»Das bezweifle ich.«

Was eigentlich keine Lüge war. Larks Mutter würde sich höchstwahrscheinlich an seinen Nachnamen erinnern, allerdings aus Gründen, die nichts mit Nick selbst zu tun hatten. Und dies war kein Gespräch, das Lark vor dem ersten Kaffee führen wollte.

»Also kein Klassenkamerad, den du gut kanntest.«

Die Anspielung hätte nicht deutlicher sein können. Wen Lark kannte, kannten ihre Eltern auch, hatten sie sich doch alle Schüler genau angesehen, die mit ihr beim Homecoming auch nur die Tribüne geteilt hatten.

Nicht, weil man sich in Spring Valley grundsätzlich Sorgen um seine Kinder machen musste, sondern weil Lark in dem langen

Kampf ihrer Eltern gegen Unfruchtbarkeit das Ergebnis einer gewaltigen emotionalen und finanziellen Investition darstellte.

Sie war der lebende, sprechende und überragende Beweis dafür, dass sich all ihre Bemühungen gelohnt hatten.

Und obwohl sie es niemals direkt ausgesprochen hatten, spürte Lark schon seit ihren ersten wackeligen Schritten die Last ihrer Erwartung auf den Schultern.

»Richtig«, sagte Lark nach längerem Schweigen, in der Hoffnung, dass die knappe Antwort ihrer Mutter einen Hinweis geben würde.

»Nun, das war sehr nett von ihm.« Ihre Mutter strahlte.

»Mm-hmm.« Muppet drehte sich auf ihrem Bauch im Kreis und ließ sich wieder auf ihrer Brust nieder.

»Wie findest du den Kurs?«

Übersetzung: *Bist du immer noch wütend auf mich, weil ich dich überredet habe, hinzugehen?*

»Ziemlich leicht«, sagte Lark und hielt ihre Augenlider fest geschlossen.

Übersetzung: *Ja, aber ich bin zu erschöpft, um darüber zu reden.*

»Denkst du …«

»Ja, Mom, ich habe vor, am Donnerstag hinzugehen, du kannst dir also die subtilen Andeutungen und Nachfragen sparen.« Lark hasste sich ein wenig für die Genugtuung, die sie empfand, als sie ihrer Frustration Luft machte. Sie wusste ja, dass ihre Mutter ihr nur helfen wollte.

»Schatz, ich wollte nicht …«

»Ich weiß, Mom«, unterbrach Lark sie. »Ich will nur nicht mehr über den Kurs reden, okay?«

»Okay.« Wieder herrschte Schweigen. »Dein Vater und ich wollen heute Abend im Biaggio's essen gehen.«

Das Biaggio's, ein familiengeführtes italienisches Bistro mit einem theatralischen Oberkellner, war seit Langem das Lieblingsrestaurant der Hockneys. Schick genug, um ein festliches Gefühl zu vermitteln, und gemütlich genug, um mit Namen begrüßt zu werden. Beides schnürte Lark die Brust zusammen.

»Was ist der Anlass?«, fragte sie.

»Muss es einen Anlass geben, wenn wir mit unserer Tochter essen gehen wollen?«

»Es *muss* keinen Anlass geben, nein.«

Es gab einfach immer einen.

Die Matratze bewegte sich erneut. »Wir dachten, wenn wir irgendwo hingehen, wo du dich wohlfühlst …«

Aha.

Ihre Mutter legte also noch einen drauf, versuchte, Larks Genesungsprozess weiter voranzutreiben. Jetzt, wo sie Lark erfolgreich dazu überredet hatte, an einer halb öffentlichen Veranstaltung mit anderen Menschen teilzunehmen, war ein Abendessen in einem Restaurant ja sicher kein Problem mehr.

Und wenn ein Kurs *und* ein Abendessen in einem Restaurant möglich waren, bedeutete das ja vielleicht auch, dass Lark wieder in der Lage war, vor Ablauf ihrer siebenundzwanzigtägigen Gnadenfrist an die medizinische Fakultät zurückzukehren.

Falsch.

Sechsundzwanzig.

Ihr Herz begann unter der Daunendecke dumpf zu pochen.

»Ich glaube, ich passe«, sagte Lark. »Ich habe vom Kursleiter eine Aufgabe bekommen, die ich am Donnerstag abgeben muss, und ich will gleich damit loslegen. Aber du und Dad solltet auf jeden Fall gehen.«

Sie spürte, wie sehr es ihrer Mutter widerstrebte, sie allein zu lassen, vor allem nachdem sie sie am Abend zuvor nicht abgeholt hatte.

»Seit ich nach Hause gekommen bin, seid ihr beiden nicht mehr ausgegangen.« Lark schaffte es, genug Emotionen in diese

Worte zu legen, um die Aufmerksamkeit ihrer Mutter zu erregen. Normalerweise waren ihre Beobachtungen in letzter Zeit genauso oberflächlich, wie sie sich fühlte. »Ihr wollt doch immer, dass ich wieder mein normales Leben aufnehme. Findest du nicht, dass ihr das auch tun solltet?«

Ihre Mutter wandte ihr schönes Profil zum Erkerfenster des ausgebauten Kellerraums. Selbst in dem schwachen Licht konnte Lark die Ähnlichkeit mit ihren eigenen Gesichtszügen erkennen. Vielleicht war es genau das, was es so schwer machte – die Nähe zu einer Frau, die ihr sehr ähnlich sah, aber viel erfolgreicher war.

»Mir gefällt der Gedanke nicht, dass du hier ganz allein bist, während dein Vater und ich in einem deiner Lieblingsrestaurants essen.«

Der Tränenschimmer, der die Augen ihrer Mutter überzog, rührte etwas in Lark an. »Warum bringst du mir nicht ein paar Penne Rustica mit?«, schlug sie vor. Ihr Appetit hatte ebenfalls unter ihren Depressionen gelitten, weshalb die Augen ihrer Mutter sofort aufleuchteten.

Sie drückte ihre Hand. »Das können wir machen.«

Sofortige Erleichterung überkam Lark aus zweierlei Gründen: weil es ihr gelungen war, die Pläne ihrer Eltern auszuschlagen, und weil sie einen Abend für sich allein im Haus haben würde.

Offensichtlich zufrieden, schickte ihre Mutter sich an zu gehen. »Und, was steht heute auf dem Plan?«

Sie warf einen Blick auf ihren Schreibtisch, wo das Handtuch, das sie sich von Nick geliehen hatte, hing. »Ich werde Wäsche waschen. Und dann gehe ich vielleicht zum Kunstladen, um Kohlestifte zu besorgen.«

Ihre Mutter runzelte die Stirn. »Kohlestifte? Die habe ich nicht auf der Einkaufsliste gesehen.«

»Weil sie nicht draufstanden«, erklärte Lark. »Das war nicht dein Fehler, Mom. Mir hat der Kursleiter einfach eine Spezialaufgabe gegeben.«

Nick Hoffman als Kursleiter zu bezeichnen, fühlte sich noch immer seltsam an, trotz der ruhigen Autorität, die er im Klassenzimmer ausstrahlte. Lark hatte den Rest des gestrigen Abends damit verbracht, die sozialen Medien nach Informationen über sein Leben seit der Highschool zu durchforsten, hatte aber über sein LinkedIn-Profil hinaus erstaunlich wenig finden können.

Er hatte auf der NYU Informatik und Grafikdesign studiert und danach bei einigen Marketingfirmen in Manhattan gearbeitet. Vor ein paar Jahren gründete er Moonshot, ein Open-Source-KI-Start-up. Auf seine romantischen Neigungen fand sie nirgends einen Hinweis.

Es war das erste Mal seit Ewigkeiten, dass sie so etwas wie Neugierde verspürte.

»Das hört sich gut an«, meinte ihre Mutter. »Was hältst du davon, George mitzunehmen?«

Davon hielt Lark gar nichts. Trotz seines tadellosen Stammbaums war der schwarze Labrador, mit dem ihr Vater ihre Mutter letztes Weihnachten überrascht hatte, eines der stursten, zerstörerischsten und abscheulichsten Geschöpfe, die Lark je kennengelernt hatte.

Und das waren seine eher positiven Eigenschaften.

»Ich bin mir ziemlich sicher, dass Hunde im Kunstladen nicht erlaubt sind«, sagte Lark.

»Du bleibst doch nicht lange da drin, oder?«, drängte ihre Mutter. »Und praktisch überall in der Stadt gibt es Hundehalterungen und Wasserspender.«

In diesem Punkt hatte ihre Mutter recht. Spring Valley hatte sich vor Kurzem einem touristenfreundlichen Facelifting unterzogen, weshalb es in den meisten Restaurants und Lokalen auf dem malerischen Stadtplatz jetzt auch Plätze für Hunde gab.

»Ich überlege es mir«, sagte Lark.

»Okay, Schätzchen. Oben stehen Kaffee und Bagels. Dein Vater ist schon zur Arbeit gegangen.« Dieser Zusatz war eine Gefälligkeit ihrer Mutter, die Lark auf diese Weise wissen ließ, dass sie sich gefahrlos nach oben begeben konnte, ohne sich den Fragen ihres Vaters über ihre Pläne für den Tag, die Woche, ihr Leben stellen zu müssen.

»Danke, Mom.«

Lark rollte sich auf die Seite, als ihre Mutter sich erhob und sie mit einem strahlenden Lächeln ansah.

»Ich bin wirklich stolz auf dich, dass du gestern gegangen bist, Schatz. Ich weiß, das war nicht leicht.«

»Glaubst du, dass das Spring Valley Community College irgendwelche akademischen Stipendien vergibt?«, fragte Lark gähnend.

Das Lächeln ihrer Mutter verschwand so schnell wie ein abgeschossener Vogel.

Zu früh gescherzt, wie es schien.

Für Lark war der Verlust ihres prestigeträchtigen Stipendiums nur ein weiterer Beweis dafür, dass sie ihre akademische Laufbahn unmöglich fortsetzen konnte. Für ihre Eltern hingegen war es Anlass für eine angespannte Diskussion am Küchentisch gewesen, als sie dachten, dass Lark sie nicht hören konnte. Sätze wie »aus eigener Tasche bezahlen« und »niemand kann garantieren, dass das nicht wieder passiert« reichten, um den Inhalt ihres Gesprächs zu entschlüsseln.

»Süße«, sagte ihre Mutter und zerzauste Larks Haar wie früher, als sie noch ein Kindergartenkind gewesen war. »Ich wünsche dir einen schönen Tag.« Sie sprach den Satz wie immer etwas zögernd aus, das letzte Wort klang wie eine Frage.

»Ich werde mich bemühen.«

Lark blieb im Bett liegen, die Enge in ihrer Brust löste sich erst, als sie hörte, wie sich das Garagentor öffnete und dann wieder schloss, nachdem das Auto ihrer Mutter hinausgefahren war.

Diesen Teil des Aufwachens hatte Lark schon immer am wenigsten gemocht. Die warme Bettdecke zurückzuschlagen, die Füße auf den Teppich aufzusetzen, Schwung für den Tag zu sammeln. Sie feilschte mit sich selbst um nur zehn Minuten auf TikTok – und dieses Mal meinte sie es wirklich ernst –, als das Telefon in ihrer Hand summte.

Eine Nachricht von der Kurs-App der Volkshochschule.

Ihr Herz setzte einen Schlag aus, als sie das Banner überflog und den Namen des Absenders sah.

HoffmanN.

Lark richtete sich im Bett auf, öffnete schnell die Nachricht und las.

HoffmanN: Hallo, ich wollte nur mal
nachfragen, wie es dir geht.

Erst als sie den Text zum zehnten Mal las, bemerkte sie das Häkchen neben seiner Nachricht, das sie als gelesen markierte.

Shit.

Sie konnte jetzt nicht einfach *nicht* darauf antworten.

Die Frage war lediglich, *wie?*

Sollte sie cool bleiben? *Gut, danke.*

Freundlich? *Nicht schlecht. Danke noch mal, dass du mich mitgenommen hast.*

Selbstbewusst? *Alles bestens! Ich arbeite gerade an meiner Aufgabe.*

Oder vielleicht …

Drei blinkende Punkte erschienen unter seiner Nachricht.

Nick tippte *noch mehr.*

Ihr Puls beschleunigte sich, während sie wartete, und als das Handy wieder in ihrer Hand summte, zuckte sie ein wenig zusammen.

HoffmanN: Ich wollte dich nicht wegen der Aufgabe unter Druck setzen oder so was. Ich frage nur ganz allgemein.

Lark hatte gerade begonnen, ihre Antwort zu tippen – so weit, so gut –, freundlich, unverbindlich, als die Punkte wieder auftauchten.

HoffmanN: Ich schwöre, dass ich nicht aufdringlich sein will.

Bevor sie es sich anders überlegen konnte, tippte sie schon.

HockneyL: Eigentlich geht es mir heute Morgen erstaunlich gut.

HoffmanN: Was ist daran überraschend?

Schwer zu sagen, tippte sie. Die Luft fühlt sich leichter an, falls das einen Sinn ergibt.

Die Punkte tauchten sofort wieder auf.

HoffmanN: Ergibt absolut Sinn. Das ist offensichtlich mein Werk.

Lark verspürte eine merkwürdige Spannung in ihren Wangen und stellte fest, dass sie lächelte.

Meine Therapeutin wäre mit dieser Einschätzung wahrscheinlich nicht einverstanden sein, schoss sie zurück.

Lieber Gott. Hatte sie ihm wirklich gerade geschrieben, dass sie in Therapie war? Wobei das für ihn nach ihrem Auftritt gestern Abend eigentlich kein großer Schock sein konnte.

Wieder tauchten die Punkte auf.

HoffmanN: Meine wahrscheinlich auch nicht.

Und einfach so öffnete sich ein Riegel in ihrer Brust, und eine Flut dankbarer Wärme durchströmte ihren Körper vom Hals bis zu den Knien. Selbst wenn er es nur aus Mitleid geschrieben haben sollte, funktionierte es wie ein Zauberspruch.

Trotzdem. Die Vorstellung, dass sich hinter Nick Hoffmans sanftem Auftreten psychologische Knoten verbergen könnten, die es zu entwirren galt, machte sie neugierig.

Du auch?, tippte sie.

Die Tatsache, dass ihn das noch anziehender machte, sollte sie wahrscheinlich in der Therapiestunde diese Woche ansprechen.

Dahin wird man automatisch geschickt, sobald man in der Grand Central Station ankommt, antwortete Nick.

Lark schnaubte so laut, dass Muppet von ihrem Schoß aufschreckte.

Du meinst also, wenn ich mich für die NYU und nicht für Dartmouth entschieden hätte, wäre das alles nicht passiert?, antwortete sie.

HoffmanN: Wahrscheinlich nicht. Aber dann hätte ich nie das Vergnügen gehabt, dir mein Lieblings-Sporthandtuch auszuborgen.

Lark biss sich auf die Unterlippe, als sie wieder auf das Handtuch blickte. Ohne zu überlegen, setzte sie sich auf und schlug die Decke zurück, dann ging sie zu ihrem Schreibtisch, um es zu holen.

HockneyL: Da wir gerade davon sprechen, ich sollte mich besser um die Wäsche kümmern, damit ich es dir unversehrt zurückgeben kann.

Sie sah den Punkten beim Tanzen zu, als sie die Treppe hinaufstieg. Oben angekommen, zuckte sie zusammen, weil George in lautes Bellen ausbrach. Lark scheuchte ihn nach draußen, bevor sie den Flur zur Waschküche hinunterging.

Ohne ersichtlichen Grund hob sie Nicks Handtuch hoch und schnupperte daran.

Eine schwächere Version des Geruchs, der ihr gestern Abend in seinem Auto aufgefallen war, erfüllte ihre Nase. Ein subtiler, sauberer Duft. Holzige Seife oder Shampoo. Ein kleiner Hauch von Weichspüler.

Als sie es in die Maschine warf, redete sie sich ein, dass der leichte Schwindel, der sie ergriff, am fehlenden Frühstück lag. Eine Behauptung, die jedoch nicht gerade gestützt wurde, als ihr Magen beim Summen ihres Telefons einen Purzelbaum schlug.

HoffmanN: Sportwäsche kühl mit gleichen Farben waschen. Dann 60 Minuten im Trockner. Weichspüler ist erwünscht, aber nicht erforderlich. Trockenzyklus ist unerlässlich. Ich kann das nicht genug betonen.

HockneyL: Ich bin froh, dass du mir das sagst, denn ich wollte es eigentlich mit in den Garten nehmen, in den Koi-Teich tunken und gegen einen Stein schlagen.

HoffmanN: Welche Art von Filter hat der Koi-Teich? Granit oder Kalkstein?

HockneyL: Kalkstein?? Bei diesem pH-Wert? Hasst du Kois, oder stehst du auf Basisches?

Lark biss sich auf die Lippe, während sie abwartete, ob er den Scherz verstehen würde.

HoffmanN: Ich bin bekannt dafür, dass ich mich eher auf der alkalischen Seite bewege.

HoffmanN: Hör bitte auf, so gottverdammt witzig zu sein und mich zu hilflosen Antworten zu zwingen. Ich habe zu arbeiten.

HoffmanN: Wir sehen uns morgen.

HockneyL: Bis dann.

Sie wunderte sich nicht so sehr über die leichte Enttäuschung, die sie bei dieser Standardverabschiedung empfand.

Sondern vielmehr darüber, wie sehr sie sich gewünscht hätte, weiter mit ihm zu schreiben.

*

»Du bist eine absolute Schande, weißt du das?«

Lark wickelte Georges Leine fester ums Handgelenk, damit er nicht ihren Arm aus dem Gelenk reißen konnte, als sie um die letzte Ecke zum City Center bogen.

Auf dem Weg hierher hatte er vier Mal versucht, Eichhörnchen zu verspeisen, an ein Postauto uriniert – während der Postbote noch drin saß – und dann einer Rentnerin fast einen Herzinfarkt beschert, als er nach deren Corgi schnappte.

Es war ein Fehler gewesen, ihn mitzunehmen, aber er hatte ihr auch leidgetan, weil er so lange im Haus eingesperrt bleiben musste, wenn ihre Eltern in der Klinik arbeiteten.

Lark kannte das Gefühl.

Und heute war so ein schöner Tag.

Virginia im Hochsommer – der Duft der Blumen hing in der Luft, die Blätter waren tiefgrün.

Sie konnte sich nicht daran erinnern, wann sie das letzte Mal an einem Mittwochmorgen um zehn Uhr draußen gewesen war.

Sicherlich nicht seit *der Sache*.

Lark wartete an der Kreuzung auf Grün, wobei sie fast aus dem

Gleichgewicht geriet, als George auf einen Mann zusprang, der die leere Straße bei Rot überquerte. Als die Ampel umschaltete, ging sie los, wurde aber kurz vor ihrem Ziel langsamer.

Obwohl *Brilliant Brushes* eines der vielen Geschäfte war, die ihre Kunden ermutigten, ihre Hunde mitzubringen, erfüllte sie die Vorstellung, dass George eine Auslage umstoßen könnte – oder schlimmer noch, einen Kunden –, mit Grauen.

Sie entdeckte den Wassernapf, der für vierbeinige Gäste bereitstand, ging mit George darauf zu und befestigte seine Leine an dem dafür vorgesehenen Pfosten. Sie ging vor ihm in die Hocke, nahm seine seidigen Ohren in die Hände und schaute ihm tief in die unheimlich intelligenten goldbraunen Augen.

»Ich muss da jetzt kurz hineingehen. Wenn du hier bleibst und still bist wie ein braver Junge, gehen wir bei Sultry Sips vorbei und holen dir einen Puppuccino.«

George legte den kastenförmigen Kopf schief, als hörte er ihr zu.

»Aber«, sagte sie, »wenn du auch nur einen Fußgänger anknurrst oder versuchst, einen anderen Hund in Spielzeuggröße einzuschüchtern, geht es direkt nach Hause, und du kannst die Schlagsahne vergessen.«

Der Hund gab ein leises *Wuff* von sich, bevor er sich wieder setzte.

Was vielleicht der Grund dafür war, dass sie mit mehr Selbstvertrauen in den Laden ging, als in dieser Situation gerechtfertigt war. Eine Glocke über der Tür läutete, und sofort war sie von einer Wolke vertrauter Düfte umhüllt.

Erdiger Lehm und harziges Leinöl. Mineralhaltiger Grafit und holziges Papier.

Der Geruch von Kunst.

Sie schloss die Augen, atmete ihn ein und ließ sich in ihre Jugendzeit zurückversetzen, als das berauschende Bouquet sie mit einem Gefühl endloser Möglichkeiten erfüllt hatte. Sie hatte

Stunden damit verbringen können, jeden einzelnen weichen Zobelpinsel und jeden dicken Block mit cremefarbenem Papier zu studieren und davon zu träumen, was sie damit erschaffen konnte.

Nicht, dass ihr Terminkalender ihr jemals viel freie Zeit gelassen hätte.

Bis jetzt.

Lark schlenderte zu den Regalen, fuhr mit den Fingern über die gefiederten Pinsel und die Schachteln mit den Pastellfarben in ihren perfekten Regenbogenreihen. Sie hatte gerade die Papphülsen mit den Kohlestiften erreicht, als der Klang einer vertrauten Stimme an ihren Nerven zerrte.

»Woher zum Teufel soll ich wissen, was Gouache ist? Lloyd war immer viel zu sehr damit beschäftigt, seine Boxershorts aus seiner Arschritze zu ziehen, um meine Interessen zu unterstützen.«

Tammy, die Südstaatenschönheit aus dem Kurs.

»Wenn du jemals mit mir ins Museum gegangen wärst, hättest du vielleicht etwas gelernt«, entgegnete Lindas weiche, vollmundige Stimme.

»Du arbeitest ehrenamtlich dort, Linda. Also sei nicht so hochnäsig.«

»Nun, Dr. Blanton sagt, dass sie eine bezahlte Wochenendstelle für mich einrichten werden, sobald das Museum den Zuschuss erhält. Er weiß, dass ich noch immer meinen Kundenstamm aufbaue.«

»Natürlich weiß er das.« Tammys Stimme schnellte in die Höhe wie ein Spatz. »Er ist ein alter Lustmolch, aber nicht dumm. Er macht dir nur Komplimente, damit du unbezahlt arbeitest und er dir weiter auf die Titten glotzen kann, während du Kinder an einem Seil durch den Laden ziehst. Ich habe Besseres an meinen Wochenenden zu tun.«

Dem heiseren Unterton in Tammys Stimme nach zu urteilen, konnte damit nur eines gemeint sein.

»Ich persönlich würde mir lieber jeden einzelnen meiner Zehennägel mit einem Eispickel entfernen, bevor ich es noch mal mit Online-Dating versuche.«

Lark erhaschte einen Blick auf Lindas bräunliche Schulter unter dem flatternden Ärmel einer auberginefarbenen Bluse.

»Das liegt daran, dass du es falsch anstellst.« Einer von Tammys Sandalenfüßen glitt in Larks Blickfeld, gebräunt und frisch pedikürt.

Lark blickte auf ihre eigenen Füße hinab, die sockenlos in alten Tennisschuhen steckten. Wann hatte sie sich das letzte Mal die Fußnägel lackiert? An Weihnachten?

»Du musst mich nur ein Profil für dich erstellen lassen«, fuhr Tammy fort. »Dann stehen die in Scharen vor deiner Tür, mit ihren Pimmeln genau nach Norden zeigend.«

Lark schlug sich eine Hand vor den Mund, um nicht loszuprusten.

»Das ist für mich buchstäblich ein Albtraum«, erwiderte Linda. »Ehrlich gesagt bin ich die letzten zwei Jahre bei Phil geblieben, weil ich mich einfach nicht mit einem neuen Schwanz auseinandersetzen wollte.«

»Gott, das kann ich gut verstehen«, rief Tammy.

Die Stimmen kamen jetzt immer näher.

Lark schlüpfte an den Regalen mit Markern und Farbdosen vorbei, schlich sich in den hinteren Gang, der mit Leinwänden und vorgefertigten Rahmen bestückt war, und spähte in den Laden. Linda hielt sich in der Nähe der Kasse auf. Vorsichtig, um keine plötzlichen Bewegungen oder unnötigen Geräusche zu machen, glitt Lark hinter eine Auslage mit übergroßen Skizzenblöcken und hoffte, dass die Frauen einfach bezahlen und gehen würden. Ihre Hände hatten zu schwitzen begonnen, der Karton der Kohlestifte war schon ganz weich geworden.

Natürlich wählte George genau diesen Moment, um völlig durchzudrehen. Sein Bellen schien an den Steingebäuden abzuprallen und sich zu verdoppeln und zu verdreifachen, während er einem unsichtbaren Feind drohte.

»Großer Gott.« Tammy beugte sich vor, um aus dem Schaufenster des Ladens zu sehen. »Was in aller Welt ist mit dieser Kreatur los?«

»Sieht aus, als ob er …« Lindas Keuchen ließ das Blut aus Larks Kopf in einem prickelnden Rausch nach unten schießen.

Ein schwarzer Streifen schoss am Fenster vorbei.

Die Erkenntnis dämmerte ihr mit blankem Entsetzen. George hatte sein Geschirr zerfetzt.

Lark rutschte das Herz in die Hose, dann rannte sie fast die beiden Frauen über den Haufen, als sie aus der Ladentür und den Bürgersteig entlangsprintete.

»George!« Sie konnte selbst die verzweifelte Panik in ihrer Stimme hören, ihr Herz begann noch schneller zu schlagen und übertönte sogar ihre hämmernden Schritte, als sie mit Vollgas dem glänzend schwarzen Hinterteil des Hundes hinterherrannte.

Er hatte bereits zwei Blöcke Vorsprung.

»George, stopp!«

George stoppte nicht.

Und auch der Postwagen nicht.

Die übergriffigen Gedanken, die in den letzten Monaten ihre unwillkommenen Begleiter gewesen waren, regten sich wieder.

Was, wenn er vor ein Auto läuft?

Was, wenn er um die Ecke biegt und verschwindet?

Wie wird deine Mutter reagieren, wenn du ihr sagen musst, dass du ihren Hund verloren hast?

Larks Oberschenkel brannten, ihre Lungen schrien nach Luft, als ein quietschender Reifen und ein donnernder Knall weiß glühende Panik durch ihren Körper jagten.

Nein.

Nein, nein, nein.

»Georgie!«, flötete eine sirupartig süße Stimme.

Als sie Tammy am Ende der Straße um die Ecke biegen sah, blieb Lark so abrupt stehen, dass sie fast mit dem Gesicht in einen Blumenkübel gekippt wäre.

Georges Sprint verlangsamte sich zu einem Trab, als er die Kreuzung erreichte, wo ein weißer BMW zu sehen war. Lindas Auto, vermutete Lark, als sie den dunklen Kopf hinter dem Lenkrad bemerkte.

»Oh, Tante Tammy hat etwas Gutes für dich.« Sie raschelte verlockend mit einer Plastiktüte.

George war in der Mitte des Bürgersteigs stehen geblieben, seine Schnauze zuckte in Tammys Richtung.

»So ist es brav.« Tammy griff in die Tasche und zog einen gelbbraunen Streifen hervor. »Möchte Georgie Boy etwas Speck? Ja?« In ihrer Frage lag nicht ein Hauch von Besorgnis.

Lark hingegen war wie erstarrt. Sie hatte zu viel Angst, sich zu bewegen, weil sie befürchtete, dass ihr Geruch George wieder zu einem Galopp anstacheln könnte.

Er begann mit seinem lakritzfarbenen Peitschenschwanz zu wedeln.

Tammys goldene Slingbacks klapperten auf dem Bürgersteig, als sie ein paar vorsichtige Schritte in seine Richtung machte.

Georges fuhr sich mit der rosa Zunge über die schwarzen Lefzen, bevor der Speck in seinem Maul verschwand.

Verräter.

»Guter Junge, Georgie«, krähte Tammy und förderte ein weiteres Stück zutage. In dem Moment, als er sich vorbeugte, packte sie sein Halsband.

Erleichtert stieß Lark den Atem aus, trat mit wackeligen Beinen zurück und ließ sich gegen einen anderen Blumenkübel sinken, während Tammy George zum Bordstein zog.

»Es tut mir so leid«, sagte Lark, als sie nah genug war.

Tammy winkte ab und beugte sich vor, um George hinter dem Ohr zu kraulen. »Der Kerl wollte einfach eine dicke Scheibe Truthahnspeck, und ich hatte zufällig welche dabei. Low-Carb-Diät.«

Der glückliche Gesichtsausdruck des Hundes trieb Lark völlig irrationale Tränen in die Augen. Wahrscheinlich hatte sie einfach noch nicht verarbeitet, was alles hätte passieren können, und so glitten die ersten heißen Tropfen über ihre Wangen.

»Vielen, vielen Dank. Ich hatte solche Angst, dass ...«

»Ist schon in Ordnung. Ich kann gar nicht zählen, wie oft mein Precious abgehauen ist.«

Schniefend ergriff sie Georges Halsband.

Der weiße BMW rollte an den Bordstein. »Kann ich irgendwie helfen?«, fragte Linda.

»Nein, bleib einfach in deinem klimatisierten Auto sitzen, während Lark und ich die ganze Arbeit erledigen.«

»Ich hole die Leine.« Der Motor des Autos schnurrte, als Linda zurück zum Kunstladen fuhr.

George ließ sich zwischen ihren Füßen nieder und keuchte, als wäre er gerade einen Marathon gelaufen.

»Ist das nicht typisch Mann?« Tammy schüttelte kichernd den Kopf. »Erst den ganzen Ärger verursachen und dann so tun, als ob er eine lange Pause verdient hätte.«

Linda kehrte zehn Sekunden später zurück, sprang mit der Leine in der Hand aus dem Auto, schlang sie durch das Halsband und zog sie fest.

George hatte es geschafft, den Clip zu zerbrechen, aber die Leine schien sicher genug befestigt zu sein.

Vom Hundedienst befreit, kramte Tammy in der Tasche ihrer geblümten Caprihose und zog ein Taschentuch hervor, das sie Lark reichte.

Erst als sie danach greifen wollte, bemerkte Lark, dass sie bereits etwas in der Hand hielt.

Die Kohlestifte.

Somit konnte sie offiziell *Ladendiebin* zu ihrer Liste unerwünschter Titel hinzufügen.

Leichtgewicht.

Studienabbrecherin.

Versagerin.

»Ich habe sie gestohlen.« Die Tränen flossen noch schneller.

»Ach, Schätzchen.« Lachend tupfte Tammy ihre Wangen ab. »Die sind sowieso überteuert. Jeder Dummkopf, der schon mal bei einem Lagerfeuer war, weiß, dass man Kohle für den Preis eines Bic-Feuerzeugs und eines Sixpacks Bier haben kann.«

Larks Schultern bebten mit einer seltsamen Mischung aus Lachen und Weinen.

»Weißt du, was ich denke?«, fragte Tammy. »Ich denke, wir sollten mit George in den Hundepark gehen und ihn von der Leine lassen, damit er sich richtig austoben kann, und dann solltest du mit uns zum Mittagessen kommen.«

Larks Kehle schnürte sich zu, als sie sich die Nase putzte. »Ich kann nicht«, krächzte sie. »Leider. Ich muss George nach Hause bringen. Und ich habe euch für einen Tag schon genug Ärger bereitet.«

»*Ärger* ist Tammys zweiter Vorname«, mischte sich Linda ein.

»Du hältst den Mund, Linda«, befahl Tammy und drehte sich zu ihr um. »Was hast du gesagt?«

»Wirklich, ich kann nicht. Aber vielen Dank, dass ihr mir geholfen habt, diesen Gauner einzufangen.« Lark packte George an der Leine. »Wenn ich mich irgendwie bei euch revanchieren kann, lasst es mich bitte wissen.«

Tammy warf Lark einen schlauen Blick zu und lächelte. »Du könntest mich beim Mittagessen auf eine Margarita einladen.«

*

Lark wusste nicht genau, wie es zwei Fremden gelungen war, sie zu einem Mittagessen in einem Tex-Mex-Restaurant zu überreden, aber hier saß sie nun mit Tammy und Linda auf einer gemütlichen Terrasse. Das Wetter war perfekt, die Sonne schien warm auf ihre Schultern, und das Lachen der anderen Gäste war unerwartet tröstlich.

Tammys Augen funkelten, als sie das riesige Margarita-Glas kippte. »Ich glaube, du brauchst auch so was«, sagte sie zu Lark. »Das wird dir helfen, den Ladendiebstahl zu vergessen.«

Die gefrosteten, salzgeränderten Gläser mit ihren kobaltfarbenen Stielen sahen wirklich einladend aus, und sie hatte noch mindestens fünf Stunden Zeit, bis ihre Eltern nach Hause kamen. Lark zögerte, bevor sie schließlich mit einem Achselzucken nachgab. »Na gut.«

»Braves Mädchen.« Linda winkte dem Kellner, der sofort zu ihrem Tisch kam. »Unsere Freundin hier würde nun auch gern ein Schlückchen nehmen.«

Der Kellner – Trent, so stand es auf seinem Namensschild – neigte seinen schmalen Kopf. »Kommt sofort.«

Die beiden Frauen beobachteten, wie er sich auf den Weg zur Theke machte.

»Wir sind seine Lieblinge«, informierte Tammy Lark. »Er weiß, dass er ein üppiges Trinkgeld bekommen wird.«

»Er würde wohl lieber *dir* eins geben«, stichelte Linda.

Wie aufs Stichwort warf Trent ihnen ein strahlendes Lächeln zu und winkte, was Tammy und Linda zu einem mädchenhaften Lachanfall veranlasste.

Lark nippte an ihrem Wasser mit Zitrone und verspürte einen ungewohnten Anflug von Neid, weil die beiden sich so offensichtlich gut amüsierten.

»Also.« Tammy kam nun zur Sache. »Woher kommst du?«

»Von hier«, berichtete Lark. »Geboren und aufgewachsen. Was ist mit euch?«

»Ich bin in Macon, Georgia, geboren und aufgewachsen«, antwortete Tammy und zerknüllte das Papier ihres Strohhalms zwischen den Fingern. »Miss Linda hier ist dorthin gezogen, als sie in der fünften Klasse war. Und seitdem sind wir einander immer wieder gefolgt.«

»Gerade sind wir von Orlando hierhergekommen«, berichtete Linda.

»Ihr beide?«, fragte Lark.

»Ja«, antworteten sie unisono.

»Zusammen?«

»Ja«, sagten sie wieder.

»Wir machen alles zusammen.« Tammy leckte Salz von ihrem Glas, bevor sie einen Schluck nahm. »Tanzen, trinken, uns von unseren Ehemännern scheiden lassen …«

»Gott sei Dank«, sagten sie gleichzeitig und stießen miteinander an. Trent kam mit Larks Getränk zurück.

Irgendwie sah die Margarita jetzt, wo sie vor ihr stand, noch größer aus. Praktisch eine Suppenschüssel voller falscher Entscheidungen.

»Kann ich den Damen noch etwas bringen?«, fragte er und ließ den Blick einen Moment länger als nötig auf Tammy ruhen.

»Momentan nicht«, sagte sie. »Aber wir lassen es dich wissen, wenn wir dich brauchen.«

Auf Trents markanten Wangenknochen erschienen zwei rosa Flecken. Wie es schien, genoss der Kellner die Aufmerksamkeit sehr.

»Du wirst dem jungen Mann wehtun«, meinte Linda mit einem Anflug von Bitterkeit.

»Nur, wenn er Glück hat.« Tammy verzog die Lippen zu einem sinnlichen Grinsen. »Prost«, sagte sie und hob ihr Glas.

»Worauf stoßen wir an?«, fragte Linda.

Tammy tippte mit einem Fingernagel auf den Tisch. »Auf Hottie Hoffmans Kunst-Flittchen«, sagte sie.

Larks Wangen wurden bei der Erwähnung von Nicks Namen heiß, sie musste daran denken, was sie sich morgens geschrieben hatten und wie unerwartet angenehm der Austausch gewesen war. In den Stunden danach hatte sie sich alles mehr als einmal durchgelesen und Nicks Sinn für Humor jedes Mal mehr zu schätzen gewusst.

Er war einfach so … so … charmant? Entwaffnend?

Zumindest war das die einzige Erklärung dafür, dass sie so bereitwillig ihre Therapeutin erwähnt hatte.

Hör bitte auf, so gottverdammt witzig zu sein und mich zu hilflosen Antworten zu zwingen. Ich habe zu arbeiten.

Nick Hoffman hielt sie für witzig.

Zur Abkühlung nippte Lark schnell an ihrer Margarita.

Der säuerliche Limettengeschmack kitzelte ihre Geschmacksknospen. Wann hatte sie das letzte Mal an einer Margarita im Sonnenschein genippt um – sie überprüfte schnell ihr Telefon – 14:27 Uhr an einem Mittwoch?

Niemals?

Die Frage machte Lark nachdenklich.

Ihr öffentlicher Nervenzusammenbruch war inzwischen eine praktische Zeitgrenze, um ihr Leben in ein Vorher und ein Nachher zu unterteilen. Tatsächlich aber hatten sich die Risse auch schon gezeigt, bevor Reeses Heiratsantrag im Country Club ihr eine kreischende Panikattacke beschert hatte.

Es hatte Tage und Nächte gegeben, in denen sie mit zugezogenen Jalousien in ihrem Zimmer gesessen und Schwierigkeiten gehabt hatte, sich so wie früher an Gelerntes zu erinnern. Sie verpasste Kurse. Ließ Mahlzeiten ausfallen. Schrieb haufenweise entschuldigende E-Mails an ihre Professoren.

Heute auf dieser sonnigen Terrasse konnte Lark erkennen, dass sie allmählich abgerutscht war, bevor sie schließlich vollkommen abstürzte. In den Monaten danach war der Keller ihrer Eltern zu ihrem persönlichen Fegefeuer geworden. Weder Himmel noch Hölle – eher eine triste, graue Höhle, in der sie sich verstecken konnte, während die Depression nach und nach alles abgeschliffen hatte, was von ihr übrig geblieben war.

Und doch war sie jetzt hier.

Im Freien, bei Tageslicht. Sie hörte zu, wie zwei Frauen, die ihr gestern Abend noch völlig fremd gewesen waren, darüber nachdachten, wie man Nicks Kleidungsstil beschreiben sollte. *Einsamer Holzfällertyp* stand ganz oben auf der Liste.

»Ich war mit ihm auf der Highschool«, platzte Lark heraus.

Sowohl Linda als auch Tammy hielten inne, die Margarita-Gläser halb zum Mund geführt.

»Im Ernst?«, fragte Linda.

Lark nickte und trank einen kräftigen Schluck, bevor sie das Glas vor sich abstellte. »Wir waren in derselben Abschlussklasse.«

»Erzähl uns alles.« Tammy griff über den Tisch, um Larks Hand zu ergreifen. »Wie war er so? Was für Klamotten hat er getragen?«

Lark hielt inne, während sie den jungen Mann mit dem schmalen Gesicht, der Nick einmal gewesen war, in Gedanken vorbeiziehen ließ. »Eher ein Einzelgänger, viel Schwarz und bedruckte T-Shirts.«

»Das kann ich mir gut vorstellen«, sagte Tammy seufzend. »Melancholischer Künstlertyp.«

»Eigentlich … ja«, gab Lark zurück. »Irgendwie schon. Es war so, als fände er es sinnlos, Freunde zu haben. Zumindest nicht die Art von Freunden, die man an der Spring Valley High finden konnte. Wir hatten nur einen Kurs zusammen.«

»Welchen?«, fragte Linda.

»Kunst, seltsamerweise«, sagte Lark.

Sie erinnerte sich an Nick, wie er sich über eine Zeichnung beugte, immer mit Kopfhörern, und wie ihm sein langes, lockiges Haar ins Gesicht fiel.

»Bitte sag mir, dass du ein Jahrbuchfoto hast«, sagte Tammy.

»Es gibt keins.«

»Hat er den Fototermin verpasst oder so?« Linda zog Chips durch die Salsa.

»Eher boykottiert«, antwortete Lark. »Er musste sogar vor dem Schülerrat erscheinen, um sich zu erklären.«

Was Lark wusste, weil sie und Reese beide im Rat gewesen waren. Schatzmeister und Präsidentin.

»Er sagte was von wegen Phänomenologie und dass ein Foto kein genaues Abbild seines Wesens sei, da sein Körper nur ein Körper wäre und nichts mit seinem Bewusstsein zu tun habe?«

Tammy blinzelte sie mit tequilaglasigen Augen an. »Du hast gerade eine ganze Menge Worte gesagt.«

»So in etwa hat auch der Schülerrat reagiert«, meinte Lark. Sie erinnerte sich noch gut an ihre Diskussion. Bis zu dem Heiratsantrag war es der einzige Streit gewesen, den sie und Reese je gehabt hatten.

Ihre Stimme gab dann den Ausschlag.

Zu Nicks Gunsten.

»Wie auch immer, seine Zeichnungen waren unglaublich«, fuhr Lark fort und trank einen weiteren Schluck. »Er hatte einen rohen, wirklich fesselnden Stil.«

»Hat er wohl immer noch, wie man so hört.« Tammys Lippen zuckten verschmitzt, was Larks Fühler umgehend in Bewegung setzte.

»Wie meinst du das?«, fragte sie.

Linda zupfte die Limettenspalte vom Rand ihres Glases und

drückte den Saft in das blassgrüne Getränk. »Sie meint Klatsch und Tratsch.«

Lark spürte, wie sie sich versteifte.

Erst seit sie selbst während eines unbedeutenden Brunches innerhalb einer Sekunde von einer triumphierenden Gewinnerin zu einem abschreckenden Beispiel geworden war, begriff Lark, dass Klatsch und Tratsch schon immer ein wichtiger Teil ihrer Umgebung gewesen waren.

Bis zu ihrer öffentlichen Implosion hatte sie stets auf der Siegerseite gestanden.

Zu wissen, dass auch Nick in diesen Strudel gezogen worden war, bot ihr ein gewisses Maß an Trost.

Tammy senkte die Stimme zu einem Flüstern und beugte sich vor. »Im Büro heißt es, dass Mr. Hoffman ein längeres Arrangement mit einer gewissen prominenten Frau aus Spring Valley laufen hatte, das vor Kurzem beendet wurde.«

Linda tunkte mehr Chips in die Salsa. »Erstens: Du weißt, dass ich es unheimlich finde, wenn du ihn Mr. Hoffman nennst, und zweitens: Welche Frau? Kenne ich sie?«

»Eine Freundin einer meiner Kolleginnen bei Fisher und Fogelman.« Tammy fächelte sich dramatisch mit einer Getränkekarte Luft zu und fügte dann an: »Anscheinend haben sie sich bei einer hochkarätigen Spendenaktion in New York City kennengelernt, wo sofort die Funken flogen.«

Lark redete sich ein, dass sich ihre Kehle wegen des sauren Limettensaftes zuschnürte und nicht etwa aus Eifersucht auf eine glamouröse Anwältin, die mit Nick zusammen gewesen war.

»Du bist Anwältin?«, fragte sie.

»Rechtsanwaltsgehilfin«, antwortete Tammy.

»Tammy lernt für die Jura-Prüfung«, erklärte Linda. »Sie bewirbt sich im Herbst an den juristischen Fakultäten.«

»Oh, wow.« Lark konnte nur hoffen, dass ihr Gesichtsausdruck nicht ihre Überraschung darüber verriet, dass eine Frau, die vielleicht Mitte dreißig war, Anwältin werden wollte. »Das ist erstaunlich.«

Tammy zuckte mit den Schultern. »Wir werden sehen. Ich muss erst meinen Bachelor abschließen und dann irgendwo angenommen werden.«

»Das wirst du.« Die inbrünstige Überzeugung in Lindas Stimme brachte Lark zum Lächeln. »Wenn der letzte Punkt für das Wahlfach Kunst von der Liste gestrichen ist, hast du's im Sack.«

Deswegen also besuchten sie Nicks Kurs.

»Bist du deshalb nach Spring Valley gezogen?«, fragte sie. »Weil es näher an einer der juristischen Fakultäten liegt, an denen du dich bewerben willst?«

»Ja, Ma'am.« Tammy nickte.

»Und du?«, fragte Linda. »Wohnt deine Familie in Spring Valley?«

»Meine Eltern schon«, antwortete Lark, während die Anspannung in ihre Glieder zurückkehrte.

»Geschwister?«, fragte Tammy.

Wieder schluckte sie schwer. »Einzelkind.«

Zum Glück kam Trent, um ihre Bestellungen aufzunehmen, was Tammy und Linda kurzzeitig von ihrem freundlichen Verhör ablenkte. Lark bestellte den Fajita-Shrimps-Salat, hauptsächlich, weil man in Salaten leichter herumstochern konnte, ohne dass die anderen bemerkten, dass man keinen großen Appetit hatte. Als er gegangen war, kam Tammy auf die Frage zu sprechen, die sie Lark wahrscheinlich von Anfang an hatte stellen wollen.

»Hast du einen Freund?«

Zwei schnelle Schlucke. »Hatte. Wir haben uns vor ein paar Monaten getrennt.«

»Das tut mir so leid.« Linda neigte ihren dunklen Lockenschopf mitfühlend zur Seite. »Was ist passiert?«

Eine einfache Frage, auf die es keine ganz so einfache Antwort gab.

Ob es an der halben Margarita lag oder an der geselligen Runde, Lark jedenfalls erzählte es ihnen.

Und zwar alles.

Der Antrag. Die Panikattacken. Die Depression.

Tammy und Linda hörten gebannt zu und unterbrachen sie nur, um bei Trent eine zweite Runde zu bestellen.

»Es ist seltsam«, sagte Lark, am Ende ihrer Geschichte angekommen, und schob einige Meersalzkörner auf dem Tisch hin und her. »Sieben Jahre, und auf einmal ist es so, als ob man die Person, die man am besten kennt, überhaupt nicht mehr kennt.«

Tammy und Linda tauschten einen Blick, der Bände sprach.

»Hast du je wieder von ihm gehört?«, fragte Linda.

Lark nahm einen Schluck von ihrem frischen Getränk und erzählte den Teil, den sie ihren Eltern nicht mitgeteilt hatte. Dass Reese ihr seit einem Monat Nachrichten schrieb.

»Und was schreibt er?«, fragte Tammy.

Lark holte tief Luft. »Hauptsächlich, dass er mich vermisst«, sagte sie. »Dass er mich immer noch liebt.« Ihre Kehle schnürte sich zusammen. »Er hat mir sogar Fotos von seinem neuen Haus in Charleston geschickt.«

Tammy und Linda zogen überrascht die Augenbrauen hoch. »Er hat ein Haus gekauft?«

»Vom Treuhandvermögen seiner Eltern«, erklärte Lark. »Er hat sehr deutlich gemacht, dass das eigentlich unser Hochzeitsgeschenk hätte sein sollen.«

»Seine Eltern wollten euch ein ganzes Haus schenken?« Tammys geschwungene Lippen standen offen.

Lark hatte es immer als schwierig empfunden, anderen Menschen, die noch nie mit einem solchen Reichtum zu tun gehabt hatten, zu erklären, wie die Hudsons waren. Sie nahmen beispielsweise aus einer Laune heraus ein Privatflugzeug für ein Skiwochenende in Telluride, verlangten aber die Rückerstattung von fünfundsiebzig Dollar für das Ausleihen eines Schneemobils, das nicht das Modell war, das sie sich vorgestellt hatten.

Lark wusste, was für ein Privileg es war, in einer Mittelschichtfamilie in einer recht gehobenen Gegend aufzuwachsen. Die Idee von einem Leben, in dem sich zu verlieben mit Treuhändern und Eheverträgen einherging, hatte sie aber immer schon auf die Palme gebracht.

»Ein ganzes Haus«, sagte Lark. »Ich habe keine Ahnung, was ich ihm sagen soll.«

»Darf ich?« Linda streckte die Hand aus.

»Sie kann das wirklich gut.« Tammy legte eine Hand auf Larks Unterarm. »Sie ist es, die meinen idiotischen Ex-Mann Lloyd dazu gebracht hat, der Scheidungsvereinbarung zuzustimmen.«

Tief durchatmend öffnete Lark die Nachrichten und reichte ihr Handy weiter.

Linda ließ ihre goldbraunen Augen über das Display wandern, während sie mit dem Daumen durch die Nachrichten scrollte.

Als sie das Ende erreicht hatte, nickte sie langsam, die Lippen konzentriert zusammengepresst, bevor sie mit den Daumen zu tippen begann. Nachdem sie einige Sekunden lang wie wild getippt hatte, gab sie das Telefon zurück, damit Lark lesen konnte.

> Reese, vielen Dank, dass du dich meldest. Ich weiß deine freundlichen Worte zu schätzen, aber meine Therapeutin meint, dass es für meine Genesung das Beste ist, mir Zeit zu lassen, um meine Gefühle im Zusammenhang mit dem Ende unserer Beziehung zu sortieren. Vielen Dank, dass du bereit bist, meinen Wunsch während dieses Prozesses zu respektieren.

»Das ist unglaublich«, sagte Lark. »Aber ich kann ihn nicht anlügen.«

»Inwiefern?«, fragte Linda.

»Das hat meine Therapeutin nicht gesagt.«

»Sie ist zugelassene Ehe- und Familientherapeutin«, sagte Tammy und stupste ihre Freundin gegen den durchtrainierten Arm. »Also theoretisch …« Sie brach ab.

Lark holte tief Luft und drückte auf *Senden*, als ihr Essen kam. Sie war überrascht, dass sie ein nagendes Hungergefühl im Magen verspürte, etwas, das sie schon lange nicht mehr erlebt hatte. Genüsslich begann sie, die würzigen, saftigen Garnelen zu essen, den kühlen, knackigen Salat und das cremige Dressing. Sogar die dünn geschnittenen Radieschen, die sie normalerweise hasste. Lark hatte ihre zweite riesige Margarita getrunken, ihren gesamten Salat und die restlichen Chips und Salsa aufgegessen, als ihr Handy summte.

Ruf mich an.

Ihr Gesicht kribbelte vor Panik, als sie sich vom Tisch abstieß.

»Ich … ich muss mal schnell telefonieren. Ich bin gleich wieder da«, stammelte sie, schnappte sich ihre Handtasche und verließ mit hastigen Schritten die Terrasse. In ihrem Kopf herrschte ein Wirrwarr von hastig ausgedachten Ausreden, als sie die Nummer ihres Vaters wählte. Er nahm gleich beim ersten Klingeln ab.

»Wo bist du?« Seine Frage war voller harter Kanten und geschlossener Türen.

Lark zögerte, während sie versuchte, eine Antwort zu finden, die ihn zufriedenstellen würde. »Ich habe zufällig zwei Freundinnen getroffen, und wir haben beschlossen, zusammen zu Mittag zu essen«, sagte sie.

»Hast du nicht etwas vergessen?«

Das war bei Weitem eines von Larks meistgehassten Spielchen und der Grund dafür, dass immer nur ihre Mutter sie vor Prüfungen abfragen durfte. Oder ihr das Autofahren beibringen.

Die Methoden ihres Vaters zielten größtenteils auf Scham ab.

Zumindest hatte ihr das ihre Therapeutin erklärt.

»Nicht, dass ich wüsste«, sagte sie, weil sie sich an nichts aus dem gemeinsamen iPhone-Kalender der Familie erinnern konnte.

»Mrs. Hudson?«, drängte er.

Die Erkenntnis überflutete ihren margaritagetränkten Verstand. Die Mutter ihres Ex-Freundes sollte heute Nachmittag vorbeikommen, um das Geburtstagsgeschenk zu überreichen, das sie zu diesem verhängnisvollen Osteressen mitgebracht hatte.

Das gehörte zu den Komplikationen, die die Trennung von Reese mit sich brachte. Ihre Eltern waren schon vor ihrer Geburt beste Freunde gewesen. Mr. und Mrs. Hudson waren Larks Paten. Dass sie und Reese eines Tages auch ein Paar werden würden, hatte sich unausweichlich angefühlt. Das letzte Glied, das die gemeinsame Zukunft ihrer Familien besiegeln würde.

»Oh, Mist«, rief Lark, das Herz rutschte ihr in die Hose. »Es tut mir so leid, Dad. Das habe ich völlig vergessen.«

»Hast du keine Kalendererinnerung bekommen?«

Sie brachte es nicht über sich, ihm zu sagen, dass sie nicht mehr aktiv auf ihr Handy geschaut hatte, seit sie George sicher nach Hause gebracht hatte. Sie presste eine Hand an die Stirn, um ihre Gedanken zu ordnen. »Ich muss die Lautstärke heruntergedreht haben.«

Das tiefe Seufzen ihres Vaters war wie ein Stein, der direkt auf ihre Brust knallte. »Wie schnell kannst du zu Hause sein? Sie wartet schon seit zwanzig Minuten in ihrem Auto.«

Lark lehnte sich gegen die Wand und schloss die Augen, sie fühlte sich wie ein Kind, als sie die Enttäuschung ihres Vaters in sich aufsaugte. »Zehn Minuten?«, sagte sie, wohl wissend, dass sie fünf Minuten unterschlug.

»Ich sage ihr Bescheid.«

Die plötzliche Stille schmerzte im Ohr.

Sie holte tief Luft, straffte die Schultern und ging mit schweren Schritten zurück zum Tisch. Ihre Kehle schnürte sich zusammen, als sie sah, dass Tammy und Linda die Reste des Essens und der Getränke bereits eingepackt und die Rechnung übernommen hatten. Keine der beiden fragte, ob es ihr gut ging, und als sie ihnen in die Augen sah, wurde Lark klar, dass sie es auch so wussten.

»Kann es losgehen?« Tammy hakte sie unter.

Lark nickte nur, weil sie ihrer Stimme nicht traute.

Sie war gerade auf den Rücksitz gerutscht, als ihr Handy piepte. Es war keine Textnachricht, wie sie dankbar feststellte, sondern das fröhliche Läuten der SVCC-App.

HoffmanN: Wie läuft's mit der Zeichnung?

HockneyL: Sagtest du nicht, dass du mich nicht unter Druck setzen willst? 😉

HoffmanN: Okay, du hast mich erwischt. Ich sitze in einer langweiligen Telefonkonferenz und brauchte eine Ausrede, um dir zu schreiben.

HoffmanN: Ich glaube, es ist noch zu früh, um über die Koi zu sprechen.

Larks Magen kribbelte vor Aufregung bei der Vorstellung, dass Nick eine Ausrede brauchte, um ihr eine Nachricht zu schicken.

HockneyL: Das ist vielleicht ein guter Zeitpunkt zu gestehen, dass ich gar keinen Koi-Teich habe.

HoffmanN: !!!

HoffmanN: Dann ist es wohl auch ein guter Zeitpunkt zu gestehen, dass ich Kois in Wahrheit hasse.

HoffmanN: Sie sind Kannibalen-Arschlöcher und fressen ihren eigenen Nachwuchs.

HockneyL: Ich persönlich habe sie immer für Karpfen mit ausgefallenerem Outfit gehalten.

»Und wem schreiben Sie da hinten, Miss Lark?«

Lark blickte von ihrem Handy auf und sah ihr eigenes errötetes Gesicht im Rückspiegel, vor dem Tammy gerade ihren Lippenstift auftrug.

»Nur einem Schulfreund«, antwortete Lark und widmete sich wieder ihrem Chat.

»Ich vermisse diese Art von Freunden.« Tammys Augenwinkel waren gekräuselt, als Lark erneut in den Spiegel schaute.

HoffmanN: Okay, ich lasse dich jetzt in Ruhe, versprochen.

HockneyL: Der Solipsismus besagt, dass nur der eigene Verstand mit Sicherheit existiert.

HockneyL: Ich bin mir ziemlich sicher, dass ich schon immer allein war.

HoffmanN: Welcher überhebliche Bastard hat sich diesen Schwachsinn ausgedacht?

HoffmanN: Bevor ich es vergesse, besteht die Möglichkeit, dass du morgen früher kommst?

Larks Herz klopfte hart gegen ihre Rippen.

HockneyL: Wahrscheinlich. Wieso?

HoffmanN: Ich muss mein Handtuch inspizieren.

Lark biss sich auf die Innenseite der Wange, um ein dämliches Grinsen zu unterdrücken.

Ich werde da sein, tippte sie zurück.

Die berauschende Vorfreude ließ sie fast vergessen, was zu Hause auf sie wartete.

Vier

Nick parkte den Wagen genau in dem Moment, in dem die Sonne über dem Horizont unterging und den Himmel in ein leuchtendes Orange-Rosa tauchte. Er atmete tief ein, der süße Duft der Sommerblumen auf dem Campus beruhigte seine aufgewühlten Nerven.

Er steuerte langsam auf das Gebäude der Geisteswissenschaften zu und scrollte dabei durch seine E-Mails.

Marshall hatte seinen Posteingang in den zwölf Minuten, die er für die Fahrt vom Haus seiner Mutter zum Campus gebraucht hatte, erneut bombardiert, sein üblicher Bewusstseinsstrom hatte sich in acht einzelne Nachrichten ohne Betreff aufgeteilt.

Er war ja schließlich der Typ mit den Ideen.

Als er durch die Tür trat, empfing ihn der vertraute Geruch von Bohnerwachs und Kunstzubehör. Er winkte Arthur zu, dem grau gekleideten Hausmeister, der seine große Poliermaschine zum Stoppen brachte.

»Eine Ihrer Studentinnen ist früher gekommen, ich habe sie schon mal in den Raum gelassen«, sagte er. »Ich hoffe, das ist in Ordnung.«

Nicks Herz machte einen Satz. »Mehr als in Ordnung.«

Er eilte den Korridor entlang zu der angelehnten Tür, durch die Licht auf das frisch polierte Linoleum fiel. Um Lark auf sich aufmerksam zu machen, räusperte er sich, und dann, bevor er die Tür aufstieß, brauchte er einen Moment, bis er das idiotische Grinsen losgeworden war.

Nur war es nicht Lark.

Tammy saß an ihrem Tisch, ihre gebräunte Haut leuchtete in dem geblümten rosa Sommerkleid, ihr schulterlanges blondes Haar war frisch gelockt.

»Hey, Tammy.« Er ging nach vorne, um seine Umhängetasche abzustellen. »Du bist aber früh dran.«

»Oh, ich muss noch einen Bericht fertigstellen und dachte, ich nutze dafür das Campus-Wi-Fi«, sagte sie lächelnd. Ein Laptop stand aufgeklappt vor ihr, ein leerer Notizblock und ein Stift lagen neben ihrem Ellbogen.

Eine total inszenierte Szene, wenn du mich fragst, diagnostizierte Pops Stimme.

»Falls ich dich nicht störe«, fügte Tammy hinzu und kickte unter dem Tisch eine Riemchensandale vom Fuß.

Nick war sich von der ersten Minute an ihres offensichtlichen Interesses bewusst gewesen, weil sie immer, wenn er vor der Klasse stand, mit ihren großen blauen Augen eine Linie zwischen seinem Mund, seinen Händen und seinen Unterarmen zog. Ihm aber hatte nur ein Blick auf die hübsche, frisch geschiedene Frau gereicht, um zu wissen, dass es mit ihr *kompliziert* werden würde. Und wenn es jemals einen Sommer gegeben hatte, den er ohne Komplikationen verbringen sollte, dann war es dieser.

Warum dann gestern Nachmittag diese ganzen Nachrichten?, hakte Pop zu seinem Ärger nach.

»Kein Problem«, sagte er und öffnete die Tasche, um den Block mit seinen Unterrichtsnotizen herauszunehmen. »Ich muss auch noch ein paar Dinge für den Unterricht vorbereiten.«

»Nur zu, Süßer«, sagte Tammy mit ihrer heiseren Stimme und diesem Akzent, zuckrig wie ein Georgia-Pfirsich. »Tu so, als ob ich gar nicht hier wäre.«

Nicht so einfach, dachte Nick, denn der Raum war von dem zitronig-blumigen Duft ihres Parfums erfüllt, und ihre manikürten Fingernägel klickten auf der Tastatur.

Er schnappte sich den kleinen Schlüsselbund für den Vorratsschrank und begann, die Materialien herauszuholen, die er für den Unterricht brauchen würde. Sein Plan war, sich heute mit Farbtheorie zu befassen. Na ja, vielmehr mit Farbtheorie light.

Das, was ihm vorschwebte, würde vom College-Lehrplan abweichen, aber er hatte schon seit einem Monat keinen überraschenden Besuch mehr von Direktoriumsvertretern gehabt. Da der letzte wenig interessiert gewirkt hatte, war Nick zu dem Schluss gelangt, dass es in erster Linie darum ging, zu überprüfen, ob er auch wirklich zu den zwei Abendkursen pro Woche erschien.

»Also, ich habe das Gerücht gehört, dass du mit unserer neuen Mitschülerin in einer Klasse warst.«

»Ach ja?« Nick förderte ein altes Farbrad zutage und pustete den Staub weg. »Wo hast du das denn gehört?«

»Na gut«, räumte Tammy ein, als hätte er sie bereits stundenlang mit Fragen malträtiert. »Es ist eigentlich kein Gerücht. Miss Lark hat es mir bei Fünf-Dollar-Margaritas in der Blue Goose Cantina erzählt.«

Nick wäre wahrscheinlich weniger überrascht gewesen, wenn Tammy ihm offenbart hätte, dass eine Hexe auf einem rauchenden Besenstiel das Gerücht in den Himmel geschrieben hätte. Er stellte das Anschauungsmaterial auf dem Tisch ab. »Du hast Margaritas mit Lark Hockney getrunken?«

»Ja, haben wir«, berichtete Tammy. »Linda und ich haben sie zufällig bei Brilliant Brushes getroffen. Ihr Hund ist abgehauen, und das arme kleine Ding sah aus, als würde es gleich einen Herzinfarkt bekommen. Lark. Nicht der Hund.«

»Sie hat ihn eingefangen, ja?«, fragte er in überraschend ruhigem Ton, wenn man bedachte, wie sehr er an dem Ergebnis interessiert war.

»Genau genommen habe *ich* das«, antwortete sie, »aber erst, nachdem Lark wie eine olympische Sprinterin die Hauptstraße hinaufgerannt ist.«

»Sie war Kurz- und Mittelstreckenläuferin«, sagte Nick. »Wenn ich mich nicht irre, hält sie immer noch einige Rekorde an der Spring Valley High.«

Als häufiger Besucher des Schulleiterbüros hatte Nick damals viel Zeit damit verbracht, die Glasvitrine anzustarren, in der die Besten der SVH ausgestellt waren. Er erinnerte sich daran, Larks Namen auf verschiedenen Plaketten gesehen zu haben, ihr Jahrbuchfoto stand neben einer nicht enden wollenden Liste von Errungenschaften und Ernennungen.

»Überrascht mich kein bisschen«, sagte Tammy. »George muss etwas von der sportlichen Begabung seines Frauchens geerbt haben, denn er war erst einzuholen, als ich mit Truthahnspeck gewinkt habe.«

Nick musste über Tammys dramatische Schilderung lächeln. »Das war wirklich nett von dir«, sagte er.

Tammy zuckte mit den Schultern. »Jedenfalls haben wir Miss Lark überredet, mit uns zu Mittag zu essen und ein paar Margaritas zu trinken …«

»Ein paar?«, fragte Nick.

Tammys große Augen begannen schelmisch zu glänzen. »Als ob du noch nie einen Mittwoch mit ein paar Margaritas erträglich gemacht hättest.«

In der Tat, das hatte er.

Marshalls Ideen führten Moonshot immer weiter von der Vision weg, die für Nick überhaupt der Grund gewesen war, ein solches Unternehmen zu gründen. Die ästhetische Leistung, die KI erbringen konnte, sollte aus ethisch korrekten Quellen stammen.

Marshall jedoch schien in letzter Zeit davon besessen zu sein, die Technologie zu nutzen, um Konkurrenten zu vernichten.

»Jedenfalls hat sie uns von ihrer Jugend in Spring Valley erzählt, von ihren Eltern, von eurer Highschool. Miss Lark meinte, du wärst ein *Unruhestifter* gewesen.«

Überrascht hob Nick die Augenbrauen. Nicht, weil ihn jemand als Unruhestifter bezeichnete, sondern, weil Lark es überhaupt *bemerkt* hatte.

»Ich dachte, dass sie mich auf den Arm nehmen will.« Tammy stupste sein Schienbein mit ihren perfekt lackierten Zehen an. »Ein netter, anständiger Kerl wie du.«

Nick hörte nur halb zu. Er stellte sich Lark vor, errötet und leicht angetrunken, mit seinem Namen auf den salzverschmierten Lippen.

»… stimmt das?«

Er blickte auf Tammy, die ihm offensichtlich eine Frage gestellt hatte und auf eine Antwort wartete.

»Ob es stimmt, dass ich ein Unruhestifter war?« Eine kontextbezogene Vermutung.

Tammy nickte.

»Eher ein leicht ablenkbarer unterdurchschnittlicher Schüler mit einem ausgeprägten Misstrauen gegenüber Autoritätspersonen und einer überheblichen jugendlichen Fixierung auf Philosophie.«

»Aber ich wette, du hattest gute Noten«, sagte sie und warf ihm einen Seitenblick zu, während sie sich mit Gloss über den Schmollmund strich.

»Nein.« Er sah auf die Uhr im hinteren Teil des Raums und begann, zusätzliche Materialien zu ordnen. »Solider C-Schüler. Und auch nur, weil mich Computerprogrammierung und Kunst vor der D-Schublade bewahrt haben.«

»Oh!« Tammy schnippte mit den Fingern. »Das erinnert mich

an den zweiten Grund, warum ich früher gekommen bin.« Sie kramte in ihrer übergroßen Tasche und reichte ihm ein schmales, rostfarbenes Etui. »Sind die in Ordnung?«

»Oh, wow.« Er klappte den Deckel auf. »Da hast du richtig gute gekauft.« Nick gab sie ihr zurück. »Du hättest für diese eine Lektion nicht so viel Geld ausgeben müssen.«

Tammy winkte seine Bedenken ab. »Mein Ex-Mann war so geizig, dass er keinen Penny dafür bezahlt hätte, Jesus auf einem Einrad fahren zu sehen«, sagte sie, mit Betonung auf *Ex*. »Jedes Mal, wenn ich etwas kaufe, worüber Lloyd gemeckert hätte, fühle ich mich, als hätte ich gerade eine dreistündige Massage bekommen.«

»Das muss …«

Nick verstummte, als er Lark Hockney in der Tür erblickte.

Und ihm stockte fast der Atem.

Er hätte nie geglaubt, dass ein paar Tage einen so drastischen Unterschied ausmachen konnten. Anstelle des weiten Kapuzenpullis trug sie Strickjacke und Top. Der olivfarbene Rock, den sie statt der Yogahose vom Dienstag gewählt hatte, reichte ihr bis zur Mitte der Oberschenkel und enthüllte ihre vom jahrelangen Laufen noch immer muskulösen Beine. Ihr kastanienbraunes Haar hatte sie zu einem hohen Pferdeschwanz gebunden, der ihre markanten Wangenknochen, ihre elegante Kieferpartie und ihren schlanken Hals zur Geltung brachte.

Sie sah so aus wie früher auf der Highschool. Und sofort war er wieder der Junge von damals. Schmetterlinge schwirrten in seinem Brustkorb. Er bekam feuchte Hände. Sein Herz drohte, Blut in Körperteile zu pumpen, die es äußerst schwierig machen würden, Unterricht abzuhalten.

»Hey, du.« Nick stieß die Dose mit den Pinseln um, als er nach seinen Vorlesungsnotizen griff.

»Ach du meine Güte«, rief Tammy und sprang von ihrem Stuhl auf, um ihm zu helfen.

»Alles in Ordnung«, sagte Nick. »Geht schon.« Sein Blick huschte zu Lark, die leicht lächelte – ihr war seine Aufregung also nicht entgangen.

»Hey, Süße.« Tammy winkte Lark zu sich, als wären sie alte Freundinnen, und tätschelte den Stuhl neben ihrem. »Du siehst aber hübsch aus«, sagte sie und schnippte leicht gegen Larks Pferdeschwanz.

»Lindas Idee«, erklärte Lark. »Das ist mein *Ich-bin-verantwortungsbewusst-und-gefasst-genug-um-Auto-zu-fahren*-Outfit.«

»Habe ich nicht gesagt, dass sie fantastisch ist?« Tammy drehte sich mit einem seltsam seligen Gesichtsausdruck zu Nick um, bevor sie begann, auf ihrem Handy herumzutippen.

Lark beugte sich vor und flüsterte Tammy etwas zu, das ihr ein breites Lächeln entlockte. »Ich wusste, dass es einen Grund gibt, warum ich diese Frau liebe«, sagte sie.

Linda erschien in der Tür, als wäre sie durch das Kompliment herbeigerufen worden. In den Händen hielt sie einen Getränkekarton mit vier Plastikbechern, die nach gefrorener rosa Limonade aussahen.

»Möchte jemand Frosé?« Sie flitzte in den Raum und stellte die eisgekühlten Becher vor Lark und Tammy ab, bevor sie ihm den letzten brachte.

»Ich bin, äh, nicht sicher, ob Alkohol im Gebäude erlaubt ist.« Nick fand es schrecklich, wie streberhaft er klang.

»Führ uns nicht hinters Licht, Mister«, sagte Linda. »Wir haben alles über dich und Alkohol im Klassenzimmer gehört.«

Nick zog die Brauen zusammen, als sie Lark einen vielsagenden Blick zuwarf.

Zwei rosige Flecken erschienen auf ihren Wangen, ihr kleinlautes Lächeln brachte ihn fast um den Verstand.

Offenbar hatte ihr Gespräch beim Mittagessen ein weites Feld abgedeckt.

»Gut, dass das hier nur ein Sommerjob ist.« Nick hob seinen Becher. Da Tammy und Linda bereits an ihren Getränken nippten, sah Nick keinen Sinn darin, sich weiter querzustellen. »Wegen euch werde ich noch gefeuert.« Nach einem Schluck schob er sich die Brille auf die Nase. »Okay, Leute, wir sollten wenigstens so tun, als hätten wir Unterricht.«

Normalerweise versuchte er, so wenig wie möglich zu reden – tatsächlich war mit dem Medium zu arbeiten bei Weitem der wichtigste Aspekt beim Erlernen jeder Art von Kunst. Heute Abend aber wollte er mit seinem üblichen Modus Operandi brechen und etwas experimentieren.

Er hob das alte Farbrad aus Pappe mit dem Metallstift in der Mitte hoch, mit dem er Primär- und Sekundärfarben drehen konnte, um das Konzept von Kontrasten zu demonstrieren.

»Laut Lehrplan soll ich euch etwas über Simultankontraste beibringen, den Unterschied zwischen Primär-, Sekundär- und Tertiärfarben, Farbton und Chroma …« Nick machte eine Pause, um einen weiteren Schluck seines Frosés zu trinken, was ihm ein Lächeln von Tammy und Linda einbrachte, »und all dieses ausgefallene Farbtheoriezeugs.«

Er schlenderte hinüber und schaltete das Licht im Raum aus, was seinen Schülerinnen ein überraschtes Quietschen entlockte.

»Aber ich denke, die beste Art, etwas über Farbkompositionen zu lernen, ist, sie in Aktion zu sehen.«

Er ging zurück zum Tisch, fuhr seinen Laptop hoch, und auf der Projektionsfläche leuchtete ein strahlendes Gelb auf, das sich über Gold und Orange bis hin zu Zinnoberrot vertiefte. Im Raum war es still geworden.

Nick räusperte sich und ging seine Notizen zu jeder Farbe durch, sobald sie den Bildschirm füllte. Ihre symbolischen Assoziationen, die Möglichkeit, Hunger, Trost, Angst oder Stress hervorzurufen, eine Atmosphäre von Wärme oder Feindseligkeit zu schaffen.

Während er sprach, ertappte er sich dabei, einen Blick auf Lark zu werfen, die mit gespannter Aufmerksamkeit dasaß. Ihr Kinn ruhte in ihrer Hand, und sie hörte konzentriert zu. Als die Farben einen kompletten Zyklus durchlaufen hatten, wurden sie von einer Montage verschiedener Gemälde der bedeutendsten Farbenkünstler der Kunstgeschichte überblendet. Giotto. Da Vinci. Turner. Matisse. Monet. Van Gogh. Picasso. Pollock. Klein. Rothko. Als das Licht wieder anging, bemerkte Nick den Glanz in Larks Augen und stellte zugleich fest, dass Tammys und Lindas Getränke fast leer waren, während Lark ihres kaum angerührt hatte.

Sie starrte ausdruckslos vor sich hin, ihre Wangen hatten beinah denselben Rosaton, den er zuvor im Sonnenuntergang gesehen hatte. Er konnte spüren, wie sich Larks brennende Blicke in ihn bohrten, während er sich mit seinem Laptop beschäftigte.

»Das habe ich also falsch gemacht«, begann Tammy grinsend. »Die ganze Zeit dachte ich, meine Dating-App wäre voller Blindgänger, dabei hätte ich mein Schlafzimmer einfach nicht blau streichen dürfen.«

»Ich werde nie wieder an einem McDonald's vorbeigehen können, ohne an den gelb-roten Hungerquotienten zu denken«, fügte Linda hinzu.

Nick atmete tief durch und hob den Kopf, als er sah, dass Lark ihre Hand hob.

»Ja, Lark?«

Ihr Blick war auf den leeren Bildschirm geheftet, doch dann sah sie zu ihm auf. »Du hast Grau vergessen.«

Was er nicht hatte.

Er hatte Grau absichtlich weggelassen. Denn als er sie Anfang der Woche im Unterricht gesehen hatte, war sie grau *gewesen*. Eine wandelnde Verkörperung von Nebel. Das Letzte, was er wollte, war, sie noch tiefer hineinzustoßen.

»Das stimmt«, antwortete er. Eine E-Mail-Notifikation von Marshall entzündete einen Inspirationsschub. Er rief sein KI-Programm auf und tippte einen Befehl ein. *Erstelle eindringliche Aufstellung von Dingen auf der Erde, die grau sind.* Dann drückte er wieder auf den Lichtschalter.

»Ich glaube, Menschen wie ich neigen dazu, Grau als selbstverständlich anzusehen.«

Delfine. Asche. Afrikanische Papageien.

»Zumindest in der Populärkultur ist es oft ein Synonym für *Langeweile, Gleichförmigkeit, Einfallslosigkeit* und *Depression.*«

Koalas. Gewitterwolken. Windhunde.

»Aber ich glaube, das liegt daran, dass Grau so subtil ist.«

Basalt. Eidechsen. Silberblatt-Salbei. Kanada-Kraniche.

»Man muss schon genauer hinsehen, um die Veränderungen zu erkennen.«

Achat. Andalusier-Pferde. Afrikanische Elefanten.

»Wie unendlich die Variationen sind.«

Tauben. Beton. Grau-Uhus. Gänse.

»Rot wird mit Leidenschaft assoziiert. Blau mit Gelassenheit. Aber Grau kann friedlich, gelassen, stattlich, imposant, ahnungsvoll, zurückhaltend, ehrwürdig sein.«

Granit. Wachteln. Grauwale. Gewitterwolken.

»Das hängt alles von der Stimmung des Betrachters ab.«

Der Mond.

Hier endeten die Vorschläge.

»Wie in aller Welt hast du das gemacht?« Tammy sah ihn an, als sei er persönlich dafür verantwortlich, dass diese riesige Kugel auf dem Bildschirm hinter ihm schwebte.

»Ich fürchte, das ist vertraulich«, antwortete er und zog eine Augenbraue hoch. Er blickte zu Lark. Als sie ihm in die Augen sah, konnte er ihren Gesichtsausdruck unmöglich deuten. War sie interessiert? Gelangweilt? Erleichtert?

Schön.

Und dann geschah das Wundersamste.

Ganz langsam, als benötigte es Gletscherforscher, um es zu messen, zog sie die Mundwinkel nach oben. Lark lächelte, als würde sie sich in diesem Moment daran erinnern, wie es ging.

Es war nicht das erste Mal, dass er das sah. Obwohl sie sich nur wenige Sekunden in die Augen schauten, wurde Nick von einer Welle der Nostalgie in die Vergangenheit zurückgespült.

Der erste Schultag in der Mittelstufe. Er war zehn Minuten zu spät zum Kunstunterricht erschienen und hatte über seine Mitschüler hinweg direkt in ihr Gesicht gesehen. Selbst jetzt konnte er sich noch genau an diesen Tag erinnern. Wie er Mrs. Keil erklärte, dass die Zeit eine relative und willkürliche Erfindung war, die auf industrieller Standardisierung beruhte, und wie Lark als Einzige dasaß, als würde sie tatsächlich zuhören. Nachdem Mrs. Keil sagte, sie würde sein Zuspätkommen nicht melden, wenn er nur die Klappe halten und sich setzen würde, ging Nick zu seinem Platz, warf seinen Rucksack auf den Boden und einen zweiten Blick auf Lark.

Und sie lächelte ihn an.

Nicks Herz hatte sich angefühlt, als wäre es um das Fünffache angewachsen, Wärme dehnte sich in der Mitte seiner Brust aus.

Genau wie jetzt.

Er warf einen Blick auf die Uhr im hinteren Teil des Raumes und stellte schockiert fest, dass sie nur noch fünfzehn Minuten Unterricht hatten. Nick griff nach seinem vernachlässigten Frosé und hockte sich auf die Tischkante.

»Jetzt verstehe ich, worum es hier ging.« Kondenswassertropfen fielen vom Boden des Bechers, als er ihn hin und her schüttelte. »Das war eine gemeinsame Aktion. Ihr wolltet mich von meinen Unterrichtsplänen abbringen.«

Als würde sich Lark erst jetzt wieder daran erinnern, dass sie auch einen Becher hatte, trank sie einen kräftigen Schluck.

Irgendetwas zog sich tief in Nicks Innerem zusammen, als er sah, wie ihre perfekten rosa Lippen den Strohhalm umschlossen, und er zwang sich, wegzusehen.

»Ich glaube, er ist uns auf der Spur.« Linda stieß Lark mit dem Ellbogen an.

»Wirf mich nicht mit diesen Übeltäterinnen in einen Topf«, rief Tammy und klimperte mit den Wimpern. »Ich bin vorbereitet hierhergekommen.« Sie klopfte mit einem Nagel auf die Schachtel ihres teuren Gouache-Sets.

»Schleimerin«, meinte Linda.

»Nörglerin«, schoss Tammy zurück.

Lark, die zwischen den beiden saß, schien ihr gutmütiges Hin und Her nicht zu stören. Wenn überhaupt, dann vertiefte es lediglich das rosige Leuchten auf ihren Wangen. Ihr Grinsen wurde breiter, und er wünschte, dass es ihr Gesicht nie wieder verlassen würde.

»Also gut, ihr zwei.« Nick stellte seinen Becher ab. »Wir werden eine abgekürzte Version der heutigen Lektion machen.« Schnell stattete er jede von ihnen mit einer Plastikpalette, Pinseln, Wasser und einem zwölf mal sieben Zentimeter großen Aquarellpapier aus. »Bis zum Ende des Unterrichts möchte ich, dass jede von euch eine Emotion auswählt und sie mit einer Farbe ausdrückt, die man ihr normalerweise nicht zuordnet.«

Obwohl die Zeit drängte, holte Nick seinen Bluetooth-Lautsprecher hervor und schaltete die Musik ein, die er für die Lektion ausgewählt hatte. Eine Gänsehaut überzog seine Unterarme, als die ersten Töne von Robert Johnsons »I Believe I'll Dust My Broom« das Klassenzimmer erfüllten.

Lark sah von ihrem Blatt auf und fing Nicks Blick auf. *»Blues?«*, fragte sie mit einem Grinsen, das seine Ohren heiß werden ließ.

Nick zuckte mit den Schultern und streckte seine Hände in einer Geste der Hilflosigkeit aus. »Ich kann einem Thema schwer widerstehen.«

Normalerweise tauschten Tammy und Linda, während sie arbeiteten, Witze, Sticheleien und Neuigkeiten aus. Doch heute waren sie merkwürdig still. Sogar nachdenklich.

Nick wartete etwa fünf Minuten länger, dann bat er sie, ihre Bilder zu vergleichen. Lark schien ihn nicht gehört zu haben. Sie blickte unverwandt nach unten, als läge vor ihr kein Blatt Papier, sondern ein Abgrund. Was auch genau das war, was sie in Miniaturformat gezeichnet hatte.

Nick starrte wie gebannt auf ihr Werk.

Die Ränder waren in einem hellen, fröhlichen Zitronengelb gehalten, das sich in eine goldene Farbe vertiefte, wie ein Kind sie für die Sonne wählen würde. Bis dahin wäre er versucht gewesen, die Emotion des Werks als Glück oder Freude zu beschreiben. Womit er aber das Wichtigste übersehen hätte. Genau in der Mitte des Bildes befand sich ein Fleck aus schlammigem Umbra, der sich wie ein Krebsgeschwür in die Helligkeit hineinfraß.

Als Nick es betrachtete, fühlte er sich mit einem Mal unsicher auf den Beinen. Als ob das Bild eine eigene Kraft besäße, die ihn aus dem Gleichgewicht brachte.

Tammy hatte ein krakeliges, unberechenbares Grün gewählt, um Wut darzustellen.

Linda ein frenetisches Blau, um Erregung zu vermitteln.

»Verdammt, Mädchen.« Tammy rieb sich die nackten Arme, als sie Larks Werk musterte. »Da hat jemand die Aufgabe wirklich verstanden.«

Wo sie gerade davon sprachen, Nick hätte fast die Holzkohle vergessen.

So ein Mist.

»Das war's für heute«, verkündete er etwas eindringlicher als beabsichtigt.

Tammy und Linda plauderten miteinander, während sie ihre Sachen zusammenpackten und hinausgingen, nachdem jede von ihnen Lark zum Abschied umarmt hatte.

»Bis nächste Woche, Unruhestifter«, rief Tammy und zwinkerte ihm zu, dann waren sie weg.

Und ließen ihn und Lark allein mit dem Blues.

Sie hatte sich immer noch nicht von der Stelle gerührt und betrachtete ihr Gemälde nachdenklich, als handelte es sich um eine Frage, die sie beantworten musste.

»Gute Arbeit«, sagte Nick.

Lark blickte zu ihm hoch, fast schien es, als hätte sie ganz vergessen, dass er noch im Raum war. »Was? Oh, danke.« Sie hob das Bild auf und steckte es in eine Mappe. »Der Kurs heute hat mir wirklich gefallen.«

Den Kontrast zwischen diesem steifen Gespräch und dem Witz ihrer Online-Unterhaltungen fand er seltsam köstlich. Es war die gleiche Langsamkeit, die er oft beim Vorspiel spürte.

»Mir zu schmeicheln ändert nichts daran, dass du mir noch

eine Zeichnung schuldest.« Nick steckte seinen Laptop in seine Schutzhülle.

»Hast du die Moonshot-Software benutzt, um die Bilder zu erstellen?«, fragte sie.

Er hielt mitten in der Bewegung inne, weil er sich nicht daran erinnern konnte, ihr gegenüber den Namen seiner und Marshalls Firma erwähnt zu haben.

Lark beantwortete seine Frage, bevor er sie stellen konnte, indem sie das Handtuch mit dem Moonshot-Logo hochhob, für das er und Marshall letztes Jahr auf der ByteCon viel zu viel Geld ausgegeben hatten. »Ich habe es gegoogelt.«

Nicks Nacken fühlte sich heiß an. »Jetzt kennst du also mein schmutziges kleines Geheimnis.«

»Das machst du also in Manhattan?« Lark spülte die Plastikpalette aus, ohne dass er sie darum gebeten hatte.

»Ich versuche es«, antwortete er. »Wir befinden uns gerade im zehntausendsten Antragsverfahren für Fördermittel.«

Larks seidiger Pferdeschwanz pendelte bei jeder Drehung ihres Kopfes um ihren schlanken Hals. Seine Augen landeten immer wieder auf den feinen Härchen in ihrem Nacken. Dabei erklärte ihm sein wenig hilfreiches Gehirn, dass er genau wusste, wie sie sich unter seinen Fingern anfühlen würden, wenn er eine Hand dort hinlegte, um ihren Mund an seinen zu ziehen.

»… überraschend?«

»Wie bitte?« Hoffentlich ging sie davon aus, dass es am Wasserrauschen lag, dass er ihre Frage nicht verstanden hatte, und nicht an seinen Fantasien.

»Ich finde es ein wenig überraschend, dass ihr Probleme habt, eine Finanzierung zu bekommen. Es scheint, als ob heutzutage praktisch jede Branche auf den Zug aufspringen will.«

Nick zuckte mit den Schultern. »Ich schätze, ethische KI ist einfach nicht so sexy.«

O Gott. Fuck.

Hatte er gerade *sexy* zu Lark Hockney gesagt?

Nachdem sie die Paletten mit einem Papiertuch trocken getupft hatte, übergab Lark ihm den Stapel. Nick stellte sie zurück in den Materialschrank und verschloss die Tür.

»Lass mich mal deine Zeichnung sehen.«

»Muss das sein?«

»Es *muss* nicht sein«, sagte er, während er beobachtete, wie sie eine Haarlocke um den Finger wickelte. »Aber ich würde sie gern sehen.«

»Ich meine, sie ist ziemlich grob.« Sie öffnete ihre Tasche und zögerte kurz, bevor sie einen großen Skizzenblock mit der Kohlezeichnung eines altmodischen Schiffes vor einem stürmischen Nachthimmel herauszog.

Nick trat näher, um einen besseren Blick zu haben, achtete aber darauf, Lark nicht zu bedrängen, während er die Details studierte. Er spürte, wie seine Brust vor Bewunderung anschwoll, weil sie den drohenden Untergang dieses einsamen Schiffes auf dunklem Wasser so perfekt eingefangen hatte.

»Wow«, meinte Nick aufrichtig und ließ einen Finger über das Heck des Schiffes schweben. »Das ist erstaunlich.«

Lark blickte kurz zu ihm hoch und dann wieder auf ihre vor sich verschränkten Hände hinab. »Ich habe ein bisschen geschummelt.«

»Geschummelt?«, fragte er mit gespielter Bestürzung.

»Es ist ein Flaschenschiff, das mir mein Großvater geschenkt hat, aber ich wollte gar nicht erst versuchen, mit Holzkohle Glas darzustellen, also habe ich einfach das Meer und den Himmel hinzugefügt.«

»Das ist nicht Schummeln«, sagte er, klappte den Skizzenblock zu und gab ihn ihr zurück. »Sondern künstlerische Improvisation.«

»Du schickst mich also nicht zum Direktor?«

Nick steckte das Handtuch, das sie ihm zurückgegeben hatte, in seine Tasche. »Diesmal nicht.«

»Oh! Sonst hätte ich gesagt, wenn du dich für Picasso interessierst, solltest du dir mal Françoise Gilot ansehen«, sagte sie. »Die einzige Frau, die ihn je verlassen hat. Picasso ist danach zu jeder Galerie in Paris gegangen und hat dafür gesorgt, dass sie ihre Werke nicht ausstellen. Ziemlich scheiße von ihm.«

Nick schaute auf die Uhr, als könnte er den Minutenzeiger zwingen, langsamer zu gehen. Er wollte nicht, dass dieses Gespräch endete.

Larks Lächeln verblasste. »Tut mir leid«, sagte sie. »Ich plappere vor mich hin, dabei musst du weg.«

»Ganz und gar nicht«, rief er ein wenig zu eifrig. »Ich meine, ich muss los, aber du plapperst nicht vor dich hin. Ich habe nur donnerstags diesen Termin.«

»Ein heißes Date?«, fragte sie.

»Mit den alten Polizeikollegen meines Vaters.« Er rieb sich den Nacken. »Du hast wahrscheinlich keine Lust, bei Kaffee und Kuchen einem Haufen sechzigjähriger Männer zuzuhören, die über künstliche Hüften reden?«

Noch überraschender als seine Einladung war Larks Antwort.

»Doch, sehr sogar.«

Fünf

Lark hasste es wirklich, wenn ihre Mutter recht behielt.

In den letzten Monaten hatte sie ihr ständig gepredigt, dass sie sich besser fühlen würde, wenn sie sich schöner anzog, und erst jetzt hatte Lark sich widerwillig dazu bekehren lassen.

Natürlich war dies nicht unbedingt ein Outfit, das ihre Mutter gewählt hätte, aber sie fühlte sich auf diese Weise ein wenig … sicherer?

Nicks Einladung hatte sie aus reiner Verzweiflung angenommen, um dieses Gefühl von Normalität, das sie in seiner Gegenwart empfand, länger aufrechtzuerhalten. Diese Momente der Leichtigkeit, in denen sie vollkommen vergaß, sich Sorgen zu machen.

Es war ihr nicht einmal in den Sinn gekommen, ihre Entscheidung zu hinterfragen. Das tat sie erst auf dem Parkplatz des Diners, als sie den Motor des Land Rover ihrer Mutter abstellte und ihr eine kurze Nachricht schickte, dass sie etwas später als geplant nach Hause kommen würde. Die Antwort, die sie umgehend bekam, sollte schmerzhaft offensichtlich nicht besorgt klingen.

> Kein Problem, Süße. Aber vergiss nicht, dass dein Vater um 22.00 Uhr den Sicherheitsalarm anstellt, ja?

Als ob er das nicht schon jede Nacht in Larks Leben getan hätte.

Ihr Na klar wurde mit einem Daumen nach oben quittiert. Ein Zeichen dafür, dass ihre Mutter überhaupt nicht glücklich über diese Abweichung vom ursprünglichen Plan war.

Sie wusste, dass sie ihr Schicksal herausforderte.

Es hatte viel Fingerspitzengefühl gebraucht, ihre Mutter davon zu überzeugen, dass sie in der Lage war, wieder selbst Auto zu fahren – etwas, das sie aufgegeben hatte, als die Panikattacken begannen. Linda, ihr digitaler Cyrano de Bergerac, hatte den brillanten Vorschlag gemacht, ihren Eltern zu erklären, sie wolle sich ab sofort dem Countdown stellen, statt ihn zu ignorieren. Wenn sie also wieder aufs College gehen wolle, wäre es nur hilfreich, grundlegende Aktivitäten – wie Auto fahren – wieder aufzunehmen.

Schockierenderweise hatte der Ansatz funktioniert.

Zwar waren ihre Handflächen schweißnass gewesen, als sie unter den wachsamen Augen ihrer Mutter rückwärts aus der Einfahrt gerollt war, doch hatte ihr Muskelgedächtnis überraschend schnell die Kontrolle übernommen.

Selbst die Fahrt zu einem völlig unbekannten Ort hatte sich als angenehme Erfahrung herausgestellt.

Und jetzt, als sie neben Nick Hoffman über den Bürgersteig schlenderte, fühlte sich alles einfach … gut an.

»Bist du sicher, dass du dich dem gewachsen fühlst?«, fragte Nick. Eine nächtliche Brise zerzauste seine dunklen Locken, sein ernster Gesichtsausdruck ließ ihn jungenhaft wirken. Sie blieben unter der verblassten roten Markise von Happy Jack's Diner stehen.

Lark warf einen Blick durch das Glasfenster auf die verstreut sitzenden Gäste im Inneren. Für einen Donnerstagabend war überraschend viel los. Das fröhliche Klappern von Geschirr und Besteck, Gesprächsfetzen und Gelächter drangen nach draußen, als ein Paar Arm in Arm herauskam.

»Würde es dir etwas ausmachen, vorauszugehen?«, fragte sie.

Sie sah, wie sein Blick verständnisvoll weicher wurde. »Ganz und gar nicht«, sagte er. »Aber nur, damit du es weißt, die Jungs werden mir die Hölle heiß machen, weil ich dir nicht die Tür aufgehalten habe.«

»Zur Kenntnis genommen«, erwiderte sie und duckte sich beim Hineingehen hinter ihn.

An den Wänden hingen gerahmte alte Fotos von Bergleuten, Holzfällern und Eisenbahnarbeitern, die seit Jahrhunderten in dieser Gegend zu Hause waren. Mit rissigem schwarzem Vinyl bezogene Bänke säumten eine Seite des Raums, rote Lederbarhocker flankierten einen langen Holztresen. Im hinteren Teil des Restaurants stand eine altmodische Jukebox mit Klassikern aus den Fünfzigern wie Elvis und Chuck Berry.

Nick sah sich um, hob die Hand, um Leute weit hinten im Raum zu grüßen, und drehte sich zu Lark um. »Bereit?«

Lark nickte und trat einen Schritt zurück, um hinter ihm zu verschwinden. Sie konzentrierte sich darauf, ihren Atem zu verlangsamen, und war überrascht, als Nick eine Hand nach hinten streckte. Sie griff danach, und er drückte ihre beiden Hände an seinen Rücken, während er sie durch das Labyrinth der Tische in eine Ecke führte, wo bereits drei Männer saßen.

»Ist der in Ordnung?«, fragte Nick. »Wir können uns auch an einen anderen Tisch setzen, wenn …«

»Es ist in Ordnung«, sagte sie schnell. Der Gedanke, dass alle Gäste des Restaurants zusahen, wie die Männer sich an einen anderen Tisch setzten, war weitaus einschüchternder, als sich in diese Nische zu quetschen.

Als hätte er ihre Gedanken gelesen, rutschte Nick zuerst auf die Bank, auf der ein Mann saß, womit er Lark den Platz am Ende überließ.

Als sie sich setzte, spürte sie den harten Druck seines Schenkels, die warme Berührung seiner breiten Schulter. Sie wusste sofort, wie es sich anfühlen würde, diesen Arm um sich zu haben, fest an seine Seite gepresst.

»Ist auch verdammt noch mal höchste Zeit«, sagte der Mann gegenüber von Nick. »Willst du uns vorstellen oder weiter so aussehen, als hättest du gerade im Lotto gewonnen?«

Nick räusperte sich. »Lark, das ist Mike.« Er wies mit einer Geste auf einen stämmigen Mann mit dunkler Haut, kurz geschnittenem Haar und einem breiten, offenen Lächeln. »Craig.« Er deutete auf den silberbärtigen Mann neben Mike. »Und David.« Er lehnte sich zur Seite, damit Lark den Mann sehen konnte, der neben ihm saß und dessen braune Augen funkelten. »Leute, das ist Lark. Sie hatte das Pech, sich ausgerechnet für meinen Kunstkurs anzumelden, aber wir kennen uns schon seit der Highschool.«

Sie reichten ihr einer nach dem anderen die Hand, dann näherte sich eine Kellnerin in kultiger rosa Uniform ihrem Tisch und lächelte Nick an.

»Hey, Nick«, sagte sie. »Das Übliche?«

»Ja, danke.«

»Was ist das Übliche?«, fragte Lark leise.

»Kaffee, Dutch Apple Pie und Schokoladeneis«, antwortete er mit einem Lächeln.

»Tut mir leid«, entgegnete sie. »Sagtest du *Schokoladen*eis?«

»Danke«, rief Mike und hieb mit seiner großen Faust auf den Tisch. »Endlich erwähnt es mal jemand.«

Larks Brust wurde warm bei diesem Lob.

»Was darf es für dich sein, Süße?«, fragte die Kellnerin.

Larks Augen weiteten sich, als sie auf die laminierte Speisekarte hinunterblickte, die wahrscheinlich mit Fingerabdrücken von mehreren Tagen verschmiert war. In ihrem Kopf hatte die Schleife bereits begonnen.

Coconut cream pie – hydriertes Kokosöl.

Grasshopper pie – künstliche Farbstoffe.

Pecan pie – Maissirup mit hohem Fruktosegehalt.

Caramel pie – verarbeiteter Zucker.

Wie so vieles andere war auch Ernährung in ihrer Erziehung ein wichtiger Punkt gewesen. Nicht, dass ihre Eltern Gesundheitsfanatiker waren, aber sie hatten ihr beigebracht, darauf zu achten, was sie in ihren Körper steckte.

Und jetzt war es ihr unmöglich, es nicht zu tun.

Wenn sich hin und wieder die Gelegenheit geboten hatte, alle Vorsicht fahren zu lassen, hatte sich ihr Verstand einfach geweigert, mitzumachen, die möglichen Folgen von unverantwortlichen Entscheidungen hatten sie zappeln lassen wie ein Hund mit einem Knochen.

»Ich nehme nur einen Kaffee«, sagte sie. »Haben Sie Mandelmilch?«

»Denke schon«, antwortete die Kellnerin – Ruby stand auf ihrem Namensschild. »Ich werde nachsehen.«

Nachdem sie den Rest der Bestellung aufgenommen hatte, verschwand Ruby in Richtung Küche. »Also gut, Nicky, erzähl uns die Details«, drängte Mike. »Wie lange hast du uns schon hingehalten?«

Nick schluckte schwer, Röte stieg ihm in die Wangen. »Hingehalten?«

»Ja«, sagte Craig. »Ihr zwei seid offensichtlich schon eine Weile zusammen, warum stellst du sie uns erst *jetzt* vor?«

»Das«, meinte David und strich sich über den grau melierten Bart in seinem fleischigen Gesicht, »ist derselbe Junge, der nicht einmal für seine Bar-Mizwa die Socken wechseln wollte, und jetzt ist er mit einer Frau zusammen, die weit außerhalb seiner Liga spielt.«

»Leute.« Nick stützte sich mit den Ellbogen auf den Tisch. »Wir sind nicht …«

»Ich meine, sie müssen schon eine Weile zusammen sein, denn anders kann ich mir nicht erklären, warum er die guten Manieren, die wir ihm in seinen Dickschädel gehämmert haben, völlig vergessen haben sollte, habe ich nicht recht?«

Die Männer murmelten ihr Einverständnis.

»Jungs …«

Lark legte eine Hand auf Nicks Arm. »Ich habe ihn gebeten, vor mir hineinzugehen«, sagte sie mit einem beschwichtigenden Lächeln. »Ich war ein bisschen nervös.«

Dies laut vor echten Menschen auszusprechen, war so etwas wie eine Revolution, denn unter normalen Umständen hätte Lark ihr Bestes getan, ihr Gesicht zu wahren, egal, wie sie sich fühlte.

»Kann man es ihr verdenken?« Nicks Schulter berührte ihre, als er nach einem der Wassergläser griff, die Ruby abgestellt hatte. »Ich hatte keine Gelegenheit, Lark auf euch vorzubereiten. Wir haben uns kaum hingesetzt, und schon habt ihr mich am Arsch.« Seine Zuneigung zu den Männern war trotz der groben Sprache offensichtlich.

»Tut uns leid, Nicky«, brummte Mike. »Wir wollten dich nicht in Verlegenheit bringen.«

»Das stimmt«, meinte Craig. »Wenn wir dich in Verlegenheit bringen wollten, würden wir ihr erzählen, wie du dir auf dem Wanderausflug in die Hose gepisst hast.«

»Oder wie dir auf der Rückfahrt von Disneyland im Auto schlecht wurde und du in deine Mickey-Mütze gekotzt hast«, fügte David hinzu.

»Oder das eine Mal, als du …«, begann Mike.

»Schon gut, schon gut«, unterbrach Nick sie. »Jetzt, wo ihr dafür gesorgt habt, dass Lark nicht mehr in meinen Kurs kommen wird, könnten wir vielleicht über etwas anderes reden.«

»Wie geht es deiner Mom?«, fragte Mike.

»Wir nennen sie jetzt Julia«, rief Nick ihnen in Erinnerung, und Lark war seltsam berührt, dass er das sagte, obwohl seine

Mutter nicht hier war, um es zu hören. »Und gibt es nicht noch was *anderes,* worüber wir reden können?«

Trotz seines Protests spürte Lark, wie sich die Anspannung in seinem Körper löste und sich sein Schenkel an ihrem entspannte. »Ihr geht es gut«, sagte er, als die Männer kein anderes Thema vorschlugen. »Sie beschäftigt sich mit dem Garten und ihren Clubs.«

»Hat sie einen Partner?«, fragte Mike.

So schnell, wie sich seine Spannung gelöst hatte, war sie zurück. »Im Moment nicht«, sagte Nick.

Ruby kam mit einer Kanne Kaffee und Tassen zurück. »Hier ist die Mandelmilch.« Sie stellte einen kleinen Krug in Form einer Kuh vor Lark ab.

»Irgendwie ironisch, oder?« Nick stieß mit einem Fingerknöchel gegen die Milchkanne.

Larks Herz flatterte, als er ihr ein schiefes Grinsen zuwarf. Die Wärme seines Körpers strahlte durch seine Kleidung hindurch, was es schwer machte, sich zu konzentrieren.

»Es ist gar nicht so leicht, Mandeln in Kitsch zu verwandeln«, sagte sie.

Der Kaffee war stark und erstaunlich gut. Das hier schien die Art von Lokal zu sein, in dem die Gäste vielleicht alte Donuts, aber niemals schlechten Kaffee akzeptierten.

»Also«, sagte Craig und ergriff die Kanne, um seinen Kaffee aufzufrischen, »bist du aus Spring Valley?«

»Geboren und aufgewachsen«, gab Lark zu.

Eine tiefe Falte erschien auf Craigs gewaltiger Stirn. »Ich dachte, ich kenne jeden in dieser Stadt.«

»Du meinst, deine *Frau* kennt jeden in dieser Stadt«, murmelte David, womit er den beiden anderen Männern ein Lachen entlockte.

»Wie geht es Judy?«, fragte Nick. »Gibt sie immer noch Klavierunterricht?«

Das Lächeln verblasste auf Craigs rötlichem Gesicht. »Ihr Rheuma lässt das leider nicht mehr zu.« Sein Schnurrbart verschwand in der Tasse. »Aber sie arbeitet immer noch Teilzeit im Country Club.«

Larks Kehle wurde staubtrocken. Sie stellte die Tasse ab, als ihre Hand zu zittern begann. Unter dem Tisch ergriff Nick sie und legte sie auf sein Knie.

Es war eine so intime Geste, aber zugleich so beiläufig, dass sie wie die natürlichste Sache der Welt erschien. Die kombinierte Wärme seiner Handfläche und seines Oberschenkels strahlte ihren Arm hoch und fand ihren Weg in ihre Brust, was ihr Herz allmählich dazu brachte, wieder langsamer zu schlagen.

»Julia hat mir erzählt, dass Judy einen Wintergarten bauen lässt«, warf Nick ein.

Craig stieß ein gequältes Stöhnen aus. »Wir haben jetzt schon drei Bauunternehmer gehabt. Dieser letzte Clown …«

Sein Monolog der Unzufriedenheit wanderte in den Hintergrund, als sie und Nick sich ansahen.

Wusste er, was genau im Country Club passiert war, oder hatte er lediglich ihre Angst gespürt, die vermutlich um sie herum knisterte wie eine kaputte Stromleitung?

Lark suchte in den Tiefen seiner grauen Augen und stellte überrascht fest, dass die Antwort nicht wirklich wichtig war. Eine Welle der Dankbarkeit für seine Anwesenheit und den Frieden, den sie dabei verspürte, spülte alle Sorgen weg.

»Da wären wir.« Ruby kam mit einem riesigen Tablett zurück, auf dem vier Kuchenteller standen.

Nick neigte sich zu Lark, und sie bemerkte, dass sie sich ganz leicht an ihn lehnte, als würde ihr Körper wie von einem Magneten angezogen. Die überwältigende Intensität machte sie schwindelig.

»Willst du ein Stück?« Er schob ihr die Gabel hin.

Larks Magen begann unüberhörbar zu knurren. Trotz des Schokoladenschlamms, der sich um den Boden des Kuchens gebildet hatte, sahen die goldbraune, flockige Kruste und die würzige Apfelfüllung einfach köstlich aus.

Der hoffnungsvolle Blick in seinen schiefergrauen Augen war unwiderstehlich.

Sie nahm die Gabel und probierte einen Bissen.

Nicks Blick fiel auf ihren Mund, während sie kaute. »Urteil?«

»Ich kann den Reiz durchaus erkennen«, sagte sie und reichte ihm die Gabel zurück. »Auf eine würzige mexikanische Schokoladenart.«

Das schien ihm zu gefallen. »Bist du sicher, dass du nicht noch mehr willst?«

Tatsächlich war sie sich ganz und gar nicht sicher. Sie hatte … Hunger. Als ob dieser eine Bissen in ihr ein Verlangen geweckt hätte, das tiefer ging als das menschliche Grundbedürfnis nach Nahrung.

»Absolut«, sagte sie. »Lass es dir schmecken.«

Die Männer brauchten keine fünf Minuten, um ihre Kuchen zu verschlingen, und weitere zehn, um den Kaffee auszutrinken. Lark saß da, die Hände um ihre warme Tasse gelegt, und ließ sich auf einem Meer von geselligem Geplauder und freundschaftlichem Gequatsche treiben.

Mike war der Erste, der das Ende ihres Treffens andeutete. Er klopfte sich auf den Bauch, schob seine Kaffeetasse von sich und winkte Ruby herbei, was in einem fünfminütigen Streit darüber, wer mit dem Bezahlen an der Reihe war, endete.

Sie machten sich auf den Weg nach draußen, wo alle drei Männer Nick nacheinander umarmten, Mike zerzauste ihm zudem das Haar und teilte Lark mit, dass sie sich ihnen gern anschließen könne, wann immer sie wolle.

»Ich nehme Sie beim Wort«, sagte sie und stellte überrascht fest, dass sie es tatsächlich ernst meinte.

Gemeinsam gingen Nick und Lark zum Parkplatz, wobei sie beide es nicht besonders eilig zu haben schienen.

»Ich hoffe, das war nicht zu schlimm für dich.«

»Ganz im Gegenteil«, sagte Lark. »Ich habe ihre Gesellschaft wirklich genossen.«

»Sie sind sozusagen meine inoffiziellen Onkel, seit mein Vater starb«, erklärte Nick. »Sie haben sich miteinander abgewechselt, den Vaterkram zu erledigen. Zu meinen Sportveranstaltungen zu kommen. Mich zum Zelten mitzunehmen. Mir in den Arsch zu treten, wenn ich aus der Reihe tanzte.«

Die Luft schien sich zu verändern, als er sprach, eine plötzliche Schwere lastete darin. Lark schaute ihm in die Augen. In seinem Blick lag etwas so herzzerreißend Verletzliches, dass sie die Hand nach ihm ausstrecken wollte. Sie wusste, dass er seinen Vater mit sechzehn Jahren verloren hatte, aber bis zu diesem Augenblick war ihr nicht bewusst gewesen, wie verheerend dieser Verlust gewesen sein musste.

»Dafür mag ich sie umso mehr«, sagte Lark. »Und das nicht nur, weil ich jetzt für die Ladys ein paar exzellente Gesprächsthemen beim nächsten Lunch habe.«

»Da fällt mir ein …« Nick wurde langsamer und sah sie an. »Woher weißt du, dass ich in der Highschool Alkohol getrunken habe? Ich bin nie erwischt worden.«

Lark hatte sich schon gefragt, ob er das wohl zur Sprache bringen würde, nachdem Linda und Tammy es erwähnt hatten.

»Ich habe einmal im Wartebereich von Direktor Gregson gesessen und gesehen, wie du zwischen den Unterrichtsstunden deine Wasserflasche mit Gin gefüllt hast.«

Nick hob eine Augenbraue. »Meine erste Frage ist natürlich, was du im Büro des Direktors zu suchen hattest.«

»Ich hatte die Unterschrift meiner Eltern gefälscht.«

Jetzt hielt Nick inne. »Gefälscht? Du?«

Lark zog ihre Strickjacke fester um sich und nickte. »Ich wollte Anatomie und Physiologie abwählen.«

»Und sie haben das Formular dafür nicht unterschrieben?«

Sie drehte sich zu ihm um. »Ich wollte sie nicht fragen.« Es fühlte sich wie das lahmste aller Geständnisse an. »Ich dachte, wenn ich es einfach tue, müssten sie irgendwie damit klarkommen, und es würde ausnahmsweise mal keine große Diskussion geben. Ich weiß, das war dumm …«

»War es nicht.« In Nicks Stimme lag eine Vehemenz, die sie überraschte. »Wenn du die Fächer abwählen wolltest, hattest du sicher einen guten Grund dafür.«

Eine nächtliche Brise strich über Larks Nacken. »Sie hielten es eher für *mangelndes Vertrauen in meine Fähigkeit, unter Druck zu arbeiten*.«

Nicks schob das Kinn vor. »Oder sie haben dich einfach viel zu sehr unter Druck gesetzt.«

»Doch sie hatten recht«, sagte sie. »Ich habe es geschafft.«

»Und mit Bestnote, würde ich wetten«, fügte Nick hinzu.

»Natürlich.«

Sie bogen auf den Parkplatz ein.

Der Geruch von warmem Asphalt lag in der Luft und vermischte sich mit dem Duft des Geißblatts, das den angrenzenden Maschendrahtzaun überwucherte. Die langen Gräser am Boden seufzten, als eine Brise durch sie fuhr. Die Grillen und Laubfrösche füllten die Luft mit einem Chor aus Trillern und Zirpen.

»Danke, dass du mitgekommen bist«, sagte Nick und steckte seine Hände wieder in die Taschen.

Lark schlang die Arme um ihren Brustkorb. »Danke, dass du mich eingeladen hast.«

»Nur so aus Neugierde: Wäre es komisch, wenn ich dich fragen würde, mit mir einmal irgendwo hinzugehen, wo keiner der ehemaligen Kollegen meines verstorbenen Vaters bezahlt?«

Ein Schwarm Schmetterlinge flatterte in Larks Bauch auf. »Es wäre nur seltsam, wenn du Dave bitten würdest, mitzukommen«, sagte sie.

»Das war definitiv nicht Teil des Plans.«

»Es gibt also einen Plan?«

Farbkleckse erschienen auf seinen hohen Wangenknochen. »Einen sehr vagen.« Er kramte sein Handy aus der Gesäßtasche. »Ich brauche aber eine alternative Kontaktmöglichkeit. Wenn ich dabei erwischt werde, wie ich Studentinnen über die Campus-App persönliche Nachrichten schicke, könnte ich meine Verbeamtung aufs Spiel setzen.«

Er unterstrich seinen Scherz mit einem verlegenen Grinsen, als er ihr sein Telefon mit geöffnetem Kontaktdisplay überreichte. Lark tippte schnell ihren Namen und ihre Handynummer sowie ihr Instagram-Handle ein. Zwar hatte sie es seit Ewigkeiten nicht mehr benutzt, aber irgendwie wollte sie, dass er zu sehen bekam, wer sie einmal gewesen war, als sie zumindest vorgegeben hatte, ihren Scheiß auf die Reihe zu kriegen. Sie gab ihm das Handy zurück, ohne den Kontakt zu speichern, damit er diese zusätzliche Information auch sah.

Als sie zu ihm aufblickte, bemerkte sie, wie sich sein Mund zu einem kleinen Lächeln verzog. »Stell dir vor, was für ein Skandal es gewesen wäre, wenn wir einander in der Highschool gefolgt wären.«

Sie gingen weiter zu ihren Fahrzeugen. »Ich wünschte, das wären wir.«

»Tust du nicht, das versichere ich dir. Mein Feed bestand aus nichts als *Fortnite*, Heidegger-Zitaten und Twitch-Streams.«

»Wenigstens hatte deiner eine Freizeitkomponente. Meine Eltern haben Spiele oder außerschulische Aktivitäten, die nicht lehrreich oder lobenswert waren, nicht gebilligt.«

»Und was ist damit?« Nick drehte sein Handydisplay wieder zu ihr hin. »Das sieht ziemlich freizeitmäßig aus.«

Es war ein Foto von ihr und ihren drei engsten Verbindungsschwestern, alle herausgeputzt für den Frühlingsball. Perfektes weißes Lächeln und glitzernde Abendkleider. Perfektes Make-up. Ein Anflug von Traurigkeit überkam sie, als längst vergessene Gesichter in ihrer Erinnerung auftauchten.

Die tränenreichen Umarmungen. Die Versprechen von ewiger Freundschaft und Schwesternschaft.

Das alles kam ihr jetzt so töricht vor. So hoffnungslos naiv.

Wie bei ihren Highschool-Freundinnen auch waren alles, was sie verbunden hatte, soziale Erwartungen und ein ähnlicher wirtschaftlicher Hintergrund gewesen. Obwohl die Schwestern aus der Studentinnenverbindung ein richtiges Gelübde abgelegt hatten, waren sie nach und nach aus ihrem Leben verschwunden. Anfangs hatten sie sich noch gelegentlich gemeldet und ihr per Textnachrichten Unterstützung zukommen zu lassen, doch Lark war nicht in der Lage gewesen, zu antworten. Vor allem, weil sie alle so sehr mit Dingen beschäftigt waren, die sie einfach nicht mehr nachvollziehen konnte. Was sollte man schreiben, wenn jemand sich über Zehntelpunkte in der Durchschnittsnote aufregte und man selbst seit drei Tagen dieselbe Jogginghose trug?

»Also, dann schreibe ich dir?«

»Ich freu mich schon drauf.«

Und dann, zu ihrem völligen Erstaunen, ergriff Nick ihre Hand, drückte sie und strich mit dem Daumen leicht über ihre Knöchel, bevor er sie losließ.

Eine Welle aus Wärme durchflutete sie, auf Beinen aus Gelee ging zu ihrem geliehenen Land Rover. Erst als sie den Schlüssel in das Zündschloss stecken wollte, bemerkte sie, dass er ihr etwas in die Hand gedrückt hatte, zuvor war sie vom Gefühl seines Daumens auf ihrer Haut zu sehr abgelenkt gewesen.

Sie schaute durch das Fenster und stellte fest, dass er sie grinsend beobachtete. Als sie die Handfläche öffnete, sah sie eine aufgerollte Papierserviette, die sie mit kribbelnden Fingerspitzen entfaltete.

Die Skizze war hingeworfen, aber unglaublich effektvoll.

Ein gedrungener, mürrischer Koi-Fisch, der aufrecht auf seiner Schwanzflosse stand. Aus einer Ecke seines breiten, nach unten gebogenen Mauls ragte wie eine Zigarre ein winziger, mit Schwimmhäuten versehener Entenfuß. Über seinem Kopf befand sich eine Dialogblase mit der Aufschrift *Ich bin im Grunde ein Arschloch.*

Lark starrte das Bild mehrere Sekunden lang an, bevor sie in schallendes Gelächter ausbrach. Nick hatte den Fisch detailliert gezeichnet, von den Kulleraugen bis hin zu den aufgestellten Kiemen. Sie versuchte immer noch, sich zu fangen, als ihr Handy piepte.

Du hast Grübchen, wenn du lachst.

Schnell speicherte Lark seine Nummer in ihren Kontakten und schnallte sich an, bevor sie den Gang einlegte. Er winkte ihr zu. Ihr Magen schmerzte, und ihre Augen drohten überzulaufen, als sie das Auto ihrer Mutter auf luftigen Straßen nach Hause lenkte. Das Hochgefühl hielt an, bis sie durch die Garagentür in die Küche trat und von ihren Eltern am Esstisch begrüßt wurde.

Ihr Vater saß steif am Kopfende, sein hübsches Gesicht in Falten gelegt und die Hände um einen Kaffeebecher geschlungen. Ihre Mutter saß rechts von ihm und knetete nervös ein Taschentuch, das sich schon langsam aufzulösen begann.

Wie ein treuer Köter kam die Angst an Larks Seite getrabt. Schweiß bildete sich in ihren Handflächen und unter ihren Achseln. Ihr Magen verkrampfte sich zu einem Knoten. Und dann, völlig überraschend, stieg die Wut auf. Lodernd und klar. Die wenigen Male, wenn ihre Eltern in ihren Teenagerjahren eine Belehrung für notwendig gehalten hatten, war Lark stets furchtsam und über sich selbst enttäuscht gewesen.

Jetzt empfand sie diese inszenierte Konfrontation nicht nur als übertrieben, sondern auch als ungerecht. Hatten ihre Eltern sie nicht praktisch die ganze Zeit über mit einem Stock aus dem Haus getrieben? Hatten sie nicht darauf bestanden, dass es gut für sie wäre, sich unter Leute zu mischen?

»Hey«, sagte Lark vorsichtig und verschränkte die Arme vor der Brust. »Warum seid ihr denn noch auf?«

Ihre Mutter öffnete den Mund, aber ihr Vater sprach zuerst.

»Du hast gesagt, du wärst spätestens um halb zehn zu Hause.« Er hob den Blick von seinen gepflegten Händen und sah Lark ins Gesicht. »Kannst du mir sagen, wie viel Uhr es jetzt ist?«

Um das zu wissen, brauchte Lark nicht auf die Uhr zu schauen. Sie hatte einen Anflug von Panik verspürt, als sie den Motor angelassen und *00:33 Uhr* auf der Konsole des Land Rovers gesehen hatte. Die Zeit in dem Diner war ihr kurz vorgekommen, tatsächlich aber waren zwei Stunden vergangen.

»Ich hatte euch geschrieben, dass ich mich verspäte«, sagte sie.

»Verspäten bedeutet eine Viertelstunde, höchstens eine halbe. Und du hattest es nicht einmal nötig, den Anruf deiner Mutter anzunehmen?«, fragte ihr Vater.

»Ich wusste nicht, dass mein Handy auf stumm geschaltet war. Somit habe ich gar nicht mitbekommen, dass sie angerufen hat.« Was der Wahrheit entsprach, auch wenn das nicht helfen würde. Lark hatte sich angewöhnt, ihr Telefon auf lautlos zu stellen, um den Angstschweiß zu vermeiden, der ihr jedes Mal ausbrach, wenn sie eine Benachrichtigung bekam. »Du hast nicht ein *einziges* Mal auf dein Handy geschaut, während du … wo auch immer du warst?«, fragte ihr Vater und fuchtelte mit den Händen durch die Luft.

Unter seinem prüfenden Blick begann sie unbehaglich das Gewicht zu verlagern, ihre Fußsohlen in den Sandalen klebten vor Schweiß. »Ich war mit Freunden Kaffee trinken.«

»Und das ist auch in Ordnung, Schatz«, warf ihre Mutter schnell ein. »Wir möchten, dass du mit Freunden ausgehst. Wir haben uns nur Sorgen gemacht …«

»Was für Freunde?«, fragte ihr Vater.

Na bitte.

Das war der wahre Grund, warum ihr Vater sich »Sorgen« machte. Nicht, weil sie ausgegangen war, sondern, weil er nicht wusste, mit *wem*.

Warum sie geglaubt hatte, dass sich daran etwas ändern würde, nur weil sie eine Zeit lang aufs College gegangen war, wusste sie nun selbst nicht mehr. In ihrer Jugend jedenfalls hatte es keine einzige Verabredung gegeben, ohne dass ihr Vater genau gewusst hatte, wer anwesend sein würde.

Auf Larks halbherzige Beteuerungen hin, dass man ihr unabhängig von der Gesellschaft, in der sie sich befand, vertrauen könne, reagierte ihre Mutter in der Regel mit der Aussage: *Du bist es nicht, der er nicht vertraut.*

»Freunde aus meinem Kunstkurs«, antwortete Lark.

Ihr Vater schob seinen Stuhl vom Tisch zurück. »Sind das dieselben Freunde, mit denen du neulich in der Blue Goose Cantina warst?«

Lark blieb der Mund offen stehen, der Puls rauschte in ihren Ohren. »Woher weißt du, dass ich in der Blue Goose war?«

Ihre Mutter blickte schuldbewusst auf ihre verschränkten Hände.

»Woher weißt du, dass ich in der Blue Goose war?«, wiederholte Lark. »Hast du mein Handy geortet?«

»Du warst das erste Mal seit Langem wieder unterwegs«, meinte ihre Mutter mit Tränen in den Augen. »Wir wollten nur sicher sein, dass es dir gut geht.«

Larks Wangen brannten, als ihr das Blut ins Gesicht schoss, ihr Inneres kochte vor Scham und Empörung. »Wie kann so was auch nur annähernd in Ordnung sein?«

Ihr Vater nippte seelenruhig an seinem Kaffee. »Es gibt keinen Grund, so dramatisch zu werden. Alle unsere Handys haben eine Familien-Ortungs-App.«

Was sie nur noch mehr daran erinnerte, wie abhängig sie war.

Sie lebte unter ihrem Dach. Sie aß, was sie zur Verfügung stellten. Sie nutzte das Internet, für das sie bezahlten. Sie schlief in einem Bett, das sie gekauft hatten. Sie war bei ihnen krankenversichert. Ohne ein Stipendium, mit dem sie ihren Alltag hätte bestreiten können, trug jedes einzelne Element ihrer Existenz die goldenen Fingerabdrücke ihrer Eltern.

In den Wochen nach ihrem Zusammenbruch waren sie mehr als bereit gewesen, ihr einen Zufluchtsort zu bieten, an dem sie sich erholen und neu orientieren konnte. Aber nachdem beides mehrere Monate lang nicht geschehen war, hatte Lark zunehmend das Gefühl, ein Verfallsdatum zu haben, von dessen Existenz sie zuvor nichts gewusst hatte. Dass die Geduld ihrer Eltern am Ende war, weil sie nicht wieder reibungslos in das Leben zurückgekehrt war, das die beiden für gut befanden.

Lark war wegen des Stipendiums nicht nur stolz gewesen, sondern froh, nun über sich selbst bestimmen zu können. Entscheidungen zu treffen. Und obwohl sie keine Ahnung hatte, wie das gehen sollte, war ihr klar, dass sie diese Unabhängigkeit unbedingt zurückgewinnen wollte. Bis dahin aber musste sie wohl die reumütige Haltung einnehmen, die sie vor so langer Zeit erlernt hatte.

Sie ließ den Kopf hängen, schluckte ihre Wut hinunter und setzte einen bedauernden Gesichtsausdruck auf. »Du hast recht, Dad«, sagte sie. »Das war sehr rücksichtslos von mir. Es tut mir wirklich leid.«

In diesem Moment hätte sie alles gesagt, nur um sich in die Sicherheit ihres Kellerverstecks zurückziehen zu können.

Ihr Vater räusperte sich. »Wir wollen nicht zu streng sein, Lark, die letzten Monate waren für uns alle hart. Aber dein …«, die grünen Augen ihres Vaters suchten den polierten Holzboden ab, »… Zustand soll deine zukünftigen Möglichkeiten besser nicht beeinträchtigen.«

Obwohl Lark versucht war, zu widersprechen, unterdrückte sie den Impuls, nickte nur und legte den Schlüssel auf den Tresen. »Ich verstehe. Es wird nicht wieder vorkommen.«

Sie warf einen kurzen Blick auf das Gesicht ihres Vaters und sah, dass sein Kiefer nicht mehr so hart war. »Ich glaube, ich gehe ins Bett«, sagte sie.

»Gute Nacht, mein Schatz.« Ihre Mutter stand auf, umarmte sie und hüllte sie in denselben Lavendelduft ein, den Lark aus ihrer Kindheit kannte.

Ihr Vater blieb sitzen, drückte ihr aber, als sie an ihm vorbeiging, sanft die Hand. »Gute Nacht, Schatz.«

Als sich die Kellertür hinter ihr schloss, atmete sie erleichtert auf.

Die Luft wurde kühler, als sie die Treppe hinunterstieg, getränkt von einer erdigen Tiefe, die sie vorher nie bemerkt hatte. Im Badezimmer schaltete sie das Licht an und drehte den Wasserhahn der Wanne auf, bevor sie ins Schlafzimmer zurückging, um sich zu entkleiden. Sie nahm die Zeichnung von Nick aus der Tasche ihrer Strickjacke, legte sie auf den Nachttisch und zog die Schuhe aus.

Sie war sich nicht sicher, ob es nur daran lag, dass sie so lange keine Sandalen mehr getragen hatte, aber der Teppich unter ihren nackten Füßen fühlte sich dicker und luxuriöser an als vorher.

Zurück im Badezimmer, öffnete sie den BH und wollte gerade mit den Daumen die Unterhose abstreifen, als ihr Telefon klingelte.

Blitze zuckten durch ihre Adern, als sie den Namen auf dem Display sah.

Nick *rief an?*

Ohne eine Vorwarnung zu schreiben? War das überhaupt erlaubt?

Sie verschränkte die Arme vor der Brust und ging ran, bevor sie kneifen konnte.

»Hallo?«

Einen Moment lang war es still. »Hey.«

»Hey«, gab sie zurück.

»Ich wollte nur sicher sein, dass du gut nach Hause gekommen bist.«

Nach dem Minivortrag ihrer Eltern versteifte sie sich bei dieser Aussage umgehend. »Weil du dir Sorgen gemacht hast, ob ich in der Lage bin, die ganzen zehn Minuten nach Hause zu bewältigen?«

»Weil du meinetwegen so spät unterwegs warst.«

Etwas in ihrer Mitte wurde warm und weich, weil seine Stimme so aufrichtig klang. »Okay, ich habe es problemlos nach Hause geschafft«, sagte sie.

»Gut. Was machst du gerade?«

War es möglich, am Telefon noch erotischer zu klingen?

»Oh, ähm, ich will gerade ins Bett. Und du?«

»Was höre ich da im Hintergrund?«, fragte er, ohne auf ihre Frage einzugehen.

Shit.

Da sie es so eilig gehabt hatte, ans Telefon zu gehen, hatte sie gar nicht daran gedacht, dass er das Rauschen des Wassers hören könnte.

Wenn sie das Wasser jetzt abstellte, würde er genau wissen, was sie gemacht hatte. Wenn nicht, lief sie Gefahr, den Keller zu überfluten. Und nach dem Verlauf dieses Abends hatte sie keine Lust auf ein weiteres Drama.

»Würdest du mich kurz entschuldigen?«

»Sicher.«

Sie drückte die Stummschalttaste, bevor sie den Wasserhahn abdrehte und sich dabei ein Handtuch schnappte, das sie um sich wickelte. »Ich bin wieder da.«

»Dein Bad wird kalt werden.« Irgendetwas in seiner Stimme ließ darauf schließen, dass er sowohl lag als auch lächelte.

»Dann sollte ich besser auflegen«, sagte sie und hoffte inständig, dass er nicht darauf eingehen würde.

»Oder du steigst einfach rein.«

»Das kann ich nicht tun.« Ihre Wangen brannten.

»Warum nicht?«, fragte Nick. »Es ist ja nicht so, als hätten wir die Kamera an oder so was.«

Warum musste er ihr so eine Vorstellung in den Kopf pflanzen? Oder besser gesagt, warum lieferte ihr Hirn gleich eifrig Bilder von genau diesem Szenario? In den letzten Monaten war ihr Körper wie ein Mühlstein gewesen, dessen Bedürfnisse sie entweder vernachlässigt oder gehasst hatte. Jetzt pulsierte jeder Quadratzentimeter. Als ob Nick hier wäre. Sehen könnte, wie das Handtuch herunterrutschte und ihren Körper entblößte.

»Noch da?«, fragte Nick.

Lark ließ fast das Telefon fallen, als seine Stimme in ihre fiebrigen Gedanken eindrang. »Ja«, antwortete sie.

»Und?«

»Und ich kann nicht mit dir reden, während ich … ich bin …«

»Nackt?«

Die Röte in ihren Wangen breitete sich auf ihrem Hals aus.

»Woher willst du wissen, dass ich nicht auch nackt bin?« Es klang nicht wie eine Anmache, er sagte es in demselben leichten, spielerischen Ton wie zuvor, als er um ihre Nummer gebeten hatte, damit er seine nicht existierende Verbeamtung nicht aufs Spiel setzte.

»Ich schätze, das kann ich nicht wissen.« *Lächelnd im Bett.* Manche Menschen schliefen nackt, Nick war vielleicht einer von ihnen. Er könnte in diesem Moment also durchaus im Bett liegen, mit nichts als einem Laken über dem …

»Siehst du, das Lustige an meiner Frage ist, dass du dir mich jetzt nackt vorstellst. Das ist das Paradox des rosa Elefanten. Der Verstand ist eine sehr beeinflussbare Maschine.«

Die Luft aus dem Schacht über ihr fühlte sich arktisch auf Larks feuriger Haut an, das konnte sie nicht leugnen.

»Was dich betrifft, tippe ich auf ein Handtuch. Wahrscheinlich eins von diesen superflauschigen weißen«, meinte er.

Lark blickte auf die weiche Baumwolle hinunter, die ihren Körper umhüllte.

»Ich habe recht, oder?«

»Du hast einen Knall«, brummte sie.

»Warum lächelst du dann?«

Ihr Blick wanderte zum Spiegel. Und tatsächlich. »Jetzt hören Sie mal gut zu, Sir …«

»Ich kann es an deiner Stimme hören.« Und sie hörte es in seiner.

»Du kennst mich nicht gut genug, um zu wissen, wie ich klinge, wenn ich lächle.«

»Du vergisst, dass ich neun Monate lang zweimal pro Woche einen Meter von dir entfernt gesessen habe.«

»Du hattest immer den Kopfhörer auf.«

»Aber die Frage ist doch, ob ich ihn auch immer anhatte. Es ist erstaunlich, was die Leute alles über einen sagen, wenn sie glauben, dass man es nicht hören kann.«

Wie das schuldbewusste Tier, zu dem sie in den letzten Monaten abgerichtet worden war, begann Lark sofort, ihre Erinnerungen nach irgendetwas zu durchforsten, das sie über ihn gesagt haben könnte.

»Du gehörst nicht zu den Leuten, von denen ich spreche.«

»Lass das!«

»Steig in die Wanne.« Seine raue, verschlafene Stimme rührte etwas tief in ihr an und entfachte eine Hitze in ihrem Bauch.

»Gut.« Sie wandte sich vom Spiegel ab, ließ das Handtuch fallen und stieg schnell ins Wasser. Das dabei entstehende Platschen klang befriedigend unerotisch. »Bist du jetzt zufrieden?«

»Ja«, sagte er. Und in dieser einen Silbe steckte eine solche Überzeugung, eine so fundamentale Wahrheit, dass Larks Augen zu brennen begannen. »Aber«, fügte er hinzu, »ich werde mich jetzt blamieren, indem ich dich frage, ob du am Sonntagabend Zeit hast, also wird meine Zufriedenheit nicht lange anhalten.«

»Warum solltest du dich damit blamieren?«

»Weil es eigentlich zu früh ist, um so ein Gespräch überhaupt zu führen.« Er hielt inne, sie konnte ein Rascheln am anderen Ende der Leitung hören. »Aber da wir beide nur für den Sommer hier sind, habe ich nicht die Zeit, durch all die üblichen sozialen Reifen zu springen.«

Da wir beide nur für den Sommer hier sind.

Dass er ihre Abreise aus Spring Valley als gegeben betrachtete, erleichterte sie irgendwie. Als ob allein seine Worte genügten, um die Wurzeln wegzuhacken, die sie in diesem Keller festzuhalten drohten.

Lark lehnte sich im Wasser zurück. »Dann habe ich wohl auch keine Zeit, so zu tun, als würde ich in meinem völlig leeren Kalender nachschauen.«

»Ausgezeichnet«, sagte Nick. »Soll ich dich um sieben abholen?«

»Das passt«, sagte sie und biss sich dabei auf einen Fingerknöchel, damit er das gigantische Grinsen nicht aus ihren Worten heraushören konnte.

Erneutes Schweigen.

»Hast du immer noch diesen Pferdeschwanz?« Das war fast so etwas wie ein Eingeständnis, dass er sich auch zu ihr hingezogen fühlte, was zu Larks Überraschung einen Schwarm manischer Schmetterlinge in ihrem Magen aufsteigen ließ.

Sie spielte mit den feuchten Haarspitzen, die ihre Schulter streiften. »Ja.« Ihr Atem wurde mit einem Mal flach.

Das Geräusch, das er von sich gab, war weder ein Stöhnen noch ein Grunzen, sondern eine geheimnisvolle Mischung, die ihre Brustwarzen hart werden ließ.

Was geschah hier eigentlich?

Nick schwieg am anderen Ende der Leitung.

»Noch da?«, fragte sie.

»Sehr.« Auch seine Atmung hatte sich verändert, sie schien schneller zu gehen als zuvor.

Sie hob eine Hand aus dem Wasser und strich damit über ihren Hals und zwischen ihren Brüsten hindurch. Warm und lebendig.

»Lark.« Sie hörte ihren Namen und wünschte sich so sehr, dass er ihr die unausgesprochene Frage stellte.

»Ja?«

Er atmete noch ein paarmal. »Gute Nacht.«

Sechs

Als Nick aufwachte, roch es nach Zimt. Seine Mutter klapperte nicht gerade unauffällig mit den Pfannen in der Küche herum. Unter anderen Umständen hätte er sich über die Aussicht auf sein Lieblingsfrühstück gefreut, doch mit dem *Traum,* aus dem er geweckt worden war, konnte es Challah French Toast nun wirklich nicht aufnehmen.

Er schloss die Augen und ließ den Kopf zurück auf das Kissen fallen. Wenn er nur lange genug verharrte, würde sich hinter seinen Augenlidern vielleicht wieder der Rücksitz seines Autos zusammensetzen. Lark würde auf seinem Schoß auftauchen, der kakifarbene Rock bis zu den Oberschenkeln hochgerutscht, während ihre Brüste gegen seine nackte Brust drückten. Ihre Hände wanderten zu seinem harten, schmerzenden …

»Niiiick? Bist du wach?«

Nick zischte einen Fluch ins Kissen und warf die Decke zurück. »Bin ich«, rief er. Er rieb sich die schlaftrunkenen Augen, griff nach seiner Brille auf dem Nachttisch und sah auf sein Handy.

9:15 Uhr.

Himmel.

Wann hatte er das letzte Mal länger als bis sieben Uhr geschlafen?

Spring Valley verweichlichte ihn bereits.

»Frühstück ist in fünfzehn Minuten fertig«, trällerte seine Mutter auf der anderen Seite der Tür. »Ich habe um elf Uhr eine Fortbildungsveranstaltung am College.«

Hätte Nick gewusst, wie viel Zeit seine Mutter in diesem Sommer damit verbrachte, *nicht* zu unterrichten, hätte er seinen Plan, nach Hause zu kommen, vielleicht noch einmal überdacht. In den vergangenen Sommern hatte sie nicht nur am SVCC unterrichtet, sondern auch an mehreren anderen Universitäten mit Onlineangeboten. Doch aus Gründen, die sie ihm immer noch nicht mitgeteilt hatte, hatte sie ihr Arbeitspensum erheblich zurückgefahren.

Schnell griff Nick nach seiner Bettdecke und zog sie sich über den Schoß, obwohl er inzwischen natürlich wusste, dass seine Mutter keinen Röntgenblick besaß, wie er als Teenager geglaubt hatte.

»Danke, M– … Julia. Ich gehe schnell duschen«, sagte er.

»Mach nicht zu lange, sonst wird der Challah-Toast ganz matschig.«

»Ich weiß.« Nick kramte in seinen Schubladen nach einer sauberen Unterhose. Er presste sie in den Schritt, während er über den Flur ging und sich dann zwang, eiskalt zu duschen.

Wenig überraschend, war er in Rekordzeit fertig. Seine Mutter schien übermäßig erfreut zu sein, als er acht Minuten später seine Kaffeetasse füllte, die nassen Haare aus dem Gesicht gekämmt.

»Dein Haar ist so lang geworden.« Sie zupfte an einer feuchten Fast-Locke in seinem Nacken.

Nick pustete auf das dampfende Gebräu, bevor er einen Schluck trank. »Deshalb lasse ich es mir heute Nachmittag auch schneiden.«

»Manche Leute zahlen viel Geld für solche Haare«, sagte sie und schob Truthahnwürstchen aus der Pfanne auf einen mit Papiertüchern ausgelegten Teller.

»Das sagst du mir schon, seit ich fünf bin.« Nick schüttete etwas Sahne in seinen Kaffee und setzte sich an den Tisch.

»Und wie war es gestern Abend?«, fragte sie über ihre Schulter hinweg. »Hattest du Spaß?«

Nick streckte die Beine unter dem Tisch aus, während er begann, durch seinen überquellenden Posteingang auf seinem Handy zu scrollen. »Es war gut.«

»Nur gut?« Sie schob dicke Scheiben goldenen French Toast auf die Teller.

»Ja«, sagte er. »Die Jungs sind so bissig wie immer. Mike lässt dich grüßen.«

»Ach ja?«

Vielleicht bildete Nick es sich nur ein, aber er glaubte, einen Hauch von Freude aus ihrer Stimme herauszuhören.

»Ja. Er hat gefragt, wann du mal wieder deine Pastitsio in der Elks Lodge vorbeibringst.« Nick blickte von seinem Telefon auf. »Seit wann bringst du Essen in die Elks Lodge?«

»Seit beim jährlichen Kuchenbasar der Spring Valley Civic Society meine Käsekuchen-Cannoli gewonnen haben. Das hat ihnen so gut geschmeckt, dass ich ihnen ab und zu eine Leckerei vorbeibringe.« Seine Mutter wischte sich die Hände an einem Geschirrtuch ab, öffnete den Kühlschrank und holte einen Behälter mit selbst gemachter Erdbeermarmelade heraus. »Wechsle nicht das Thema.«

»Welches Thema?«, fragte Nick.

Seine Mutter drehte sich um und warf ihm einen wissenden Blick zu. »Über den zusätzlichen Gast, den du mitgebracht hast.«

Nick spürte, wie Hitze unter den Kragen seines T-Shirts kroch. »Steht das schon auf der Titelseite, oder hast du Spione in der Stadt, von denen ich wissen sollte?«

»Judy hat mir heute Morgen eine Nachricht geschickt. Sie

meinte, dass Craig Lark reizend findet. Still, aber reizend«, fügte sie hinzu.

Nick hätte es eigentlich wissen müssen. »Aha«, sagte er.

Der Traum war immer noch zu gegenwärtig, um darüber nachzudenken, wie reizend sie gewesen war. Wie sie ihren Schenkel unter dem Tisch an seinen gepresst hatte. Wie die Tatsache, dass der Ärmel seines Hemdes nach ihr roch, ihn veranlasst hatte, es über seinen Schreibtischstuhl zu hängen und nicht in den Wäschekorb zu werfen.

»Es war nett von dir, sie einzuladen«, meinte seine Mutter, offensichtlich auf der Suche nach weiteren Informationen.

Nick atmete lange aus. »Wir haben uns nach dem Kurs über Farbtheorie unterhalten, und ich war spät dran. Ich wollte nicht unhöflich sein, also habe ich sie gefragt, ob sie mitkommt, in der vollen Erwartung, dass sie ablehnt.«

Zumindest der letzte Teil war wahr.

Er hatte nicht damit gerechnet, dass Lark seine Einladung annehmen würde. Schon gar nicht, dass sie sich an seine Seite schmiegen würde, während die drei Männer, die sich nach dem Tod seines Vaters um ihn und seine Mutter gekümmert hatten, über ihre eigenen Witze lachten.

Die Hausschuhe seiner Mutter schabten über den Holzboden, als sie die Teller zum Tisch trug. »Hast du vor, sie wiederzusehen?«

Dankbar nahm Nick seinen Teller entgegen und löffelte knallrote Marmelade darauf. »Natürlich. Der Kurs endet erst in acht Wochen.«

Seine Mutter träufelte Sirup über ihre Scheibe. »Ich meine, *außerhalb* des Unterrichts.«

Nick kaute den süßen, in Ei gehüllten Bissen und verlor sich einen Moment in nostalgischen Erinnerungen. Vielleicht lag es daran, wie sehr er Frühstücksgerichte liebte, vielleicht aber auch an der überschäumenden Freude über das Telefongespräch mit

Lark gestern Nacht. Wie auch immer entschied er, seiner Mutter die Wahrheit zu sagen. »Wir treffen uns am Sonntag.«

Julia ließ überrascht die Gabel vor ihrem Mund schweben.

»Mach keine große Sache draus, okay?« Nick stach in ein Würstchen und biss hinein.

Seine Mutter legte ihr Besteck beiseite und starrte ihm mit ihren braunen Augen ins Gesicht, während sie die Hände auf den Tisch drückte.

O Mann, ertönte Pops' Stimme in seinem Kopf. *Jetzt hast du es geschafft.*

»Es geht mich ja nichts an …«

»Du weißt schon, dass das kein ganzer Satz ist, oder?«, murmelte Nick.

Seine Mutter kniff die korallenroten Lippen zu einer angespannten Linie zusammen. »Es geht mich ja nichts an«, wiederholte sie, »*aber* hältst du es wirklich für eine gute Idee, dich mit einem Mädchen einzulassen, das in letzter Zeit so viel durchgemacht hat?«

»Wer hat denn etwas von ›sich einlassen‹ gesagt?«

Seine Mutter hob eine dunkle Augenbraue nach dem altbekannten *Wem-willst-du-hier-was-vormachen*-Motto.

»Ich möchte dich nicht kritisieren, Nicky, wirklich nicht. Ich kann nur nicht zusehen, wie du das wieder durchmachst.«

»*Was* soll ich wieder durchmachen?«

Sie verschränkte die prallen, sonnenfleckigen Arme über ihrem Busen. »Willst du wirklich darüber reden?«

Eigentlich nicht, aber es war zu spät, jetzt noch umzukehren. Nick legte seine Gabel wie einen Fehdehandschuh hin.

»*Jedes* Mal, wenn es gut läuft, lässt du dich mit einer Frau ein, die dringend deine Hilfe braucht, und plötzlich – *puff!*« Sie streckte ihre Finger in einer magischen Geste aus. »Löst sich alles in Rauch auf.«

»Du findest, es läuft gut mit *Marshall?*«

Sie kniff die Augen zusammen. »Marshall ist *auch* so ein Thema. Du hattest einen 4,0-Durchschnitt und hättest in jedem Animationsstudio der Welt arbeiten können, doch stattdessen hast du das Studium geschmissen, weil er Hilfe brauchte, um ein *Start-up* auf die Beine zu stellen.« Julia zischte das Wort, als handelte es sich dabei um eine ansteckende Krankheit.

Nick rieb sich über sein unrasiertes Kinn. »Und was könnte deiner Meinung nach diese ehemalige Schulfreundin nun für mich ruinieren?«

»Die Chance, herauszufinden, was du wirklich mit deinem Leben anfangen willst.« Die Kaffeetasse seiner Mutter hüpfte in die Höhe, als sie mit der flachen Hand auf den Tisch schlug.

Überrascht von ihrer Leidenschaft, blinzelte Nick sie an. »Seltsam … ich dachte, das hätte ich schon.«

Die Wangen seiner Mutter röteten sich, ein sicheres Zeichen dafür, dass sie ihre Wut zu unterdrücken versuchte. »Du hast herausgefunden, was *Marshall* mit deinem Leben anfangen will.«

Nicks Gesicht brannte, als hätte er sich eine Ohrfeige eingefangen. Seine Kehle war mit einem Mal so trocken, dass er nicht sprechen konnte.

»Wenn ich das Gefühl hätte, dass es dich glücklich macht, würde ich den Mund halten«, fuhr seine Mutter fort.

Nick biss sich auf die Innenseite der Wange, um nicht in Lachen auszubrechen, trotz der Spannung, die in der Luft um sie herum knisterte. Die Vorstellung, dass seine Mutter jemals den Mund halten würde, war ähnlich absurd wie ihre Behauptung, dass Marshall über sein Leben bestimmte.

»Ich habe dich über Technik und Ethik und Investoren und über die verdammten Zuschüsse reden hören«, zählte sie an den Fingern ab. »Aber weißt du, worüber ich dich noch nicht habe reden hören?«

Nick, der spürte, dass der Geist seines jüngeren Ichs in diesem Haus heraufbeschworen wurde, widerstand dem Drang, eine klugscheißerische Antwort zu geben. »Worüber?«

»Kunst«, sagte sie und beugte sich über ihren Teller zu ihm. »*Kunst,* Nick. Weißt du noch, wie wir an diesem Tisch saßen und du mir gesagt hast, dass du dazu geboren bist, Kunst zu erschaffen? Und dass du allein aus diesem Grund auf die NYU gehen willst?«

Ja, er erinnerte sich.

Nur waren sie nicht nur zu zweit gewesen. Der dritte Stuhl, auf dem sein Vater an jenem Morgen gesessen hatte, befand sich jetzt im Garten – als Ablage für die Gartenhandschuhe, den Spaten und die Harke seiner Mutter. Der leere Platz hier am Tisch hallte wie ein Echo zwischen ihnen.

Deswegen also hatte seine Mutter ihn dazu gedrängt, den Kunstkurs zu unterrichten. Deswegen hatte sie seine alten Zeichnungen an den Wänden hängen lassen. Sie hoffte, auf diese Weise eine alte Leidenschaft in ihm zu wecken.

Geweckt aber wurden ganz neue Wünsche in ihm.

Zum Beispiel, Lark Hockney wiederzusehen.

Herauszufinden, wie oft er das Grübchen über ihrem linken Mundwinkel erscheinen lassen konnte. Zu spüren, wie irgendein Körperteil von ihr ihn berührte.

Dafür würde er jederzeit sämtliche Pläne für diesen Sommer aufgeben.

Die Hand seiner Mutter landete auf seinem Arm, ihr Gesichtsausdruck wurde weicher. »Ich möchte nur, dass du dich klug verhältst, okay? Dass du ausnahmsweise mal auf dich selbst achtest.«

Nick hob den Blick von der Tischplatte. »Das werde ich, Mom.«

Gespielt empört zog sie die Hand zurück. »Für dich Julia, Fenwick Avram Hoffman. Und jetzt iss deinen French Toast.«

*

»Langweilen wir dich, Nick?« Marshalls nervtötend perfektes Gesicht hing in der obersten Box des Videocalls, die anderen Teilnehmer sahen sich angesichts dieser neuen Dynamik in der Diskussion unbehaglich um.

Eine Diskussion, die ihn zugegebenermaßen verdammt langweilte.

Nicht, weil Nick nicht an der Verzweigung ihres Codebaums vor der nächsten Entwurfsphase von Titan3 interessiert war, sondern, weil er gerade eine Nachricht von Lark erhalten hatte.

Sie hatten in den letzten Tagen hin- und hergeschrieben, wobei Lark einen witzigen Kommentar nach dem anderen abgegeben und Nick sich bemüht hatte zu beweisen, dass er jede ihrer Anspielungen verstand.

Sogar die, die er googeln musste.

Diese hier war ziemlich einfach, aber er zwang sich, mit der Antwort zu warten, bis er Marshalls passiv-aggressiven Kommentar verarbeitet hatte.

»Tut mir leid, Leute. Ich hatte eine zeitkritische Nachricht zu beantworten. Bitte fahrt fort.«

Marshall räusperte sich, um seiner Verärgerung Ausdruck zu verleihen, bevor er weitermachte. Und sofort schaltete Nick wieder ab.

Er blickte auf sein Handy und überlegte, wie er auf Larks letzte Nachricht antworten sollte.

Optimales Outfit für heute Abend?

Für das, was er geplant hatte, musste sie sich frei bewegen können, außerdem würde es wahrscheinlich schwül sein.

Shorts und ein Oberteil deiner Wahl.

Ihre Antwort kam fast sofort.

Brunch-Shorts oder Baseball-Shorts?

Gibt es da einen Unterschied?

Länge, Stoff und das Vorhandensein oder Fehlen von Taschen.

Darüber dachte Nick eine Weile nach.

Worin du dich am wohlsten fühlst.

Schuhe?

»Nick?«

Jetzt schaute ihn nicht nur Marshall streng an, sondern so ziemlich jeder in der Runde, einschließlich eines Teams von Investoren von der Westküste, die Marshall seit Januar umwarb. Marshall und er waren ins Silicon Valley geflogen, um mit ihnen schick essen zu gehen, sie hatten eine Stretch-SUV-Limousine gemietet, um sie nach Napa zu einer Weinverkostung zu bringen, die fast zu einer Schlägerei zwischen Nick und Marshall geführt hatte, als sie am Abend in ihr Hotel zurückgekehrt waren.

Erschöpft von einem langen Tag, an dem er vorgab, über die Witze zu lachen, die sein Geschäftspartner auf seine Kosten machte, rief Nick, dass Marshall sich verpissen solle, als dieser etwas von einer 18-Loch-Golfpartie mit den elitären Arschlöchern am nächsten Morgen sagte. Marshall hielt Nick mit einem Schlag gegen das Brustbein davon ab, den Raum zu verlassen.

Willst du die Art von Investoren, die Moonshot in die Stratosphäre katapultieren können, oder nicht?

Nick kannte die Antwort auf diese Frage nicht mehr, und sie war auch nicht mehr nötig, weil er die Faust in Marshalls gemeißelte Gesichtszüge gerammt hatte.

Diese Gesichtszüge blickten Nick nun düster auf dem Bildschirm seines Laptops an.

Er riss sich von seiner Erinnerung los. »Könntest du die Frage wiederholen?«

»Meine Herren, ich halte es für besser, wenn wir offline weitermachen«, unterbrach Marshall einen der Investoren. »Nick, könntest du noch kurz dranbleiben?«

Eigentlich lieber nicht.

»Klar.«

Ein Teilnehmer nach dem anderen schaltete sich ab, bis nur noch seine und Marshalls Gesichter auf dem Bildschirm zu sehen waren.

»*Bro*. Erklär mir mal, was genau dein Problem ist.«

Nick spürte seine Augenlider zucken. Ihn *nervte* Marshalls vorgetäuschtes freundliches Interesse.

»Mein Problem ist, dass ich es beschissen finde, wie du mich angefahren hast, obwohl ich dir doch gesagt habe, dass ich heute eigentlich nicht kann.«

»Hör zu, ich verstehe, dass du alles stehen und liegen lassen musstest, um dich um deine Mutter zu kümmern, aber deswegen können wir nicht einfach die Arbeit an Moonshot einstellen.« Ein weißer Pappbecher in Marshalls Hand schwebte ins Bild. »Ich kann nicht erwarten, dass du dich so für unsere Arbeit einsetzt, wie du dich für alles andere einsetzt, aber du könntest doch zumindest für ein dreißigminütiges Gespräch zur Verfügung stehen.«

Eine Welle aus Schuldgefühlen und Wut schlug über Nick zusammen. Um einer Konfrontation aus dem Weg zu gehen, hatte er gesundheitliche Probleme seiner Mutter vorgetäuscht und behauptet, dass er den Sommer zu Hause verbringen musste, um ihr zu helfen.

Nicht, dass die Ausrede viel brachte.

»Ich war bis heute Morgen um zwei Uhr auf und habe unseren Zuschussantrag überarbeitet – zu dem ich übrigens deine Anmerkungen immer noch nicht habe«, erklärte Nick.

»Wenn wir die Hyperion Group an Land ziehen, *brauchen* wir den Zuschuss nicht.«

»Solange wir ihnen erlauben, unseren Geschäftsplan komplett umzuwerfen.« Nick war jetzt außer sich vor Wut.

Marshall hob beschwichtigend die Hände. »Hör zu, lass uns das für heute auf Eis legen. Ich glaube, wir können beide eine Pause gebrauchen.«

Nick atmete aus. »Gut. Wir sprechen ein anderes Mal.«

Er sah zu, wie Marshall von seinem Bildschirm verschwand, und eine plötzliche Welle des Bedauerns überkam ihn. Es war fast drei Jahre her, dass er und Marshall sich auf dem College kennengelernt hatten. Damals hatten sie von einer ethischen KI-Firma geträumt, die sie gemeinsam aufbauen wollten, es war eine Zeit voller Hoffnung und Möglichkeiten gewesen.

Damals hatte Nick für die Vision gesorgt, Marshall für das geschäftliche Know-how. Sie hatten ein energiegeladenes, dynamisches Team aus Träumen und Tatkraft gebildet und sich in ihren jeweiligen Bereichen hervorragend ergänzt und Grenzen gesetzt. Freundschaft vor Business.

Aber die Realitäten der Geschäftswelt ließen wenig Raum für diese Träume, und Nick hatte naiverweise unterschätzt, wie sehr die Macht des Geldes auch noch den letzten Rest von gutem Willen zerstören konnte.

Er saß an dem Schreibtisch, an dem er einst davon geträumt hatte, Spring Valley hinter sich zu lassen, und auf einmal vermisste er diese Tage, als er alle Zeit der Welt hatte, um zu reden, zu diskutieren und seine Zukunft zu planen.

Eindringliches Klopfen schreckte ihn aus seinen Gedanken auf.

»Nick«, flüsterte seine Mutter laut. »Sprichst du noch?«

»Nein, Julia«, entgegnete er. »Ich bin offline.«

Seine Mutter öffnete den Türspalt so weit, dass sie den Kopf hindurchstecken konnte. »Willst du noch etwas essen, bevor du gehst? Ich habe gerade ein paar schöne Tomaten aus dem Garten geholt, und es sind noch Speckreste da. Ich könnte dir eins von diesen Sandwiches machen, die du so magst.«

»Nein, danke«, sagte er und blickte über seine Schulter.

»Oder möchtest du Lark eines mitbringen?« Sie hielt ihm eine braune Papiertüte hin, die sie offensichtlich für diesen Zweck bereits ausgesucht hatte.

»Ich werde nicht mit Essen vor dem Haus der Hockneys auftauchen.«

»Ich meine ja nur, ein Blumenstrauß mag ja ganz hübsch sein, aber was dann? Sie verwelken und sterben, das war's.«

»Ich werde auch keine Blumen mitbringen«, sagte Nick.

»Du wirst keine …« In seinem peripheren Blickfeld sah Nick, dass seine Mutter eine Hand vor den Mund schlug. »Du kannst nicht einfach zu einem Date erscheinen …«

»Es ist kein Date.« Nick stieß sich von seinem Stuhl ab und ging zum Kleiderschrank. »Wir hängen nur ab.«

»Abhängen?«, fragte sie.

»Ein zwangloses Treffen von zwei oder mehr Leuten, die die Gesellschaft der anderen genießen«, erklärte Nick.

»Da fällt mir ein«, sagte sie und kramte in der Tasche ihrer Gartenschürze, »das war in deiner Jeans.«

Als die Folie der Kondompackung im Licht aufleuchtete, verließ Nicks Seele kurz seinen Körper.

»Ma«, brummte er, vor Schreck wieder in seine alte Gewohnheit verfallend. Dann riss er ihr das Päckchen aus der Hand. »Warum durchwühlst du meine Jeanstaschen?«

»Es tut mir leid. Ich hatte eine Ladung dunkler Wäsche und wollte kein Wasser verschwenden.«

Erst jetzt bemerkte Nick den sauberen Stapel im Wäschekorb neben ihren schmutzverschmierten Gartenschuhen.

Er öffnete die Tür weiter und trat zurück, um ihr Einlass zu gewähren. Sie legte den ordentlich zusammengefalteten Stapel auf sein Bett und stand dann erwartungsvoll da.

»Ich habe diese Jeans nicht mehr getragen, seit ich aus Manhattan kam.« Nick warf das vom Trockner zerschlissene Päckchen in den Papierkorb unter seinem Schreibtisch. »Aber danke, dass du meine Sachen gewaschen hast.«

Seine Mutter räusperte sich. »Ich wusste nicht, dass du mit jemandem zusammen bist«, sagte sie, den Wäschekorb an die Hüfte gepresst.

Sollte er ihr die Wahrheit sagen? Dass seine Unzufriedenheit mit dem Verlauf seiner Karriere zu einer Reihe impulsiver und meist katastrophaler Dating-Entscheidungen geführt hatte und er noch immer dabei war, den Schlamassel zu bereinigen?

Nope.

Definitiv nicht.

»Doch, wusstest du. Jessica?«

Ihre Augen weiteten sich. »Du hast diese Jeans nicht mehr getragen, seit du mit Jessica zusammen warst?«

»Nope.« Nick öffnete die Flügeltüren seines Kleiderschranks und begann, die Klamotten einzuräumen. »Nicht mehr seit der Silvesterparty, kurz bevor wir uns getrennt haben.«

Die Erwähnung der Trennung war ein strategisch kluger Zug seinerseits.

Seine Mutter hatte Jessica gehasst.

Zwar log er sie nicht gern an, aber es gab bestimmte Aspekte seines Lebens in der Stadt, die sie nie verstehen würde.

Aspekte, auf die er nicht besonders stolz war.

»Wenigstens warst du klug genug, Kondome zu benutzen«, gackerte seine Mutter.

»In Ordnung«, sagte Nick und schob sie zur Tür. »Sosehr ich dieses kleine Gespräch auch genieße, ich muss mich fertig machen.«

»Er macht sich fertig.« Seine Mutter wackelte mit den dunklen Augenbrauen. »Ich wusste nicht, dass ein Mann sich fürs *Abhängen* fertig machen muss.«

»Ja, wenn man seit dem Fitnessstudio am Morgen noch nicht geduscht hat.«

Lüge Nummer zwei.

Nachdem er sein Frühstück hinuntergeschlungen hatte, war er statt ins Fitnessstudio ganz woandershin gefahren, um einige notwendige Vorbereitungen für sein Nicht-Date mit Lark zu treffen.

»Wann fährst du los?« Sie drückte den Korb an die gegenüberliegende Hüfte.

Nick warf einen Blick auf sein Handy. »In einer halben Stunde. Warum?«

»Kannst du bitte abschließen? Ich muss heute ein bisschen früher zu meinem Bridge-Spiel.«

»Natürlich.« Nick zog das T-Shirt aus und warf es in den Wäschekorb, wobei er einen Anflug von Dankbarkeit verspürte, dass er nun, da seine Mutter seine Wäsche übernommen hatte, doch noch sein schwarzes Lieblings-T-Shirt anziehen konnte. Nach peinlich langem Überlegen hatte er sich angesichts dessen, was er vorhatte, für Jeans und ein Paar Chucks entschieden.

Was dieser Plan nicht vorsah, war, dass Lark sich *ebenfalls* für Chucks entscheiden würde.

»Nun, einer von uns muss sich umziehen gehen.«

Sie stand in der offenen Tür zur Veranda, eine Hand in die Hüfte gestützt, während sie ihn von Kopf bis Fuß musterte.

Er sah sie zum ersten Mal seit dem Badewannen-Telefonat und seinem lebhaften Traum von ihr am Freitagmorgen wieder und spürte die Lust tief im Bauch. Kurze Cut-off-Jeans, weißes Tanktop, ihre Haare fielen in einer lockeren, dunklen Wolke auf ihre Schultern – sie sah aus wie der Sommer selbst. Wie seine jugendliche Fantasievorstellung. Und eine sehr erwachsene ebenfalls.

Irgendwo auf dem weitläufigen Gelände jenseits des Hauses der Hockneys bellte ununterbrochen ein Hund.

»George!«, rief Lark über die Schulter. »Sei still.«

George war nicht still.

»Tja.« Lark seufzte. »Ich schätze, wir müssen einfach riskieren, dass die Leute uns für ekelhaft reich halten.« Sie wandte sich dem Inneren des Hauses zu, aktivierte ein Sicherheitssystem und schloss die Tür hinter sich.

»Sind deine Eltern unterwegs?«, fragte er.

»Bei einer Benefizveranstaltung.« Lark ging neben ihm die Treppe hinunter. »Darf ich wissen, wohin wir fahren?«

Nick lief voraus, um ihr die Autotür zu öffnen. »In genau dreizehn Minuten.«

Der blumige Duft ihres Shampoos, erwärmt durch einen Hauch der schwülen Sommerabendluft, stieg ihm in die Nase und ließ eine Szene seines Traums aufblitzen.

Er vergrub die Hand in dem seidigen Haar in ihrem Nacken und zog ihren Kopf nach hinten, um seine Lippen an ihren noch seidigeren Hals zu drücken.

Sein Herz schlug schneller in seiner Brust, und sein Blut drohte sich anderswo zu sammeln. Er musste langsam seine Gedanken unter Kontrolle bekommen.

Nachdem er eingestiegen war, konzentrierte er sich schwer auf die Rückfahrkamera. »Du kannst gerne die Klimaanlage einstellen, wenn es dir zu warm oder zu kühl ist«, sagte Nick.

»Alles okay.« Larks leicht beunruhigtem Gesichtsausdruck nach zu urteilen, mit dem sie die ruhige grüne Weite des Golfplatzes betrachtete, stimmte das nicht ganz.

»Die Jungs haben sich neulich wirklich gefreut, dich kennenzulernen«, berichtete er in der Hoffnung, ihre Besorgnis zu zerstreuen.

»Ach ja?«, entgegnete sie zerfahren.

»Ja. So sehr, dass Craig gleich nach Hause gegangen ist und es seiner Frau Judy erzählt hat, die dann meine Mutter informiert hat.«

Lark drehte sich zu ihm. »Und was hat sie davon gehalten, dass du ein Mädchen mit in den Coffee Shop genommen hast?«

»Sie wollte, dass ich dich mit ihren preisgekrönten Heirloom-Tomaten umwerbe.«

»Deine Mutter nimmt also regen Anteil an deinem Liebesleben?« Lark rutschte auf ihrem Sitz hin und her und schlug ein Bein über in seine Richtung.

»Sie versucht mich praktisch seit meiner Geburt dazu zu bringen, mich häuslich niederzulassen.« Er bog auf den Highway ab, der sie aus der Stadt führen würde. Kurze Zeit später verließ er den Highway, betätigte den Blinker und hielt an der letzten Ampel vor ihrem Ziel an.

Er fragte sich, ob sie es schon herausgefunden hatte.

Die Ampel schaltete auf Grün, und er fuhr auf den Parkplatz eines langen, zweistöckigen Backsteingebäudes mit riesigen Kacheln und einer großen, leuchtenden Markise.

Essen. Trinken. Spielen.

»Da wären wir«, verkündete Nick.

Lark warf einen Blick aus dem Fenster. »ArcadeLand?«

»Genau.« Nick stellte den Motor ab und löste den Gurt. »Es wird Zeit, dass wir etwas gegen deinen erschreckenden Mangel an Gaming-Erfahrung tun.«

Von dem stickig-warmen Parkplatz aus betraten sie einen kühlen Raum, der mit Pieptönen, Klingeln, Läuten und Surren erfüllt war. Die Rezeption war groß und hell erleuchtet und mit einem äußerst gelangweilt aussehenden Mädchen besetzt, dessen Blick auf sein Handy fixiert war.

»Willkommen im ArcadeLand, wo es nie zu spät ist, ins Spiel einzusteigen«, sagte sie, ohne aufzusehen. »Kann ich euch für unser Galaxy-Paket interessieren? Ihr bekommt vierhundert Spielguthaben, zwei Getränke eurer Wahl und einen kostenlosen Appetizer im Centauri Shack. Das ist der Knaller überhaupt für euer Geld.« Sie kaute an einer ihrer Nagelhäute.

»Das klingt großartig.« Nick griff nach seiner Brieftasche. »Das bitte und ein zusätzliches Raketen-Booster-Pack.«

Lark legte die Finger auf sein Handgelenk, was ein Kribbeln in seinem Arm auslöste. »Das ist nicht nötig«, sagte sie. »Ich weiß überhaupt nicht, wie das geht.«

»Genau deshalb brauchst du ja so viel Guthaben.« Nick grinste sie an und nahm die kleinen Plastikkarten und bronzenen Getränkemarken entgegen. »Also, wohin zuerst?«

Larks Augen weiteten sich, als sie die sich vor ihnen ausbreitende Spielelandschaft aus blinkenden Lichtern und mit Schwarzlicht beleuchteten Teppichen betrachtete. »Ich habe keine Ahnung.«

Nick schnippte einen der Jetons mit dem Daumen in die Luft und war überrascht, als sie ihn auffing. »Wenn es sowieso egal ist, dann gibt es zuerst etwas zu trinken.«

Sie einigten sich auf Bier für Nick und eine Margarita für Lark. Mit den Getränken in der Hand wanderten sie durch den Billardbereich, wo eine Gruppe von College-Kids Pool und Darts spielte.

Larks Augen waren riesig und leuchteten in den bunten Lichtern, als sie den Bereich mit den Retro-Spielen betraten. Nick hatte sich überlegt, dass dies der einfachste Einstieg sein könnte, da sie von Spielen keine Ahnung hatte.

Er entdeckte eines seiner Lieblingsspiele aus der Highschool. »Wie gut bist du mit Ego-Shootern?«

»Da ich es noch nie probiert habe, würde ich sagen, schrecklich.«

»Es gibt nur einen Weg, es herauszufinden«, sagte er.

Sie steckten ihre Karten in die entsprechenden Schlitze und nahmen die übergroßen Laserpistolen in die Hand.

»Wir fangen mit dem Tontaubenmodus an, damit du dich an dieses … Ding gewöhnen kannst«, sagte er.

Lark hob eine Augenbraue zu ihm. »An das *Ding?*«

»Das nächste Mal kannst du mir etwas beibringen, und dann mache mich über deine Terminologie lustig.« Er grinste leicht.

»Darauf kannst du dich verlassen«, entgegnete sie.

Nick fühlte sich ein wenig albern, weil ihn der Gedanke an einen weiteren Abend mit ihr so begeisterte.

Nachdem er ihr eine grundlegende Einführung gegeben hatte, wählten sie einen einfachen Parcours für das Tontaubenschießen.

»Bereit?«, fragte Nick, während auf dem Bildschirm bis eins heruntergezählt wurde.

Larks Augen waren auf das Spiel geheftet. »Bereit«, sagte sie mit fester Stimme.

Die erste kleine Tonscheibe flog durch ihr Blickfeld. Nick wartete, um ihr einen Vorsprung zu verschaffen. Sie drückte mehrere Male ab, doch die Scheibe sauste weiter. Schließlich feuerte Nick einen Schuss ab und sah zu, wie sie auf dem Bildschirm in Stücke zerschellte.

»Es dauert etwas, bis man sich daran gewöhnt hat«, erklärte er.

Lark nickte, sah ihn aber nicht an, sondern wartete auf den nächsten Schuss. Er erkannte das Problem – sie hielt die Waffe zu fest und riss sie erst in letzter Sekunde herum –, doch da sie nicht um Hilfe gebeten hatte, wollte er ihr keine Ratschläge erteilen.

Inzwischen hatte sie die Zähne zusammengebissen und die Schultern bis zu den Ohren hochgezogen.

»Wir können auch etwas anderes spielen«, schlug er vor.

»Weil ich mich gerade blamiere?«, schoss sie gereizter zurück, als er es erwartet hätte. Das Licht des Bildschirms fing den Glanz in ihren Augen ein, und erst da merkte Nick, dass sie kurz davorstand, zu weinen.

Ihm war klar, dass sie noch frustrierter sein würde, wenn er die Runde nicht beendete, also tat er genau das und drückte den Knopf, um das Spiel zu stoppen. Lark lief davon. Nick joggte ihr hinterher. »Hey«, sagte er sanft. »Ist alles okay?«

Sie schüttelte den Kopf und nahm auf einer Bank neben einer gigantischen Spielzeuggreifermaschine Platz. »Ich dachte, ich kann das, aber es geht nicht.«

»Was können?« Nick setzte sich neben sie.

»Das hier.« Sie gestikulierte herum. »Die Leute. Die Lichter. Die Geräusche.«

»Der Druck, den du dir machst, weil du schon beim ersten Mal perfekt sein willst?«, fügte Nick hinzu.

Zuvor hatte er die Intensität dieses Drucks in ihr nicht ganz begriffen. Lark wischte die Tränen weg, bevor sie fallen konnten.

»Schon okay«, sagte er. »Wir können was anderes machen. Es war nur eine dumme Idee von mir, weil du gesagt hast, du hättest noch nie gespielt.«

»Es war nicht dumm.« Sie sah ihn an. »Es war sogar ziemlich klug.« Ihr Mund verzerrte sich bei dem Wort, während sie darum kämpfte, die Fassung zurückzugewinnen. »Es ist nur total verschwendet an jemanden wie mich.«

»Jemanden wie *dich?*« Nick reichte Lark ihren Drink.

Sie nahm einen Schluck. »Ich habe keine Ahnung, wie man etwas einfach nur zum Spaß macht.«

Nick blinzelte, seine Brust und seine Kehle wurden eng. Er hatte ja schon von Typ-A-Persönlichkeiten gehört, aber das hier war eine ganz neue Ebene. »Gar nichts?«

Lark sah in ihren Schoß und dachte nach. »Vielleicht Kunst. Das war so ziemlich das Einzige, was ich nur für mich gemacht habe. Das einzige Hobby, aus dem mein Vater keinen Wettkampfsport machen wollte.«

Nick schnaubte. »Mein Vater konnte die Art von Kunst, die ich machte, nicht ausstehen. Er sagte immer, wenn ich schon so viel Zeit mit Zeichnen verbringe, dann soll ich sie auch sinnvoll nutzen und so etwas wie Grafikdesign machen.«

»Ich schätze, das ist die Sorge aller Eltern, oder?« Lark strich sich eine dunkle Haarsträhne hinters Ohr. »Dass ihre Kinder als hungernde Künstler enden, die sich nie selbst versorgen können.«

Nick erlebte eine dieser seltenen Verschiebungen, die eine gesamte mentale Landschaft abrupt neu ordneten. Er dachte an die Nächte, in denen ihn die Streitereien seiner Eltern aus dem Tiefschlaf geweckt hatten. Die schweren Seufzer seines Vaters jedes Mal, wenn er von der Arbeit nach Hause kam und die vielen Einkaufstüten auf dem Küchentisch sah. Die Art und Weise, wie er immer mindestens eine Sache hochhielt, die Nick persönlich ausgesucht hatte, und die gefürchtete Frage stellte.

Brauchen wir das wirklich?

War der ständige Spott seines Vaters, was seine Kunst betraf, tatsächlich so einfach zu erklären?

Hatte er nicht gewollt, dass Nick dieselben finanziellen Probleme bekäme wie er?

»Ich denke, das ist eine berechtigte Angst«, meinte Nick. »Aber es ist ein ziemlich großer Unterschied, ob man gut genug ist, um seinen Lebensunterhalt zu verdienen, oder ob man die Beste in allem ist, was man tut.«

Das war eine Einladung.

Wieso konnte sie nicht erkennen, wie talentiert sie war? Wie intuitiv begabt?

Wodurch war sie so selbstkritisch geworden, dass alles andere als ein vollständiger Triumph auf sie wie völliges Versagen wirkte?

»Stell dir vor, du wärst das einzige Kind eines Ärzteehepaars, deren Kampf um den Titel des Jahrgangsbesten an einer Eliteuniversität elementar zu ihrer Liebesgeschichte dazugehört.« Sie lächelte ihn freudlos an. »Brillanz war praktisch Teil ihres Ehegelübdes.«

»Wow.« Nick nippte an seinem lauwarmen Bier. »So langsam ergibt das alles mehr Sinn.«

»Ich weiß noch, wie begeistert ich war, wenn sie mich nach dem Bad ins Wohnzimmer brachten, damit ich vor den Gästen ihrer Dinnerparty die Knochen des menschlichen Körpers aufsagen konnte.« Sie lehnte sich mit dem Rücken an die Wand und schüttelte den Kopf. »Das klingt, als wären sie Monster, aber es hat mir gefallen, sie stolz zu machen. Ich schätze, ich habe es mir einfach angewöhnt und bin es nie wieder losgeworden.«

»Daher also keine lebensbereichernden Freizeitaktivitäten wie zum Beispiel Außerirdische in die Luft zu jagen.«

»Richtig.« Larks Augen wurden wieder feucht. »Und jetzt kann ich nicht mehr die sein, die ich war, als ich sie stolz gemacht habe, und sie wissen nicht, was sie von mir halten sollen.«

Nick wünschte sich verzweifelt, er könnte sie in die Arme nehmen, ihr irgendwie Trost spenden für die Frustration, die er ungewollt ausgelöst hatte. Er hatte eine Atmosphäre schaffen wollen, in der sie sich entspannen konnte. Locker werden. Einfach spielen.

Stattdessen hatte er den Druck nur noch verstärkt.

»Vielleicht kann ich einfach nicht verlieren«, fügte sie seufzend hinzu. »Das habe ich nie gelernt.«

Nick drehte sich zu ihr um. »Zufälligerweise kenne ich die perfekte Beschäftigung für Leute, die nie gelernt haben zu verlieren.«

»Und zwar?«, fragte sie mit Neugierde in der Stimme.

»Komm mit.« Er erhob sich von der Bank. Lark tat, was er verlangte, und folgte ihm die Treppe hinauf in den Bereich, in dem die Fahrgeschäfte standen.

Nick blickte zu Lark. »Cave of Wonders, High Seas Pirate Adventure, Achterbahn oder Space Odyssey?«

»Space Odyssey«, sagte sie. »Selbstverständlich.«

»Ausgezeichnete Wahl.« Nick gab dem Angestellten seine Spielkarte und erhielt dafür zwei VR-Headsets und zwei Paar Handschuhe.

»Ihr seid in Nummer elf.« Er deutete auf zwei nebeneinanderstehende Liegestühle am Ende des menschenleeren Virtual-Reality-Bereichs.

Nick half Lark, sich einzurichten, bevor er sich auf seinem eigenen Platz niederließ. Sein Headset war noch nicht ganz hochgefahren, als sich das von Lark einschaltete.

»Whoa.«

Nick blickte zu ihr hinüber und sah, wie sie die Hände in den Raum vor sich streckte und den Kopf drehte, während sie Dinge berührte, die er noch nicht sehen konnte.

»Wie kann es sein, dass du das noch nie gemacht hast?«, fragte er.

Lark zuckte mit den Schultern, was ihre Brüste unter dem Stoff ihres Tanktops anhob. Er fühlte sich ein bisschen wie ein Widerling, weil er sie beobachtete, während sie selig am Rande einer fernen Galaxie schwebte.

Sie klopfte auf den Tisch neben sich, suchte ihr Getränk und hob es an den Mund, wobei sie den Strohhalm mehrmals verpasste. Nick biss sich auf die Lippe, um angesichts dieser verdammt niedlichen und völlig unbefangenen Vorstellung nicht loszulachen.

»Willst du mich wirklich ganz allein in einer Rakete auf dem Weg zum Tarantula-Nebel lassen?«, fragte sie und drehte ihr Headset zu ihm, als könnte sie ihn sehen.

»Fast fertig.« Nick lehnte sich zurück, zog die Handschuhe an und stellte das Headset so ein, dass es seine Brille nicht gegen sein Gesicht drückte. Er blinzelte einige Male, damit sich seine Augen daran gewöhnen konnten, und da waren sie. Sie saßen Seite an Seite im Cockpit einer Rakete.

Sie durchbrachen gerade die Atmosphäre, als aus den Lautsprechern der berühmte »Space Oddity«-Song erklang.

Ohne Vorwarnung löste sich die Rakete vollständig auf, und der gebogene Bildschirm füllte sich mit der Weite des Kosmos. Lark schnappte nach Luft, als Sterne an ihr vorbeirauschten. Ob sie nun nach ihrem Stuhl greifen wollte oder etwas anderem, konnte Nick nicht wissen. Was sie jedenfalls bekam, war seine Hand.

Sie ließ nicht los.

»Was denkst du?« Er stellte die Lautstärke an seinem Headset ein.

»Oh, wow«, hauchte Lark. »Es ist so schön.«

»Das ist ein Grund, der mich zu KI hingezogen hat«, sagte er, als sie durch einen riesigen, funkelnden Sternenhaufen schwebten. »Es ist ein wirklich grenzenloses Medium. Oder wird es meiner Ansicht nach sein, wenn Ethik mit der Technologie gleichzieht.«

»Könnte KI mir beibringen, wie man *Space Laser Five* spielt?«, wollte Lark mit weniger Bitterkeit in ihrem Tonfall wissen.

»Auf jeden Fall«, sagte er.

Mit dem Anschwellen der Musik beschleunigten sie wieder. Lark umfasste seine Hand fester, und für einen Moment waren ihre verschränkten Hände auf dem Bildschirm zu sehen.

»Möchtest du tanzen?«, fragte er.

Ihr Avatar drehte sich um und sah ihn an. »Was?«

»Willst du tanzen?«, wiederholte er.

»Geht das denn?«

»Solange wir innerhalb der Sensorgrenzen bleiben«, erklärte er und schwang die Beine über die Seite des Liegestuhls.

Lark richtete sich auf. »Wie mache ich das genau?«

Nick zog sein Headset gerade so weit weg, dass er sehen konnte, wie sie sich aufsetzte. »Dreh dich einfach zu mir und stell die Füße auf den Boden, den Rest mache ich.«

Er hielt ihre Hand fest, als sie sich in Position brachte, und griff dann nach der anderen, um ihr aufzuhelfen. Sie schafften es, sich aufzurichten und dabei nur einmal mit den Headsets zusammenzustoßen. Das Piepen und Zirpen der Spiele verstummte, und nun gab es nur noch sie, irgendwo in den Weiten der Galaxie, die sich langsam in einem dunstigen rot-goldenen Nebel hin und her bewegte.

»Weißt du, was es gerade macht?« Nick drehte sich so, dass ihr Avatar auf die Ansammlung glänzender blau-weißer Lichter gerichtet war.

»Es macht Sterne«, antwortete sie ein wenig atemlos.

Die Hand, die steif auf seiner Schulter gelegen hatte, wurde weicher und wanderte in seinen Nacken.

Wilde Zärtlichkeit erfüllte Nicks Brust, als er die Wärme ihrer Handfläche in seinem Nacken spürte. Er lehnte sich in ihre Berührung, atmete ihren süßen Blumenduft ein und behielt ihn in seiner Lunge, während der Sternenhimmel um sie tanzte.

»Ich weiß nicht, wie du das bei unserem nächsten Date toppen willst.« Sie drückte seine Hand fester, als er sie in einem langsamen Kreis drehte.

»Ist das ein Date?«, fragte Nick. »Ich dachte, wir hängen nur ein bisschen zusammen ab.«

»Mit deinen Cop-Freunden Kaffee trinken ist Abhängen«, sagte sie. »Durch die Sterne zu tanzen ist ein Date.«

Lark trat ihm auf den Zeh und verlor fast den Halt, sie verkrallte sich in seinem T-Shirt, und ihre Brüste drückten sich gegen seine Brust, als sie versuchte, sich zu fangen.

Nick atmete heftig ein, was Lark glücklicherweise als Schmerz interpretierte.

»Es tut mir so leid«, entschuldigte sie sich. »Ich weiß nicht mal, wo ich überhaupt bin.« Sie machte eine Bewegung, als wollte sie sich zurückziehen, aber Nick hielt sie mit einer Hand auf ihrem Rücken fest.

»Einhundertsiebzigtausend Lichtjahre von der Erde entfernt«, sagte er. »Und ich fürchte, ich kann dir die Landung noch nicht gestatten.«

»Nein?«

»Nein. Wir haben die Einzelheiten dieser Mission noch nicht besprochen.« Wenn er zu väterlichem Humor greifen musste, um Lark zu entspannen, dann war es eben so.

»Welche Mission?«

Nick hielt inne, um seine Gedanken zu sammeln. Er wollte die richtigen Worte finden, was in ihrer Nähe jedoch eine große Herausforderung darstellte. »Du willst, dass niemand mehr von dir erwartet, dich erneut in die Abschlussballkönigin zu verwandeln, richtig?«

»Ja.«

Wieder drückte sich Lark an ihn, und er war froh, dass sie wegen des Headsets sein schweres Schlucken nicht sehen konnte. »Und du hast es satt, ständig das zu tun, was alle von dir erwarten, weißt aber nicht, wie du damit aufhören kannst?«

»Ja«, wiederholte sie mit mehr Nachdruck.

»Nun, die Lösung ist klar. Du musst lernen, zu rebellieren. Und das am besten, indem du all die unverantwortlichen Fehler machst, die du in der Highschool nicht begangen hast.«

Lark gab einen unbeeindruckten Laut von sich. »Was genau soll das bringen?«

»Für den Anfang wird es dir helfen, eine gesunde Respektlosigkeit gegenüber Autoritäten zu entwickeln«, sagte Nick. »Was, wie wir beide wissen, meine Spezialität in der Highschool war.«

»Stimmt«, gab Lark zu.

Das Lied neigte sich den letzten Strophen entgegen. Das Innere des Raketenschiffs tauchte wieder um sie herum auf, als sie begannen, in die blaue Atmosphäre der Erde zurückzusinken.

»Was sagst du dazu?«, fragte Nick. »Wollen wir uns ein bisschen Ärger einhandeln?«

Sieben

Ärger.

Allein das Wort versetzte sie in Alarmbereitschaft.

Aber überraschenderweise hielt das nicht lange an.

Dafür war kein Platz in ihrem Körper, der noch mit dem köstlichen Sinnescocktail ihres Tanzes mit Nick gefüllt war.

Der starke und doch sanfte Griff seiner Hand. Die Wärme seiner Finger an ihrem Rücken durch den dünnen Stoff ihres Oberteils. Sein bemerkenswert fester Körper, lebendig und nah genug, um berauschende Düfte zu verströmen, was sie beinahe dazu veranlasst hätte, ihre Nase in ihm zu vergraben. Holzige Seife. Weichspüler. Grüner-Apfel-Shampoo. Seine warme, saubere Haut.

Alles eine Erinnerung daran, dass es sich zwar um eine virtuelle Erfahrung handelte, die aber dennoch *sehr* real war.

»Was für eine Art Ärger schwebt dir vor?«, fragte sie.

Ein auffälliges Räuspern sorgte dafür, dass Nick ihre Hand losließ. Lark vermisste die Wärme sofort.

»Ich brauche die Headsets zurück«, hörte sie eine Stimme, die sie als die des Mitarbeiters identifizierte. Sie setzte ihres ab und blinzelte, als sich die Spielhalle um sie herum wieder zusammensetzte.

Nick überreichte dem Mann die beiden Headsets. Während sie zur Treppe schlenderten, antwortete er ihr: »Wir könnten mit den traditionellen Highschool-Dingen anfangen. Das gute alte Schwingseil, das Autokino, uns aus dem Haus schleichen, den Pool des Nachbarn benutzen.«

»Und was, wenn wir erwischt werden?«

Nick winkte ab. »Wie gut kannst du lügen? Denn diese Fähigkeit ist in diesen Fällen von unschätzbarem Wert.«

»Ich selbst betrachte mich als Ninja. Alle anderen jedoch sagen, dass ich eine schrecklich schlechte Lügnerin bin.« Lark wickelte ihr Haar im Nacken zu einem Dutt zusammen.

»Also, was sagst du?«

Lark schwieg, während sie sein Angebot durchdachte. Die Vorstellung, den fragilen Waffenstillstand mit ihren Eltern zu gefährden, gefiel ihr überhaupt nicht. Andererseits redete Nick ja nicht gerade davon, eine Bank auszurauben oder so etwas. Am Ende bestimmte nicht etwa ihr Wunsch, sich von ihrer früheren Identität zu lösen, ihre Antwort.

Sondern die Tatsache, dass sie unbedingt Ja sagen wollte.

Ohne Kosten und Nutzen abzuwägen. Ohne zu versuchen, jedes wahrscheinliche negative Ergebnis vorherzusagen. Ohne Angst oder schlechtes Gewissen. Ohne Konsequenzen und Reue zu bedenken.

»Ich sage, los geht's.«

Nick schenkte ihr ein breites Grinsen. »Braves Mädchen. Lass uns hier verschwinden.«

Sie verließen die Spielhalle. »Wohin gehen wir?«, fragte sie, als sie hinter ihm die Treppe hinunterging.

»Der Sommer wird nicht ewig dauern«, antwortete er. »Wir haben keine Zeit zu verlieren.«

Sie gingen zum Parkplatz, wo Nicks Auto geparkt war. Er öffnete ihr die Tür und glitt dann auf den Fahrersitz.

»Wohin fahren wir?« Sie schnallte sich an.

Nick schenkte ihr nur ein rätselhaftes Lächeln. »Du wirst schon sehen.«

*

In geselligem Schweigen fuhren sie aus der Stadt hinaus und ließen sich von der kurvenreichen Straße in die Nacht tragen.

Lark beugte sich vor, als das Auto langsamer wurde, und erblickte das Tor an der Einmündung eines alten Feldweges, den sie und ihre Eltern im Laufe der Jahre bestimmt tausendmal passiert hatten.

»Ich bin gleich wieder da«, sagte Nick und schnallte sich ab.

Als sie die Schilder sah, auf denen in leuchtend orangefarbenen Druckbuchstaben *Privateigentum* und *Betreten verboten!* stand, begann ihr der Puls in den Ohren zu pochen.

»Was hast du vor?«, fragte sie.

Er grinste schief. »Das Tor öffnen.«

Sie wollte protestieren, klappte dann aber schnell den Mund zu.

Wollte sie wirklich schon bei der allerersten Herausforderung kneifen?

Nicks schlanke Gestalt wurde im Scheinwerferlicht von Staub umhüllt, als er zum Tor hinüberjoggte und es öffnete, und dabei hochgewachsenes Gras platt drückte.

Er brachte den Geruch der Sommernacht mit sich, als er sich wieder hinter das Lenkrad schob. Lark warf ihm ein zittriges Lächeln zu, und er hielt erneut, um das Tor hinter ihnen zu schließen. Sie fuhren weiter, die Reifen knirschten auf der zerfurchten Erde. Sie schlängelten sich durch eine Landschaft, die sie nur so weit sehen konnten, wie es das Scheinwerferlicht zuließ. Schließlich erreichten sie eine kleine Lichtung. Lark starrte durch den sich setzenden Staub und konnte die Spiegelung eines Teiches ausmachen.

Nick stellte den Motor ab, und einen Moment lang saßen sie einfach nur da und nahmen die ruhige Schönheit ihrer Umgebung in sich auf.

»Willkommen in Hoffman Pond.« Nick stieß seine Tür auf.

Lark tat dasselbe und genoss die seidige Luft auf ihrer Haut. Die Nacht um sie herum war lebendig, duftend und schwer vom Chor der Zikaden und quakenden Frösche. Eine leichte Brise seufzte durch die Wedel eines alten Weidenbaums und kitzelte die Wasseroberfläche. Über der dunklen Baumgrenze leuchteten die Lichter der Stadt in einem blassgoldenen Kranz. Genug, um sehen zu können, sobald sich ihre Augen an die Dunkelheit gewöhnt hatten.

»Hoffman Pond?« Larks Beunruhigung ließ ein wenig nach. »Gehört das Land deiner Familie?«

»Früher einmal«, sagte Nick. »Jetzt gehört es vermutlich der Bank.«

Lark wollte nach mehr Informationen fragen, fürchtete aber, damit den Eindruck zu vermitteln, dass sie das Ausmaß ihres Vergehens herausfinden wollte. Was natürlich auch der Fall war.

»Das Ganze wäre authentischer, wenn wir geklautes Bier dabeihätten«, stellte Nick fest, »aber das muss reichen.«

Im Licht der Taschenlampe seines Handys sah Lark einen silbernen Schimmer in einer Form, die sie wiedererkannte.

»Entschuldige mal«, sagte sie. »Ist das vielleicht eine isolierte Wasserflasche?«

»Nicht *eine* isolierte Wasserflasche. *Die* isolierte Wasserflasche.« Nick verzog den Mund zu einem verlegenen Grinsen. »Wenn man zum ersten Mal seit fünf Jahren im Haus seiner Mutter lebt, sind geheime Vorbereitungen eine Notwendigkeit.«

Seiner *Mutter*.

Nicht seiner *Eltern*.

Eine weitere Erinnerung daran, auf welch tragische Weise er seinen Vater verloren hatte.

Lark bekam ein schlechtes Gewissen, als sie daran dachte, wie unfreundlich sie in der letzten Nacht über ihren eigenen Vater nachgedacht hatte. Trotz seiner erdrückenden Fürsorge, seines

Mikromanagements und seiner hochgesteckten Erwartungen würde der Verlust ihres Vaters sie am Boden zerstören.

Das metallische Geräusch eines aufgeschraubten Deckels unterbrach ihre Gedanken. »Ladys first«, sagte Nick.

Lark sah zu ihm hoch, und rauschhafte Vorfreude durchströmte sie. Sie hatte schon viel Wein getrunken, Mixgetränke und sogar gelegentlich einen Lemon Drop oder Martini, aber noch nie reinen Alkohol.

Nick hielt ihr die Flasche hin, und sie nahm sie vorsichtig entgegen. Zuerst ließ sie nur einen winzigen Schluck über ihre Lippen rieseln. Der Whiskey lief ihr mild und rauchig und mit einem Hauch von Süße die Kehle hinunter. Sie hustete und keuchte, hin- und hergerissen zwischen Überraschung und Verlegenheit.

Nick lachte amüsiert. »Alles in Ordnung?«

Sie nickte immer noch ein wenig keuchend. Der nächste Schluck ging schon viel leichter, ein langsames Brennen, das ihre Augen tränen ließ, aber Wärme in ihren Adern ausbreitete.

Sie reichte Nick die Flasche zurück, der nun selbst einen Schluck nahm. »Nicht schlecht, oder?«

»Überhaupt nicht schlecht«, sagte sie und meinte es auch so.

Nick lächelte, stellte die Flasche beiseite und schaltete die Scheinwerfer an. Sekunden später ertönte aus den Lautsprechern die sinnliche Stimme von Billie Holiday, die »Summertime« sang.

»Bereit zu schwimmen?«, fragte er.

Lark blickte auf die schimmernde, mondbeschienene Wasseroberfläche des Teichs. Sie war noch nie in etwas anderem als anständig gechlortem Wasser geschwommen, und der Gedanke war aufregend und beängstigend zugleich. Nachdem sie von ihrem Vater all die schrecklichen Geschichten gehört hatte, wie Menschen sich beim Sprung in solch dunkle Gewässer das Rückgrat gebrochen hatten, zögerte sie.

»Ich … ich habe keinen Badeanzug.«

»Da hast du Glück.« Nick schaltete erneut die Taschenlampenfunktion seines Handys ein. »Ich habe meine Kontaktlinsen nicht dabei, und ohne Brille sehe ich gar nichts. Du könntest einen Skianzug tragen, und ich würde den Unterschied nicht bemerken.«

»Ich habe auch kein Handtuch.«

Er zog eine Augenbraue hoch. »Rate mal, wer zufällig ein frisch gewaschenes auf dem Rücksitz seines Autos hat?«

Warum wollte sie ihn beim Wort »Rücksitz« am liebsten genau dorthin zerren? Solche Gedanken hatte sie auch schon lange vor der Depression verdrängt. In den sieben Jahren mit Reese waren sie gelegentlich sehr enthusiastisch und liebevoll zusammen gewesen, aber er hatte kein Feuer in ihr entfacht. Sie hatte den Gedanken, jemals ein richtiges körperliches Verlangen zu verspüren, schon fast aufgegeben.

Bis jetzt.

Bis zu Nick.

Da war etwas an seiner Stimme, seinem Gesicht, seinem Körper, das zarte und neugierige Triebe tief in ihren Bauch grub.

Was ihr auf seltsame Weise Mut machte.

Er wartete auf sie, bereit, ihr zu folgen – ob das nun bedeutete, die ganze Idee aufzugeben oder sich vollkommen in die Sache zu stürzen.

»Dann los«, sagte sie.

Nick öffnete die Hintertür des Autos, holte das Handtuch heraus und legte es auf die Motorhaube, bevor er sein T-Shirt auszog. Die Lässigkeit seiner Bewegungen stand in krassem Gegensatz zu seiner Wirkung auf sie. Nick gehörte zu den Männern mit diesen raffinierten Muskeln, die einfach nur fest und durchtrainiert wirkten, solange er angezogen war, die einen aber mit Brustmuskeln, Bauchmuskeln und diesen aufregenden Leistenlinien überrumpelten, sobald sie ihr T-Shirt auszogen.

Seine blasse Brust war mit ein paar Sommersprossen und einer leichten Spur von dunklem Haar bedeckt, das sich bis zu seinen schmalen Hüften verjüngte. Die Arme, die sie bewundert hatte, seit er in diesem schwarzen T-Shirt vor ihrer Tür aufgetaucht war, spannten sich an, als er die Gürtelschnalle öffnete und seine Jeans aufknöpfte.

Larks Wangen glühten, und doch konnte sie den Blick nicht abwenden.

Begehrlich wanderten ihre Augen an seinem Oberkörper hinunter zu seinem Bauchnabel und der Stelle, wo das schwarze Gummiband seiner grauen Boxershorts auf die glatte Haut seines Bauches traf. Sie ertappte sich bei der Überlegung, wie er an dieser Stelle schmecken würde. Wie die Haut berauschend nach Seife und demselben Weichspüler riechen würde, den sie von dem geliehenen Handtuch eingeatmet hatte.

Hitze durchströmte ihren Körper.

Sie hatte schon oft genug Männer in verschiedenen Stadien der Nacktheit gesehen. Sie mähten ihren Rasen. Joggten durch ihre Nachbarschaft. Verdammt, sie erschienen in gesponserten Anzeigen auf Instagram. Aber das hier war irgendwie anders.

Intim. Privat.

»Okay.« Er riss sich die Brille vom Gesicht und legte sie auf seine Jeans. »Ganz offiziell blind.«

Sie war dran.

Allein der Gedanke daran ließ ihr Herz gegen ihren Brustkorb schlagen. Sie zog sich Schuhe und Socken aus. Als sie nach dem Saum ihres Oberteils griff, zögerte sie.

Vielleicht war es der Whiskey, vielleicht das Mondlicht, aber statt sich abzuwenden, sah sie ihn weiter an. Hielt Blickkontakt, während sie ihm zurückgab, was sie von ihm genommen hatte.

Die Luft war erfüllt von stiller Erwartung, als wüsste er, was sie als Nächstes vorhatte – und wollte es genauso sehr wie sie.

Mit zitternden Händen im Takt ihres rasenden Herzens zog Lark ihr Oberteil aus und dann die Shorts, bis sie nur noch in BH und Slip dastand. Weit davon entfernt, sich zu schämen, fühlte sie sich von seinen Blicken gehalten. Umhüllt.

Umfangen von seiner Wärme und Intensität.

Nick streckte eine Hand aus, und sie nahm sie, ohne zu zögern. Ihr Puls beschleunigte sich mit jedem Schritt, den sie sich dem Wasser näherten.

»Bist du bereit?«, fragte er, als sie das Ufer erreichten.

»Wie tief ist es?« Lark verspürte einen angenehmen Schauer der Vorfreude.

Nick blickte auf das Wasser hinaus. »In der Mitte vielleicht vier Meter. Aber du solltest den Boden mindestens fünf Meter lang berühren können.«

»Du wirst doch nicht …« Sie richtete den Blick auf die Silhouette eines Seils, das in der leichten Brise schwang.

»Ich wollte dich zuerst hineinbegleiten, damit du in der optimalen Position bist, um meine athletischen Fähigkeiten zu würdigen.«

»Nun, wenn das so ist«, sagte sie. »Geh voraus.«

Gemeinsam wateten sie bis zu den Knien hinein. Das Wasser fühlte sich köstlich kühl an und duftete leicht nach Moos. Lark blickte auf den weißen Spitzen-BH hinunter, den sie trug, und wandte sich an Nick.

»Wie schlecht siehst du genau?« Lark hob eine Augenbraue.

»Furchtbar schlecht«, entgegnete er. »So schlecht, dass du deinen BH ruhig ausziehen kannst, damit du ihn nicht ruinierst. Ich werde nichts sehen.«

»Ich wollte dich eigentlich bitten, mir mit dem Verschluss zu helfen.« Was Lark in Wahrheit gar nicht vorgehabt hatte. Tatsächlich hatte sie nirgendwo in ihrem Bewusstsein diese Worte geformt, bevor sie ihr über die Lippen gekommen waren.

»Darum bittest du mich, *nachdem* ich meine Brille abgenommen habe?« Sie spürte, wie seine Fingerknöchel über ihren Rücken strichen, während seine Finger an ihrem BH-Verschluss arbeiteten. »Das ist einfach nur gemein.«

»Ich hatte angenommen, dass dein Muskelgedächtnis den Sieg davontragen würde.«

Sein Atem kitzelte sie im Nacken. »Da traust du mir viel mehr zu, als ich verdiene.«

»Da habe ich was anderes gehört«, stichelte Lark.

Er hielt inne. »Inwiefern?«

Lark blickte über ihre Schulter. »Meinen Quellen zufolge hast du einen ziemlichen Ruf.«

Sie spürte das vertraute Lockern des Brustbandes und drückte die Körbchen an ihre Brust, während Nick die Träger an ihren Armen hinuntergleiten ließ.

Still und schweigend stand er hinter ihr.

»Es ist okay, weißt du«, unterbrach sie das Schweigen. »Ich bin nicht hier, um zu urteilen. Und es geht mich auch wirklich nichts an.«

»Ich werde dir alles sagen, was du wissen willst.«

Und sie wollte alles wissen. Wer seine Erste gewesen war. Seine Letzte. Welche am merkwürdigsten gewesen war. Wessen Körper ihm am besten gefallen hatte. An wen er immer noch dachte. Wie und wo er Frauen kennenlernte. Wie eine typische Verführung bei ihm aussah.

Aber er wirkte einfach nicht wie ein Mann, der nur auf das Eine aus war. Sie konnte sich nicht vorstellen, dass sein charmantes und etwas linkisches Auftreten zum Ziel hatte, möglichst viele Frauen herumzukriegen. Ganz gleich, wie umwerfend schön sein Anblick war.

»Könntest du dieses Ding zuerst noch schnell an Land bringen?« Sie bedeckte die Brüste mit dem Unterarm und hielt ihm ihren BH hin.

Lark sah, wie er einen Zeigefinger unter dem Träger einhakte und das Brustband wie einen Bogen zurückzog. Dann kniff er ein Auge zusammen, zielte in Richtung Auto und ließ los. Der weiße Stoff segelte durch die Nacht und landete sauber auf seiner Jeans. »Dieses ganze Blind-ohne-meine-Brille-Gerede ist eine Masche, nicht wahr?«, beschuldigte sie ihn scherzhaft. »Du lockst die Frauen an diesen Teich und überredest sie, sich auszuziehen, damit du sie begaffen kannst. Ich wette, das sind nicht einmal echte Brillengläser.«

Im Halbdunkel konnte Lark die Farbe seiner Wangen erkennen. »Früher musste ich die BHs meiner Mutter auf die Wäscheleine hängen. Es fühlte sich weniger seltsam an, wenn ich so tat, als wäre es ein Sport.«

Lark lachte, und das Geräusch hallte über das Wasser.

»Sollen wir?«, fragte er. Ohne ihre Antwort abzuwarten, watete er tiefer hinein, das Wasser reichte ihm bis zur Taille.

Lark atmete tief durch und folgte ihm, wobei sie die Arme vor der Brust verschränkt hielt.

Nick sah zu ihr zurück. »Bereit?«

Lark nickte.

Sie stießen sich ab.

Sie unterdrückte ein Quietschen, als das Wasser auf die empfindliche Haut ihrer Brüste traf, war aber überrascht, wie schnell sie sich an die Temperatur gewöhnte. Gemeinsam schwammen sie weiter hinaus in die Mitte. Lark konnte nicht anders, als Nicks mühelose Züge zu bewundern. An der tiefsten Stelle hielten sie inne, traten Wasser und schwebten in der dunklen Tiefe. Nicks Augen funkelten im Mondlicht.

»Und?«, fragte er und bot ihr damit die Gelegenheit, ihr vorheriges Gespräch über seine sexuelle Vergangenheit fortzusetzen.

»Wir müssen wirklich nicht darüber reden«, sagte sie.

»Ich weiß«, gab er zurück. »Aber da du es angesprochen hast, nehme ich an, dass es dich beschäftigt.«

Damit hatte er recht. »Wie viele?«, platzte sie heraus.

»Nun …«, begann er.

»Warte, nein. Vergiss es.« Lark trat noch heftiger. »Das muss ich wirklich nicht wissen.«

»Weil du Angst hast, es könnte etwas an deiner Meinung über mich ändern?«

Lark hatte nicht erwartet, dass er den Nagel so genau auf den Kopf treffen würde.

Er schwieg einen Moment, bevor er ihr in die Augen sah. »Das wäre vielleicht so.«

Larks Herz fühlte sich wie ein Bleigewicht in ihrer Brust an und drohte, sie in die dunklen Tiefen unter ihr zu ziehen.

»Schwimm in diese Richtung«, sagte Nick, der sich bereits auf den Weg gemacht hatte. »Ich kann dort den Boden berühren.« Sie waren erst ein paar Meter weit gekommen, als Nick sich umdrehte und die Füße aufsetzte. Sein Hals und sein Kopf ragten über die Wasseroberfläche. »Komm her.«

Lark ließ sich von ihm näher an sich heranziehen, bis sich ihre Körper unter der Wasseroberfläche berührten. Ihr Knie an seinem Unterleib. Ihr Fuß an seinem Oberschenkel. Er legte sich ihre Hände um die Schultern, dann griff er in ihre Kniekehlen, um ihr Gewicht auszugleichen.

Das Wasser plätscherte zwischen ihnen, seine Nähe war berauschender als der feurige Whiskey, der bereits begann, aus ihrem Blutkreislauf zu verschwinden.

Und Nick war so nah.

So nah, dass sie jeden dunklen Bartstoppel auf seinem Kinn und seinem Kiefer sehen konnte. Nah genug, um jede Wimper zählen zu können, wenn sie wollte. Nah genug, um sich vorzustellen, wie sich diese weichen Lippen auf den ihren anfühlen würden.

»Was deine Frage angeht …«

»Wirklich«, sagte Lark. »Du brauchst es mir nicht zu erklären.«

Bitte sag es mir nicht.

»In der Highschool war ich ziemlich sauer auf meine Eltern. Dann starb mein Vater, und ich war irgendwie sauer auf die Welt. Auf Gott. Auf alles. Schockierenderweise standen aber keine Mädchen mit romantischen Absichten vor meiner Tür.«

»Das konnte ich sehen«, meinte Lark.

»Aber als ich aufs College kam und auf einmal diese beschissenen kleinstädtischen sozialen Dynamiken nicht mehr vorhanden waren, konnte ich jemand anderes sein als dieser wütende Typ.«

Lark musste blinzeln.

Vier Jahre Grundstudium und ein Semester Medizinstudium, und nicht ein einziges Mal war ihr in den Sinn gekommen, ihre Rolle als akademischer Superstar aufzugeben.

»Plötzlich habe ich all diese Leute getroffen …«

»Frauen?«, fragte sie.

Sein Blick wurde ernst. »Männer und Frauen eigentlich.«

»Oh«, sagte sie verunsichert.

»Zum ersten Mal in meinem Leben habe ich mich einfach gehen lassen. Ich habe getan, was ich wollte, mit wem ich wollte und wann ich wollte.«

»Das klingt sehr … befreiend.« Eifersucht schoss durch ihre Adern.

»War es auch«, sagte er. »Aber heutzutage lebe ich fast nur noch für Moonshot.«

»Außer, wenn du Kunstkurse für Erwachsene gibst und ehemaligen Ballköniginnen hilfst, ihre innere Rebellin zu entdecken?«

Dieses gottverdammte schiefe Grinsen huschte über sein Gesicht.

»Genau. Apropos.« Er blickte wieder zu der riesigen Weide. »Willst du das Seil ausprobieren?«

Larks Kehle wurde trocken. »Das Seil?«

»Ja.« Nick schaukelte leicht, als er sie drehte, um wieder zum Ufer zu schauen. »Es ist an diesem alten Ungetüm von einer Weide befestigt.«

»Oh«, sagte Lark. »Ich dachte …«

»Du dachtest, es ginge hier nur um unerlaubtes Betreten?«

Sie hasste es, dass sie so leicht zu durchschauen war. »In etwa.«

»Das ist ein Teil davon. Zudem dachte ich, wir könnten …«

»Nein«, sagte sie entschlossen. »Aber ich schaue dir gern zu.«

»Du musst das von einer Stelle aus tun, wo du stehen kannst«, sagte er und begann bereits, in Richtung Ufer zu waten.

»Damit du mich nicht retten musst?«, fragte sie.

Wassertropfen flogen von seinem Haar, als er den Kopf schüttelte. »Damit du die Hände zum Applaudieren frei hast.«

Lark schwamm hinter ihm her, und bald gruben sich ihre Zehen in weichen Sand.

Am Ufer angekommen, machte Nick zwei große Schritte, bevor er die an der Weide befestigte Holzleiter hinaufkletterte und sich auf die Plattform zog. Einen Moment lang stand er da, eine Silhouette gegen den Nachthimmel. Sie fragte sich, was er dachte, bevor er das Seil packte und Anlauf nahm.

Nick schwang johlend durch die Luft.

Als er das Seil am höchsten Punkt losließ, schien er länger zu schweben, als es die Schwerkraft eigentlich zulassen sollte. Lark blieb die Luft weg, als er sich überschlug und dann das Wasser mit einem gewaltigen Platschen durchbrach. Als er endlich auftauchte, klatschte sie, das Geräusch hallte durch die Nacht. Noch während sie applaudierte, kam Nick, ein siegreiches Lächeln im Gesicht, zu ihr zurück.

»Okay, das war beeindruckend«, sagte Lark.

Er zuckte mit den Schultern, sein Gesicht war von Adrenalin und der sportlichen Anstrengung gerötet. »Ich habe mich angestrengt.«

»Ich nehme an, du hast das früher oft gemacht?« Sie grub die Zehen tiefer in den kühlen Schlamm.

»Nur einen Sommer lang.«

Lark runzelte die Stirn.

»Uns hat das Land nur ein Jahr lang gehört«, erklärte Nick. »Mein Vater hat es gekauft, als wir von New York nach Spring Valley gezogen sind, aber nach einer Weile konnte er die Grundsteuer nicht mehr bezahlen.« Ein Hauch von Bitterkeit lag in seinen Worten. »Aber in jenem Sommer fuhren Dad und ich spätabends hierher, und er hat mir gezeigt, wie es geht, so, wie sein Großvater es ihm als Kind gezeigt hatte.«

Lark bemerkte, dass Nicks Stimme leiser und sein Blick abwesender wurde. »Er hat meine Form immer genau unter die Lupe genommen. *Das Wichtigste bei einem Schwingseil ist, wann man es loslassen muss.*«

Dem vagen Ostküstenakzent nach zu vermuten, der bei ihm jetzt durchblitzte, hatte er diesen Rat von seinem Vater erhalten.

»Wenn ich mich zu lange festhielt, hieß es: *Übertreib es nicht.* Wenn ich im richtigen Moment losließ, war es: *Guter Schwung, Kumpel.*«

Sie ließen sich noch einige Augenblicke zum sanften Geräusch von Grillen und plätscherndem Wasser treiben.

Schließlich drehte sich Nick zu ihr um, ein Funkeln in den Augen. »Bist du bereit, es zu versuchen?«

Bei dem Gedanken krampfte sich Larks Magen zusammen. »Ich? Auf keinen Fall. Das kommt nicht infrage.«

Nick entfernte sich ein paar Schritte von ihr. »Ich frage nur, weil du ständig hinsiehst.«

»Weil ich überlege, wie verrückt man sein muss, um so etwas freiwillig zu tun«, sagte sie.

»Wirklich?« Er hob eine dunkle Augenbraue. »Denn ich könnte schwören, dass du dir vorstellst, da oben auf der Plattform zu stehen. Dich mit angewinkelten Knien an dem Seil festzuhalten und dein Gewicht nach hinten zu ziehen.«

Lark stupste etwas, von dem sie hoffte, dass es ein Ast war, von ihrer Wade weg. »Da musst du dich irren.«

Nick rieb sich das Kinn und warf ihr einen spöttisch prüfenden Blick zu. »Du hast ausgesehen, als würdest du dir vorstellen, genau dann loszulassen, kurz bevor du den Fünfundvierzig-Grad-Winkel erreicht hast, weil du in Physik eine Eins hattest und alles über Pendel und Schwung weißt.«

»Dann brauchst du die Brille wohl doch.« Lark stieß sich ab, um von ihm wegzuschwimmen, kreischte aber auf, als sich etwas Warmes um ihren Knöchel schlang.

Nick zog sie nach hinten und drehte sie zu sich herum. »Auf einer Skala von eins bis zehn, wie groß ist die Wahrscheinlichkeit, dass du einen Großteil des Abends damit verbringen wirst, dich zu ärgern, weil du das Schwingseil nicht ausprobiert hast?«

Larks Blick glitt zum Ufer. »Ich bin schon jetzt wütend auf mich«, gab sie zu.

»Also, du willst es versuchen, aber …?«

Das Aber hätte genauso gut eine Meile lang sein können. »Ich habe Angst, dass ich dort oben erstarre und dann doppelt so wütend wieder runterkomme, weil du mir eine halbe Stunde lang aufmunternde Dinge zugerufen hast und ich mich nicht traute, zu springen. Oder dass ich springe, mich aber nicht am Seil festhalten kann und mit dem Gesicht zuerst ins Wasser stürze. Oder dass ich mich zu sehr festhalte und nicht rechtzeitig loslasse, sodass ich mir entweder die Arme aus den Gelenken reiße oder mit dem Gesicht gegen den Baum knalle, was beides ein erhebliches

Hindernis für meine Rückkehr zum Medizinstudium darstellen würde.«

»Ist das *alles?*«, stichelte er.

»Außerdem würde ein Sprung bedeuten, entweder einen guten BH zu ruinieren oder alles, was ich vorhin sagte, oben ohne vor einem ehemaligen Highschool-Klassenkameraden zu machen.«

Nick zog einen Mundwinkel nach oben.

»Was?«, fragte sie. »Was ist so lustig?«

»Ich fühle mich nur geehrt, dass du für mich einen guten BH ausgewählt hast«, sagte er. »Sonst noch was?«

Sie sah wieder die comicartigen lebendigen Szenarien vor sich, die ihr Verstand unfreiwillig hervorgebracht hatte, und begegnete seinem Blick. »Wenn eines der letzten beiden Dinge passieren würde, wüsste jeder in Spring Valley, dass ich fast nackt mit meinem Kunstlehrer schwimmen war.«

»Es gibt Schlimmeres.« Nick zuckte mit den Schultern.

»Und das wäre?«

»Wir könnten ganz nackt sein.«

Allein durch seine Worte machte er diese Möglichkeit zu einer lebendigen, atmenden Sache. Ein Szenario, das sie sich in endlosen Details vorstellen konnte.

»Das hier ist wahrscheinlich ein beliebter Ort dafür.« Sie wusste, dass sie auf Informationen aus war. Sie wollte es wissen und auch wieder nicht, ob Nick hier schon einmal nackt gebadet hatte und wenn ja, mit wem.

»Mein Vater hat immer erzählt, dass etwa die Hälfte der Einwohner von Spring Valley an diesem Teich gezeugt wurde.«

Lark blickte auf das Wasser. »Muss ich mir Sorgen machen?«

Sie hatte es als Scherz gemeint, aber ein hitziges Aufflackern in Nicks Augen verwandelte es in etwas anderes. Etwas, das ihr Blut schwer und ihre Haut unter der versilberten Oberfläche des Teiches warm werden ließ.

Mit einem Mal wünschte sie sich, er würde sie küssen.

Ob Gedanken wirklich die Macht hatten, die Realität zu formen, oder ob Nick einfach nur eine Veränderung in der Luft wahrnahm – auf jeden Fall bewegte er sich auf sie zu. Lark stockte der Atem, als er ihr langsam, ganz langsam, eine Haarsträhne von der Wange strich. Er betrachtete fragend ihr Gesicht, die Narbe unter seinem Auge zog den einen Augenwinkel leicht nach unten, als er versuchte, schärfer zu sehen. Sie fragte sich, wie sie in dieser verschwommenen Version aussah.

Eine Skizze dessen, was sie vielleicht sein könnte.

Ihr Herz schlug schneller, als er noch näher kam, einen Daumen an ihren Wangenknochen drückte, sein Atem war warm auf ihrer Haut.

»Ich möchte, dass du dir nie wieder Sorgen machst.«

Das war keine Antwort auf ihre unbedachte Bemerkung. Es war ein Wunsch. Ein Segen. Eine Anrufung, die er besiegelte, indem er seine Lippen auf ihre legte. Ihr Kuss war zaghaft. Schüchtern. So berauschend unbeholfen, wie es in ihrer Highschool-Zeit auch gewesen wäre. Sie berührten sich, suchten, fanden und zogen sich wieder zurück. Er legte unter Wasser eine Hand auf ihre Taille, aber sie bewegte sich nicht, ihre Zehen steckten wie Wurzeln im seidigen Schlick des Teiches fest.

Nick wich zurück, und in diesem Moment sah er genauso aus wie vor all den Jahren. Ein unsicherer, eifriger, ehrgeiziger und intensiver Teenager steckte im Körper dieses Mannes. Und er sprach das Mädchen in ihr an. Das Mädchen, das sie hätte sein können, wenn man ihr die gleichen Freiheiten gelassen hätte wie anderen Kids in ihrem Alter.

Ein Mädchen, das sich sehnlichst wünschte, frei zu sein.

Lark stieß sich ab, bevor sie es sich noch einmal anders überlegen konnten, und schwamm mit großen, spritzenden Zügen durch das Wasser.

»Alles in Ordnung?«, rief Nick ihr nach.

Sie konnte ihm nicht antworten. Sie durfte nicht zulassen, dass Worte, die sie gefangen nehmen würden, Teil dieses Moments wurden. Sie einschränkten. Von ihr verlangten, dass sie ihren Entscheidungen, ihren Gefühlen und ihrem Versagen einen Sinn gab. Bewegung war jetzt das Richtige. Ihren Körper auf der Adrenalinwelle bis zum Ufer gleiten zu lassen. Das war die einzige Art und Weise, wie sie es vielleicht tun konnte.

Unbesonnen.

Als sie am Ufer entlangsprintete, war sie endlich schneller als ihre Gedanken. Sie spürte die rauen Holzgriffe unter ihren Händen, abgenutzte Bohlen unter den nackten Fußsohlen. Das faserige Seil in ihren Fingern. Den harten Puls, der in ihren Ohren trommelte, während sie rückwärtsging, bis das Seil sich fest spannte. Sie holte tief Luft, und dann trat sie nicht einfach nur von der Plattform.

Sie sprang.

Mit all der Kraft, die sie früher aufgebracht hatte, um Hürden zu überwinden, katapultierte sie sich ins Dunkel. Ihr Magen hob sich, als die Schwerkraft einsetzte, und sie flog, ihr Haar schwebte wie der Schweif eines Kometen hinter ihr her, während sie in den Himmel aufstieg.

»Lass los!«, schrie Nick.

Lark ließ los.

Ein triumphales Kreischen aus purer, unbändiger Freude entrang sich ihr, als sie für den Bruchteil einer Sekunde zwischen Wasser und Himmel schwebte. Aus einem Reflex heraus schlug sie mit den Armen um sich und stürzte mit einem lauten Platschen in das tiefe Wasser.

Unter der Oberfläche war die Welt still. Angenehm gedämpft. Friedlich.

Dort verweilte Lark, allein und zufrieden mit dem Klang ihres Pulses, der wie ein wildes Pferd galoppierte.

Jemand rief ihren Namen, es hörte sich weit entfernt an. Sie schwamm unter Wasser in die Richtung und tauchte mit einem Ausatmen auf.

Nick wartete auf sie, echte Angst in seinen Augen.

»Mein Gott«, sagte er und paddelte zu ihr hinüber. »Du hast mich zu Tode erschreckt.«

Wie nach einer Taufe, die versprach, die Gläubigen reinzuwaschen, war sie als neues Geschöpf aufgetaucht.

Ein hungriges.

Verlangen, das jahrelang in ihr geschlummert hatte, erwachte mit einer Heftigkeit zum Leben, die sie erschütterte, sie konnte es keine Sekunde länger zurückhalten, kontrollieren oder verleugnen.

Sie wollte. Brauchte. Verlangte.

Sie umgriff Nicks Schultern, und das Gefühl seiner Haut unter ihren Handflächen verstärkte nur die Leidenschaft, mit der sie ihren Mund auf seinen presste. Seine Lippen waren weich, sein Körper hart. Verästelte Blitze durchzuckten ihre Nerven, als Zunge, Zähne und Atem sich in einer exquisiten Harmonie bewegten.

Nick legte die Arme um ihre Taille, umfasste ihren Hintern und zog sie an sich. Als ihre Brüste sich an seine Brust drückten, stöhnte er erstickt auf. Lark griff mit einer Hand in seinen Nacken, um noch mehr mit ihm zu verschmelzen.

Sie hatte vergessen, wie gut es sich anfühlte, geküsst zu werden.

Oder vielleicht war sie einfach noch nie *so* geküsst worden. So lange. So fieberhaft.

Alles ging zugleich zu schnell und zu langsam.

Sie schien in ihm zu ertrinken und konnte doch nicht genug bekommen.

Irgendwann lösten sie sich voneinander, schnappten nach Luft, die Körper noch immer aneinandergepresst. Nick ließ die Hände über ihren Rücken wandern und legte sie schließlich auf ihre Hüften.

»Sollen wir von hier verschwinden?« Seine Stimme rührte etwas in ihrer Mitte an.

»Zu dir?«, fragte sie.

»Willst du die ganze unsexy Wahrheit?«, gab er zurück.

»Immer.«

»Ich wohne diesen Sommer im Haus meiner Mutter. Aber sie ist heute Abend mit ihren Puzzling Puzzlers unterwegs und kommt erst gegen Mitternacht nach Hause.«

Das Allerletzte, was sie tun wollte, war, sich von Nicks Körper zu lösen. Aber die Aussicht auf eine Dusche war zu verlockend, um sie zu ignorieren.

»Sicher«, antwortete sie.

Sie wollte sich von ihm losmachen, um zurück zum Ufer gehen zu können, doch Nick hielt sie fest.

»Ich will dich noch nicht loslassen«, sagte er und begann, sie zum Ufer zu tragen.

Bei diesen Worten und der hungrigen Art, wie er sie ansah, fühlte sich ihr Becken schwer und hart an.

»Ich dich auch nicht.« Sie legte den Kopf in seine Halsbeuge und atmet seinen Geruch ein, genoss das Gefühl seiner Hüftknochen zwischen ihren Schenkeln und seiner starken Unterarme und großen Hände.

Als sie das Ufer erreichten, setzte er sie auf ihren Schuhen ab und reichte ihr das Handtuch. Lark wickelte es um ihren nackten Oberkörper und tat ihr Bestes, um den Schlamm von ihren Füßen zu entfernen. Unter dem Handtuch zog sie das nasse Höschen aus und ihre Shorts an, bevor sie nach ihrem Tanktop griff und es ebenfalls hinter dem Handtuch anzog.

Sie gab ihm das Handtuch, und er trocknete sich die Haare und den Oberkörper, zog seine Jeans über die Boxershorts, machte sich aber nicht die Mühe, das T-Shirt anzuziehen. Er ging zur Fahrerseite, stieg ein und ließ den Motor an.

Die Luft im Auto war dick vor Spannung und Vorfreude, als sie zum Haus seiner Mutter fuhren, sie sagten wenig, bis sie eine Nachbarschaft mit einfachen erdfarbenen Häusern erreichten.

»Möchtest du noch einen zweiten Punkt auf deiner Liste abhaken?«, fragte er, als sie an den Bordstein fuhren.

»Woran hast du dabei gedacht?«

»Wir könnten durchs Fenster in mein Zimmer klettern.«

»Du hast doch gesagt, dass deine Mutter in ihrem Rätselclub ist.«

»Ist sie auch«, sagte Nick. »Aber es geht hier ums Prinzip.«

Lark verschränkte die Arme vor der immer noch feuchten Brust. »Was, wenn deine Nachbarn die Polizei rufen?«

»Mrs. Zuppo ist siebenundachtzig und sieht noch schlechter als ich.« Nick schaltete das Radio aus und schnallte sich ab. »Das Haus meiner Mutter ist nur einen Block weiter. Mein Schlafzimmerfenster geht auf den Hinterhof hinaus.«

Nick stieg aus und ging ums Auto, um ihr die Tür zu öffnen. Er nahm ihre Hand, legte einen Finger an seine Lippen und lief geduckt durch den zaunlosen Hinterhof um die Hauswand herum durch das Tor in den Garten seiner Mutter.

Seltsam, wie selbst vorgetäuschter Unfug prickelndes Adrenalin erzeugen konnte, auf dessen Geschmack sie langsam kam.

Lark fühlte sich wie in einem geheimen Garten. Die Luft war erfüllt von einem berauschenden Duft nach Lavendel, Wicke und Pfeifenstrauch. Das Mondlicht beleuchtete Beete mit gelben Narzissen, Gänseblümchen und sorgfältig beschnittenen Rosensträuchern. In der Mitte befanden sich Hochbeete mit Tomaten, Paprika, Kürbissen und Gurken, die wahllos in die verfügbaren Flächen gezwängt waren. Sie ging zu einem Kräuterbeet, strich mit der Hand über den harzigen Rosmarin und beugte sich vor, um an Basilikum und Zitronenmelisse zu schnuppern.

»Deine Mutter hat das alles gepflanzt?«

»Das macht sie jedes Jahr, seit ich mich erinnern kann«, antwortete Nick.

Er pflückte eine Kirschtomate von der Rebe und hielt sie ihr hin. Sie war noch warm von der Sommerhitze. Lark steckte sie in den Mund und schloss die Augen, um die erdige Süße zu genießen.

»Hier entlang.« Nick nahm wieder ihre Hand und zog sie zu einem dunklen Fenster auf der Rückseite des Hauses. Nachdem er die Glasscheibe hochgeschoben hatte, beugte er sich vor, um ihr einen Schubs zu geben.

»Verurteile mich nicht.« Er zögerte kurz, bevor er sie hochhob. »Julia hat mein Zimmer so gelassen, wie es in der Highschool war.«

Wie sich herausstellte, waren seine Befürchtungen unbegründet. Lark warf nur einen Blick in das gemütliche Zimmer und beschloss, Nick Hoffman zu mögen.

Ihn wirklich, *wirklich* zu mögen.

Die Regale waren voll mit Büchern über Programmieren, Softwareentwicklung und Spieledesign. Eine Reihe von Geräten, von Spielkonsolen bis hin zu 3D-Druckern, stapelte sich auf dem Schreibtisch, während Modelle von Satelliten, Raumschiffen und Hovercrafts an durchsichtigen Angelschnüren von der Decke hingen. In der Ecke war ein Polsterstuhl mit vielen Kissen und einer Decke. Neben seinem Bett lagen Kunstbücher, ein Skizzenblock, Bleistifte und ein altmodischer Wecker. Und an den Wänden hingen seine Zeichnungen.

Sie waren noch besser, als sie sie in Erinnerung hatte. Graphic-Novel-artige Illustrationen in einer überraschenden Vielfalt von Stilen.

Nick zog den Kopf ein, um durch das Fenster zu kommen, drehte sich dann und schob seine langen Beine hindurch.

»Ich hatte wenigstens ein Poster mit einem Pin-up-Model erwartet«, neckte sie und nahm eines seiner Bücher in die Hand. *The Artist in the Machine.*

»Die habe ich unter der Matratze aufbewahrt.«

Lark ging zu einem Bücherregal und zog ein Roboterspielzeug mit großen Augen, gebogenen Gabeln als Hände und Rädern als Füße hervor. »Was ist das?« Sie begutachtete die komplizierten Gelenke und beweglichen Gliedmaßen.

Nick nickte selbstzufrieden. »Das war mein Wissenschaftsprojekt in der achten Klasse. Küchenkinetik.«

Er zeigte ihr, wie man ihn anschaltete, der kleine Roboter drehte sich auf seinen Rädern und stieß eine Reihe von Quietsch- und Pfeiftönen aus, die wie Lachen klangen.

Lark lachte entzückt mit. »Das ist erstaunlich.«

»Mein Vater war nicht so begeistert. Für den Motor habe ich ein paar Teile aus seiner Bohrmaschine geklaut.« Nick schaltete die Maschine aus und stellte sie zurück ins Regal. »Du kannst zuerst duschen, wenn du willst. Es gibt Seife und eine beeindruckende Auswahl an Haarpflegeprodukten.«

Lark zögerte nur einen Moment, bevor sie nickte. Sie verließen sein Zimmer und gingen einen schmalen Flur entlang, der auf beiden Seiten von Familienfotos gesäumt war.

Vor einem blieb Lark stehen und fuhr mit dem Finger über das Glas. Ein großer Mann mit dunklem, lockigem Haar und eine zierliche rothaarige Frau mit runden Hüften standen inmitten einer Apfelplantage. Zwischen ihnen hielt ein kleiner Junge in Latzhose mit einem zahnlosen Lächeln stolz ein leuchtend orangefarbenes Blatt in die Höhe, als sei es ein Preis.

»Das wurde in Connecticut aufgenommen«, sagte Nick leise. »Die Familie meines Vaters kommt aus Stamford.«

Erst beim Betrachten der übrigen Bilder stellte Lark die Verbindung her.

Nick war auch Einzelkind. Er war genauso genau unter die Lupe genommen worden wie sie, und seine Begeisterungsfähigkeit war wahrscheinlich auf ähnliche Ablehnung getroffen. Das tat ihr im Herzen weh. Sie litt mit dem Jungen, der Kunst und Roboter liebte, es aber nicht schaffte, seinem Vater den Wert von beidem klarzumachen. Und mit dem Mädchen, das ihn verstand.

»Da wären wir.«

Das Badezimmer war winzig, aber gemütlich. Kaum groß genug für die Badewanne mit Klauenfüßen, die mit einer modernen Duschvorrichtung ausgestattet war, die flauschigen rosafarbenen Handtücher und die Fülle von Shampoos und Duschgels in Probegrößen. Lark stellte sich unter die Brause und ließ sich vom heißen Wasser das Teichwasser abwaschen.

Es war ihr unangenehm, die Bürste einer anderen Person zu benutzen, also trocknete sie sich nur ab und kämmte ihre langen Haare mit den Fingern. Dann wischte sie den Dampf ab und betrachtete sich in dem altmodischen Spiegel im Schrank. Seit der sechsten Klasse trug sie immer dieselbe Frisur. Lang, glatt, oft zu einem Pferdeschwanz oder einem schnellen Dutt hochgesteckt. Reese hatte ihr langes Haar geliebt, als wolle er sich darauf verlassen können, dass sie genau so blieb, wie sie immer gewesen war.

Und war nicht genau das geschehen?

Lark fuhr sich mit den Fingern durch das Haar und fühlte die nassen Strähnen. In letzter Zeit hatte es begonnen, sich … schwer anzufühlen. Es machte eine Menge Arbeit, es war mühsam, sich darum zu kümmern.

Wie würde sie wohl mit kürzerem Haar aussehen, fragte sie sich. Sie stellte sich vor, wie es sich anfühlen würde, ein paar Zentimeter abzuschneiden, bis es ihr nur noch bis auf die Schultern reichte. Der Gedanke zauberte ein sehnsüchtiges Lächeln auf ihr Gesicht, als sie wieder BH, Tanktop und Jeansshorts anzog.

Sie fand es nicht gerade klasse, keine Unterhose zu tragen, aber es war immer noch besser, als einen feuchten Hintern zu haben.

Als sie fertig war, hängte sie ihr Handtuch über die Ablage, öffnete die Badezimmertür und schrie.

Acht

Nicks Herz schlug ihm bis zum Hals, als er aus seinem Zimmer stürzte.

Ein Riesenrad von Schreckensszenarien drehte sich in seinem Kopf.

Doch keines davon war tatsächlich so schrecklich wie das, was er vorfand.

Seine Mutter stand vor dem Badezimmer, den Baseballschläger seines Vaters über dem Kopf, ihr mit einer Schlammmaske bedecktes Gesicht war vor Schreck erstarrt.

Lark stand ihr gegenüber, leichenblass und die Hand auf die Brust gepresst.

»Julia? Was zum Teufel ist hier los?«, rief Nick.

»Ich … ich dachte, ich wäre allein zu Hause, und dann habe ich die Dusche gehört«, antwortete sie, ohne den Blick von Lark abzuwenden. »Ich habe dein Auto nicht gesehen, also …«

»Ich habe die Straße runter geparkt. Mein Gott. Was zur Hölle hattest du mit dem Ding da vor?«

Seine Mutter blickte auf ihre Hände, als würde ihr erst jetzt auffallen, dass sie einen Schläger hielt. »Ach du meine Güte«, rief sie und setzte die improvisierte Waffe mit einem verlegenen Lächeln ab. »Ich kann mir gut vorstellen, was Sie von mir denken müssen. Julia Hoffman. Ich bin Nicks Mutter.« Sie streckte Lark eine Hand hin, Lark ergriff sie und schüttelte sie zaghaft.

»Lark Hockney. Ich bin … eine Freundin von Nick.«

Ihm war die subtile Verzögerung nicht entgangen, bevor sie eine passende Bezeichnung gefunden hatte.

Denn in Wahrheit gab es keine.

Jedenfalls keine, die für seine Mutter einen Sinn ergeben würde.

Selbst jetzt, in Julias libidokillender Gegenwart, konnte er nur daran denken, wie sehr er Lark in seinem Zimmer haben wollte, um seine Hände, seinen Mund, einfach *alles* an sie zu drücken.

»Freut mich, Sie kennenzulernen, Lark.« Seine Mutter drückte ihr enthusiastisch die Hand.

Sag es nicht. Sag es nicht. Bitte, lieber Gott, sag es nicht …

»Ich habe schon so viel von Ihnen gehört.«

Nick erschauderte.

»Nur Gutes, hoffe ich«, sagte Lark.

»Habt ihr Hunger?«, fragte seine Mutter. »Ich habe noch etwas Pastitsio im Kühlschrank.«

Nick und Lark wechselten einen Blick. Vor lauter Tanzen im All, Sprüngen vom Schwingseil und Knutschen im Teich hatten sie ganz vergessen, zu Abend zu essen.

»Ich könnte eine Kleinigkeit vertragen«, meinte Lark.

»Ich ebenfalls«, stimmte Nick zu.

»Nach Ihnen.« Seine Mutter deutete den Flur hinunter und ließ Lark den Vortritt, um dann Nick mit einem fragenden Blick zu bedrängen, kaum dass Lark ihr den Rücken zukehrte.

»Ich war mit Lark beim Schwingseil«, sagte Nick leise. »Und dann wollten wir schnell hier duschen, weil es auf dem Weg liegt.«

Die hochgezogene Augenbraue seiner Mutter verriet Nick, dass sie von dieser Geschichte nicht überzeugt war. Zu ihrer Ehrenrettung musste allerdings gesagt werden, dass er sie auch stark gekürzt hatte.

»Warum gehst du nicht jetzt duschen, während ich das Essen vorbereite?«, schlug seine Mutter vor.

»Damit du Lark ausfragen kannst, ohne dass ich dazwischenfunke?«, fragte Nick. »Auf gar keinen Fall.«

Sie verzog ihren Mund zu einem Lächeln, weil sie beide wussten, dass er sie ertappt hatte.

Julia wuselte hinter Lark in die Küche, öffnete den Kühlschrank und holte eine mit Folie bedeckte Auflaufform heraus, die sie auf den Tresen stellte. Als sie nach sauberen Gabeln aus dem Geschirrspüler griff, erschrak sie beim Anblick ihres Spiegelbildes im Fenster über der Spüle. »Warum hast du mir nicht gesagt, dass ich noch diese Schmiere drauf habe?« Sie kniff Nick im Vorbeigehen leicht in den Arm. »Ich brauche nur eine Minute, Liebes.«

Letzteres sagte sie in Larks Richtung.

Nick wartete, bis sich die Schritte seiner Mutter entfernten, bevor er einen Seufzer ausstieß. »Das tut mir leid«, meinte er. »Sie kann manchmal ein bisschen … viel sein.«

Lark zuckte lächelnd mit den Schultern, den Blick auf den Boden gerichtet. »Ist schon gut«, antwortete sie leise.

Nick trat näher und legte den Kopf so schief, dass sie keine andere Wahl hatte, als seinen Blick zu erwidern. »Nein«, sagte er fest und strich mit einem Finger sanft über ihren Arm. »Es ist ganz und gar nicht gut. Ich wollte eigentlich inzwischen zu Phase drei der heutigen Operation übergegangen sein.«

»Und welche Phase soll das sein?«

»Bisher haben wir einen sehr wichtigen Punkt auf der Highschool-Rebellions-Liste übersehen.«

Lark verzog die Lippen. »Das Dachs-Maskottchen-Kostüm der Spring Valley High zu stehlen?«

Nick griff mit einem Finger in den Bund ihrer Shorts und zog sie zu sich heran. »Nein, ein bisschen Rumfummeln.«

Als sie das Schlurfen von Hausschuhen im Flur hörten, sprangen sie auseinander.

»So, jetzt.« Seine Mutter kam wieder in die Küche, ihre Wangen glühten rosig. »Wo war ich? Ach ja, richtig. Die Pastitsio. Und Lark, wir sollten uns duzen.«

Sie wechselten einen langen Blick hinter ihrem Rücken.

Wenige Minuten später stellte seine Mutter dampfende Teller mit dem Auflauf auf den Tisch und nahm am Kopfende Platz. »Nun, setzt euch. Das Essen wird nicht zu euch kommen.«

Nick und Lark setzten sich zu ihr an den Tisch, und wie seine Mutter versprochen hatte, war die Pastitsio köstlich. Cremige Käsesoße bedeckte jeden Bissen der Makkaroninudeln, das Rinderhackfleisch war mit einer reichhaltigen, mit roten Paprikaflocken gewürzten Tomatensoße überzogen. Nick genoss jeden Bissen, während seine Mutter Geschichten aus seiner Kindheit erzählte. Als sie fertig waren, half Lark beim Abräumen, und seine Mutter füllte das Waschbecken mit Wasser.

»Ihr zwei verschwindet jetzt«, befahl seine Mutter. »Das hier kann bis morgen warten.«

In diesem Moment sah Lark aus, als hätte ihr jemand erklärt, dass die Erde tatsächlich flach ist. »Aber …«, begann sie.

»Ich bestehe darauf. Und nimm etwas von dem Baklava aus dem Kühlschrank mit nach Hause. Die Puzzling Puzzlers konnten nichts davon probieren, weil Annemarie Migräne bekam und alle nach Hause geschickt hat.«

Nick öffnete den Kühlschrank und schob ein paar Stücke des fluffigen Desserts auf einen Teller. Eine weitere Spezialität seiner Mutter. Geschichteter Filoteig, gefüllt mit in Honig getränkten Walnüssen und Zimt und mit Sirup aus frisch gepressten Orangen beträufelt.

Ihm lief das Wasser im Mund zusammen.

Er ging zur Spüle und drückte seiner Mutter einen Kuss auf den Scheitel. »Nacht.«

»Gute Nacht, mein Schatz.«

Erst als sie endlich in seinem Zimmer waren, fiel Nick ein, dass er noch nicht geduscht hatte.

»Ich bin in zehn Minuten zurück.« Er schnappte sich schnell ein T-Shirt, Boxershorts und Sporthose und schlich durch den Flur, um sich in Rekordzeit zu duschen. Als er zurückkam, lag Lark zusammengerollt in der Mitte seines Bettes, ihre Brust hob und senkte sich in gleichmäßigem Rhythmus. Einen Arm hatte sie über ihr Gesicht gelegt, um das Licht der Lampe abzuschirmen, die weichen Kurven ihres Körpers schmiegten sich gegen die Bettdecke.

Er griff nach einer Decke am Fußende des Bettes und zog sie sanft über ihre Schultern, bevor er sich hinunterbeugte und ihr einen federleichten Kuss auf die Stirn drückte. Er verweilte so noch eine gefühlte Ewigkeit, ehe er schließlich zurücktrat, eine weitere Decke aus dem Schrank holte und das Licht löschte. Er benutzte den Sitzsack als Kopfkissen und deckte sich zu. Dann atmete er zufrieden aus und fiel in einen erschöpften Schlaf.

Wie lange er geschlafen hatte, konnte er nur daran ermessen, wie steif sein Rücken war.

Ähnlich steif wie andere Stellen.

Das vertraute heiße Pochen zwang ihn, die Augen zu öffnen. Blinzelnd konnte er in der Dunkelheit gerade noch das Bett ausmachen … das leer war. Er wollte eben in Panik verfallen, als er sie hinter sich spürte. Warm schlüpfte sie unter seine Decke.

»Also … Phase drei?«, murmelte sie an seinem Hals. Ein Schauer lief ihm über den Rücken, als sie mit den Fingerspitzen leicht über seinen Brustkorb nach unten strich.

Nick sog den Atem ein, als ihre Nägel die Haut neben dem Bund seiner Basketballshorts streiften. Das war *ganz und gar nicht* so, wie er sich das vorgestellt hatte. Er fühlte sich auf die bestmögliche Weise überfallen. Völlig überrumpelt.

Nick tastete auf dem Boden neben sich herum nach seiner Brille, bevor er sich auf die Seite drehte, um sie anzusehen.

Das Mondlicht ließ sie wie ein silbernes Gespenst erscheinen. Er legte eine Hand an ihre weiche Wange, sowohl, um sich zu vergewissern, dass sie wirklich da war, als auch, um das tiefe Verlangen zu stillen, sie zu berühren.

Lark drückte sich in seine Hand und senkte die Lider, als Nick mit dem Daumen ihre Unterlippe nachzeichnete. Sie blickten sich unverwandt an, keiner sprach. Ihre Iris zuckte leicht hin und her, als sie von seinen Augen über seine Nase zum Mund sah. Die Luft zwischen ihnen verdichtete sich mit einer unsichtbaren Ladung, und alle Gedanken bis auf einen entwichen seinem Verstand.

Ich will dich.

Er ließ die Hand von ihrer Wange in ihr Haar gleiten, das noch teilweise feucht war. Der Moment schien sich endlos in die Länge zu ziehen, bis sich schließlich ihre Münder trafen. War ihr erster Kuss seltsam und süß gewesen und der zweite rau und leidenschaftlich, so glich dieser einer Explosion.

Hart und hungrig und fordernd.

Aufgeladen durch das lange Warten, die vielen Unterbrechungen und Hindernisse, durch jede einzelne Sekunde, in der er sich nach ihr gesehnt hatte. Nach dem hier. Ihrer Hitze und ihrem Duft. Ihr Geschmack erfüllte all seine Sinne, bis er das Gefühl hatte, nie wieder Luft bekommen zu können.

Larks Hände wanderten über seine Brust und seinen Bauch, glitten tiefer, bis sie in seine Basketballshorts griff. Nicks Atem stockte, als sie mit den Fingern durch die Boxershorts hindurch über die Konturen seiner Erektion fuhr. Reflexartig hoben sich seine Hüften unter ihrer Berührung, was die Reibung des Stoffes auf seiner sensiblen Haut nur noch verstärkte.

Sie keuchten beide. Ihre Münder waren feucht, ihre Atemzüge vermischten sich.

Nick senkte den Kopf, um die zarte Haut ihres Halses zu erforschen, und fand sie seidiger, als er es sich erträumt hatte. Er bahnte sich einen Weg hinab zu ihrem Schlüsselbein, leckend und saugend.

Larks Finger krümmten sich um seinen Penis, als er ihre Brüste erreichte.

So schwer es ihm auch fiel, nicht länger ihre Hand auf sich zu spüren, drehte er Lark auf den Rücken und stützte sich auf die Ellbogen. Als er die Decke zurückzog, konnte er unter dem dünnen Stoff ihres Tanktops zwei Perlen sehen. Der Anblick der etwas dunkleren Haut durch den hauchdünnen Stoff ließ noch mehr Lust über seinen Rücken kriechen.

Er senkte den Mund, um eine harte Knospe durch den Stoff zu liebkosen. Er schmeckte saubere Baumwolle, als er mit der Zunge über ihre Brustwarze strich. Lark sog den Atem ein und wölbte sich ihm flehend entgegen. Eine Bitte, die Nick unbedingt beantworten wollte.

Später.

Er bewegte sich weiter nach unten und verteilte Küsse auf ihrem Brustbein und ihrem Bauch, ohne den Stoff hochzuschieben. Am Saum angekommen, schob er ihn gerade so weit weg, dass er mit der Zunge die Haut ihres Bauches über dem Bund ihrer Shorts nachzeichnen konnte. Auf ihren Armen bildete sich eine Gänsehaut, als er sanft über die Stellen blies, die er benetzt hatte. Ihre Hüften bewegten sich, ihr Bauch zitterte und spannte sich unter seinen Lippen an.

Langsam arbeitete er sich wieder nach oben vor, diesmal entblößte er dabei ihre Haut. Er schob den Stoff gerade so weit zurück, dass auf einer Seite ein wenig von ihrer dunklen Brustwarze zum Vorschein kam. Mit der Zungenspitze fuhr er über die Haut, wobei er die empfindlichste Stelle bewusst vermied, bis sie sich unter seiner Berührung wand. Erst dann ließ er seine Zunge über die warme, gespannte Brustwarze gleiten.

Larks Wimmern drang tief bis in seinen schweren Schwanz, der jetzt gegen seinen Bauch zuckte. Begierig auf ihren Anblick, zog er ihr das Tanktop bis zum Hals hoch und entblößte ihre Brüste vollständig.

Larks glühender Blick versengte ihm die Seele und schürte seinen eigenen Hunger. Er umfasste ihre Brüste, um daran zu saugen und sie mit der flachen Zunge zu reizen. Sie bog sich ihm entgegen, keuchte, wob die Finger in sein Haar und zog ihn näher zu sich.

Dem kam er nur zu gern nach.

Er ließ die Hände über ihren Körper wandern, zeichnete die anmutige Vertiefung ihrer Taille nach, ihren zarten Bauch, die Rundung ihrer Hüften. Die ganze Zeit über liebkoste er ihre Brustwarzen abwechselnd mit der Zunge oder saugte daran, jede Sekunde wollte er mit dem Genuss füllen, der ihr in den langen, einsamen Monaten verwehrt geblieben war.

Larks Augen waren geschlossen, ihre Lippen leicht geöffnet, sie atmete kurz und stockend.

Nick zog sich zurück und glitt mit der Zunge langsam ihren Hals hinauf, um sie erneut zu küssen. Doch stattdessen war sie es, die ihn küsste, indem sie fest in sein Haar griff, ihre Hüften gegen seine presste und mit der Zunge über seine strich, ihm ein Stöhnen abrang und es mit ihrem eigenen beantwortete. Er zog sich nur so weit zurück, dass er eine Hand in ihre Shorts schieben konnte.

Und bei Gott, er hatte es vergessen.

Hatte vergessen, dass sie ihr feuchtes Höschen am Teich ausgezogen hatte.

Vergessen, dass sie unter den Shorts nackt war.

Lark biss sich auf die geschwollene Unterlippe, als er sie berührte, sie war feucht vor Verlangen, und er begann, sanft über ihre empfindliche Stelle zu streichen. Ihr Aufschrei war eine Mischung aus Lust und Aufforderung. Nick wiederholte die Bewegung und verstärkte den Druck, bis sie sich ihm immer wieder entgegenwölbte.

Sie riss die Augen auf, Verlangen lag wie Nebel über den stürmischen Tiefen, und er konnte sich nicht länger zurückhalten. Er musste sie schmecken. Er wollte spüren, wie sie sich unter seinen Lippen wand. Mit kleinen Küssen wanderte er über ihren Rippenbogen und Bauch tiefer und hielt inne, als er den Bund ihrer Shorts erreichte. Er sah auf, begegnete ihrem Blick und bat sie mit den Augen stumm um Erlaubnis.

Sie antwortete, indem sie einen Fuß hinter seinem Knie einhakte.

Er knöpfte ihre Shorts auf und zog sie mit quälender Bedächtigkeit an ihren glatten Beinen herab. Ihre Haut schimmerte im Mondlicht, sie bewegte sich unter ihm, und ihr Bauch spannte sich erwartungsvoll an. »Ich will dich auch sehen.« Es waren die ersten Worte, die sie sprach, und damit verlor er schließlich die Kontrolle.

Fieberhaft zog er seine eigenen Shorts herunter, bevor er sich zwischen ihre Beine kniete. »Du bist so schön«, murmelte er mit heiserer Stimme.

Lark stützte sich auf ihre Handflächen und betrachtete ihn hitzig mit einem Blick, der auf seinem Schwanz endete. »Du auch.«

Er fuhr mit den Fingerspitzen über ihre Oberschenkel und spürte die Spannung in ihrem muskulösen Fleisch, als wäre es sein eigenes. Sanft strich er über ihre Haut und zog Kreise um ihre Knie, bis sie sich langsam entspannte. Dann legte er einen Unterarm um ihren Oberschenkel und spreizte ihre Beine. Zu sehen, dass sie feucht für ihn war, war wie ein Schlag in die Magengrube.

Er ließ die Lippen über die Innenseite ihres Schenkels hinaufwandern und spürte, wie seine Bartstoppeln leicht auf ihrer köstlichen Glätte kratzten. Lark keuchte auf, als er sie mit seinen Daumen öffnete, um sich ungehinderten Zugang zu verschaffen und sie mit der flachen Zunge zu liebkosen.

Sie wölbte den Rücken und hob sich vom Boden ab, während sie zugleich den Unterarm über ihre Augen legte.

Das gedämpfte Stöhnen, das sie ausstieß, schnürte ihm fast die Seele ab.

Nick nahm den Mund von ihr und streckte die Hand aus, um sanft den Arm wegzuziehen. »Sieh mich an, Lark. Bleib bei mir.«

Sie öffnete die Augen, und die Intensität ihrer Verbindung überflutete seine Sinne. Er konnte ihr Verlangen spüren, als sie sich ansahen, während er seine Erkundung fortsetzte und federleichtes Streicheln mit langsamem Lecken abwechselte. Dann ließ er die Zunge um die empfindliche Knospe kreisen. Seine Bewegungen waren ruhig und bedächtig, er nahm sich Zeit, um herauszufinden, was ihren Körper zum Zittern brachte und ihre Hüften einladend kreisen ließ.

Lark krallte die Finger in sein Haar, was dafür sorgte, dass sich sein Körper wie eine Bogensehne weiter anspannte. Nick steigerte die Intensität, als ihre Schenkel zu zittern begannen, sie bebten am Rande der Erlösung. Er wollte diesen Moment ewig hinauszögern und wünschte sich gleichzeitig, dass er so schnell wie möglich kam.

Damit er es wieder tun konnte.

Und wieder.

Bis er ihr auch den letzten erstickten Schrei entlockt hatte.

»Nick.« Ihr Flüstern war dringend, sie flehte um ihre unvermeidliche Auflösung.

Sosehr er auch spüren wollte, wie sie sich um seine Finger zusammenzog, behielt er genau den Rhythmus bei, der sie an die Schwelle gebracht hatte. Ihr brach feiner Schweiß aus. Sie spannte den Bauch an, und ihre Hüften zuckten, als sich ihr Oberkörper aufbäumte. Nick spürte, dass die Erlösung wie eine Welle über sie hereinbrach.

Er ritt mit ihr auf dieser Welle und bewegte sich erst wieder an ihrem Körper hinauf, als sie still und weich geworden war.

»Ich will dich«, flüsterte sie an seinem Hals.

Und was diese Worte bei ihm auslösten!

»Ich will dich auch«, hauchte er in ihr Haar. »Komm her.« Nick reichte ihr die Hand, und sie gingen zu seinem Bett.

Sie küssten sich wieder.

Sanfte, träge Küsse, die sie beide atemlos machten. Nick ließ die Hände ihren Körper hinaufgleiten und legte sie auf ihre Hüften, während er mit dem Daumen die Linie ihrer Taille nachzeichnete.

Lark drückte sich fester an ihn, und er stöhnte auf, als sie seinen Schwanz streifte. Jeder einzelne Nerv in seinem Körper war lebendig, elektrisiert vor Lust. Und als sie ihre Hand um ihn schlang, dachte er, er müsse auf der Stelle explodieren.

»Langsam«, warnte er. »Ich habe sieben Jahre lang davon geträumt.«

Ihre Augen weiteten sich. »Du hast schon damals an mich gedacht?«

Nick strich ihr eine Haarsträhne von der schweißnassen Wange. »Besonders damals.«

Wie von dieser Offenbarung angestachelt, wurde ihre Hand schneller. Sie streichelte ihn. Fachte das Feuer noch mehr an.

Nick rollte sich auf die Seite, öffnete die Nachttischschublade und tastete nach dem silbernen Päckchen. Er hatte es mit den Zähnen zerrissen und wollte es gerade aufziehen, als es an der Tür klopfte.

Sie erstarrten.

Das Klopfen kam wieder und mit ihm ein heißer Blitz der Irritation.

Verdammt noch mal, ausgerechnet jetzt.

»Ja?« Nick grunzte und hoffte, dass seine Mutter sich seine belegte Stimme damit erklärte, dass er geschlafen hatte.

»Nick?« Die Stimme seiner Mutter war ein leises, besorgtes Flüstern. »Es ist jemand hier.«

Neun

Panik.

Sie durchdrang Larks Körper wie ein Schleier aus Schatten, dunkel und neblig, gefolgt von einer Welle der Übelkeit.

Ihr Vater stand in Julia Hoffmans kleinem gefliestem Eingangsbereich. Trotz der späten Stunde war er frisch geduscht und trug seine übliche Uniform aus zerknitterten Kakihosen und Poloshirt. Sein silbrig blondes Haar war aus dem Gesicht gekämmt, sein Mund zu einer schmalen, missbilligenden Linie zusammengepresst und seine Haut gebräunt von den vielen Golfrunden in diesem Sommer. Er musterte sie mit kalten blauen Augen, betrachtete ihr zerknittertes Tanktop und die zerschlissenen Shorts. Lark wollte gar nicht daran denken, wie ihre Haare aussahen.

Sie fühlte sich entblößt, ungeschützt und völlig verletzlich unter seinen Blicken, die sich wie Eis auf ihrer Haut anfühlten, und sie konnte nicht anders, als zu zittern.

»Was machst du hier?« Lark versuchte, ihre Stimme ruhig zu halten.

Als ob sie die Antwort nicht wüsste.

Sie hatte ihr Versprechen gebrochen.

Sie war nicht zu der abgesprochenen Uhrzeit nach Hause gekommen.

Dabei hatte sie wirklich die Absicht gehabt, sich an die Abmachung zu halten.

Allerdings, bevor sie diesen adrenalingeladenen Ausflug zum See gemacht hatten. Bevor sie eine große Mahlzeit mit vielen Kohlehydraten gegessen hatte und in Nicks Bett eingeschlafen war. Bevor sie in der ungewohnten Dunkelheit aufgewacht war und gesehen hatte, dass er auf dem Boden lag, damit sie ungestört schlafen konnte. Bevor sie in einem Anfall von Leidenschaft unter seine Decke geschlüpft war, noch bevor sie die Augen vollständig geöffnet hatte.

Für all das hatte sie keinerlei Entschuldigungen parat.

Ihr Vater sprach nicht sofort, sondern wandte seine Aufmerksamkeit zunächst Julia zu. »Es tut mir leid, dass ich hier so hereinplatze, aber ich muss mit meiner Tochter sprechen.«

Julias Gesichtsausdruck war unleserlich, doch sie trat zur Seite. »Warum gehen Sie nicht ins Wohnzimmer?«, lud sie ihn ein und fuhr sich mit der Hand durch ihre vom Schlaf zerdrückten Locken. »Nick und ich können uns in die Küche setzen.«

Erst als sie seinen Namen hörte, wurde Lark klar, dass sie völlig vergessen hatte, sie einander vorzustellen.

Nick, das ist mein Vater, Dr. Anderson Hockney, ein bekannter Gynäkologe. Dad, das ist Nick, ein aufstrebender Tech-Unternehmer, der gelegentlich am Community College Kunst unterrichtet, wenn er nicht gerade irgendwelchen Frauen hirnschmelzende Orgasmen bereitet.

Der Gedanke daran ließ ihr die Hitze in die Wangen steigen.

»Nach dir«, sagte ihr Vater und sah mit einem bedeutungsvollen Blick in Richtung des kleinen Wohnzimmers.

Als Lark an Nick und Julia vorbeiging, musste sie sich in Erinnerung rufen, zu atmen.

Ihr Vater deutete mit einer Geste auf das abgewetzte Ledersofa, blieb aber stehen, nachdem sie sich gesetzt hatte.

»Ich bemühe mich sehr, zu verstehen, was hier los ist.« In seiner

Stimme lag eine neue, unvertraute Härte, bei der sich Larks Magen verkrampfte.

Sie antwortete nicht, sondern dachte an das, was in Nicks Schlafzimmer geschehen war. Die Art, wie sie ihn berührt hatte, die Wärme seiner Haut unter ihren Fingerspitzen – eine lebhafte Erinnerung daran, wie weit sie sich von der Person entfernt hatte, die sie einmal gewesen war.

»Ich habe mich sehr bemüht, geduldig zu sein«, fuhr ihr Vater fort. »Ich weiß selbst nur zu gut, wie schwierig ein Medizinstudium ist und wie viel Druck es auf einen ausüben kann.«

Druck, wie Lark am liebsten angemerkt hätte, der bei *ihm* nie zu einem psychischen Zusammenbruch und einem Leben im Keller seiner Eltern geführt hatte.

»Deshalb habe ich dich auch nicht gedrängt, dir einen Job zu suchen. Aber dass du uns erzählst, du bräuchtest mehr Zeit, um zu entscheiden, ob du weiterstudieren willst, und dich dann mit einem Fremden einlässt, die ganze Nacht unterwegs bist und deine Mutter krank vor Sorge machst …«

»Er ist kein Fremder«, protestierte sie trotzig. »Sein Name ist Nick Hoffman, und wir sind zusammen zur Highschool gegangen. Wir kennen uns schon seit Jahren.«

Ihr Vater schüttelte den Kopf. »Und was ist mit Reese? Kennst du ihn nicht auch schon seit Jahren?«

Lark spürte, wie ihr bei der Erwähnung ihres Ex-Freundes und Fast-Verlobten das Blut ins Gesicht schoss. Aus genau diesem Grund hatte sie ihren Eltern nichts von ihrer Trennung erzählt. Sie wusste, dass sie versuchen würden, es ihr auszureden. Sie würden sie ermutigen, keine »überstürzten Entscheidungen« zu treffen. Für »überstürzt« hielten sie alle Entscheidungen, die sie in ihrem derzeitigen geistigen Zustand traf.

»Hier geht es nicht um Reese«, sagte sie und senkte den Blick auf den Holzboden.

»Worum geht es dann?«

Zum ersten Mal stellte ihr Vater diese Frage so, als ob er tatsächlich an der Antwort interessiert wäre.

Und genau da blieben Lark die Worte im Hals stecken.

Ich bin mir nicht sicher, ob ich wirklich Ärztin werden will.

Ihr habt vielleicht das Geld für ein komplettes Bachelor-Studium aus dem Fenster geworfen.

Ich habe keine Ahnung, was ich tun will oder wo ich es tun will.

»Ich …«, stammelte sie. »Ich weiß es nicht.«

»Du weißt es nicht«, wiederholte er.

Tränen traten ihr in die Augen, bis sie das kleine Heer von Pflanzen in den Einbauschränken nur noch verschwommen erkennen konnte.

Der Boden knarzte, als ihr Vater auf sie zukam. Sie nahm den vertrauten Geruch seines frischen Rasierwassers wahr, und der Schmerz in ihrer Brust verstärkte sich angesichts der Flut von Erinnerungen, die er mit sich brachte.

Wie er sie umarmt hatte, als sie in die Leichtathletikmannschaft aufgenommen worden war. Als sie den Brief erhalten hatte, in dem ihre Aufnahme an seiner Alma Mater verkündet wurde. Als sie nach ihrer Abschiedsrede vom Podium herabgestiegen war. Als er sich von ihr verabschiedete, nachdem ihre Eltern ihr beim Einrichten des Zimmers im Studentenwohnheim geholfen hatten. Als sie an der Medizinischen Hochschule ihrer Wahl angenommen worden war.

Besser *seiner* Wahl.

»Lass uns nach Hause gehen«, sagte er. »Wir können weiterreden, wenn du dich etwas ausgeruht hast.«

Eine unangenehme Autofahrt nach Hause, gefolgt von einem emotionalen Wiedersehen mit ihrer Mutter, war so ziemlich das Letzte, worauf sie Lust hatte. Aber welche andere Möglichkeit hatte sie?

Hier bei Nick bleiben? Um was zu tun?

Zu Ende bringen, was sie begonnen hatten, und *dann* nach Hause gehen?

Lark erhob sich von der Couch und folgte ihrem Vater wie ein Roboter zum Eingang. Erst als sie schon fast aus der Tür waren, fiel ihr ein, dass ihre Handtasche noch auf Nicks Schreibtisch lag.

»Bin gleich wieder da«, sagte sie. »Ich muss nur noch meine Sachen holen.«

Schnell ging sie den Flur hinunter und in Nicks Zimmer, wo sie ihr Telefon schnappte und ihre Tasche an sich nahm. Als sie sich umdrehte, stand er in der Tür, die Arme vor der Brust verschränkt und das Gesicht sorgenvoll angespannt.

»Geht es dir gut?«

Lark nickte. »Ja. Ich muss nur gehen.«

»Bist du sicher?«, fragte er.

»Ich bin sicher. Das hier tut mir wirklich leid.«

»Hey«, sagte er, ging zu ihr hinüber und nahm sie bei der Hand. »Sieh mich an.«

Zögernd hob Lark den Blick. »Wir haben nichts falsch gemacht«, sagte er. »*Du* hast nichts falsch gemacht.«

Wie sehr sie ihm glauben wollte. Wie sehr sie sich wünschte, dass diese Nacht sich nicht auf einmal in etwas Unschönes verwandelte, etwas Egoistisches. Dass sich ihre neu gewonnene Unabhängigkeit nicht wie Unverantwortlichkeit anfühlte.

»Ich rufe dich an.« Sie entwand sich seinem Griff.

Nick trat einen Schritt zurück und ließ sie vorbei.

Ihre Kehle zog sich zusammen. Angst, Schuldgefühle, Reue und Resignation kämpften miteinander und nahmen ihr fast die Luft zum Atmen. Sosehr sie auch aus dem Haus sprinten wollte, zwang sie sich doch, in die Küche zu gehen. Julia spülte gerade das Geschirr vom Abendessen.

»Nochmals vielen Dank für das späte Essen.« Lark zwang sich zu einem Lächeln. »Es war schön, dich kennenzulernen.«

Nicks Mutter drehte sich um, und als Lark die Besorgnis in ihren großen braunen Augen sah, drohten ihr Tränen über die Wangen zu laufen.

»Sehr gern geschehen, Sweetheart«, sagte sie. »Du kannst jederzeit vorbeikommen.«

»Danke.«

»Jederzeit«, wiederholte Julia.

Lark nickte und ging hastig hinaus, bevor die Freundlichkeit ihre gespielte Gelassenheit auflösen würde. Der glänzende schwarze Mercedes-Benz ihres Vaters stand auf der anderen Straßenseite.

Auf der Fahrt nach Hause herrschte dankenswerterweise Schweigen, von dem öffentlich-rechtlichen Nachrichtensender abgesehen, den ihr Vater immer im Hintergrund laufen ließ. So war er in der Lage, auch seine Fahrtzeiten produktiv zu gestalten. Kaum hatte er den Wagen in der Garage geparkt, sprang Lark aus dem Auto und machte sich auf den Weg in den Keller. Sie konnte nicht mit ihrer Mutter reden.

Nicht jetzt.

Nachdem sie ihre Turnschuhe ausgezogen und die Shorts abgestreift hatte, verkroch sie sich in die Sicherheit ihres Bettes und zog sich die Decke über den Kopf. Das Halbdunkel erinnerte sie an den See. An die Stille und den Frieden, den sie unter der Wasseroberfläche und dann wieder in Nicks Armen gefunden hatte. Wenn sie nur in diesem Moment hätte verharren können, befreit von dem würgenden Griff ihres von Perfektion besessenen früheren Ichs. Unberührt von der drohenden Gefahr einer ungewissen Zukunft. In Nicks Umarmung war sie einfach nur Frau gewesen, geleitet von ihrem Körper und seinen ursprünglichen, unkomplizierten Bedürfnissen.

Und für diesen kurzen Moment hatte sie sich … frei gefühlt.

Lark verdrängte die Erinnerung daran so lange, bis die Erschöpfung sie übermannte und sie in einen traumlosen Schlaf fiel.

Einige Zeit später erwachte sie mit einem tiefen Gefühl der Orientierungslosigkeit. In ihrer unterirdischen Höhle war es fast unmöglich, die Morgendämmerung von der Abenddämmerung zu unterscheiden. Nach ihrer Benommenheit zu urteilen, hätte es sowohl die eine als auch die andere sein können. Muppet lag neben ihr auf dem Bett und begann zu schnurren, als er bemerkte, dass sie wach war. Sie rollte sich auf den Rücken und tastete auf ihrem Nachttisch nach ihrem Telefon. Auf dem Display erschien eine ihr unverständliche Zahl.

16:55 Uhr?

Aber sie waren doch um 6:30 Uhr nach Hause gekommen.

Sie konnte nicht zehn Stunden lang geschlafen haben.

Sie blinzelte, wischte über das Display auf und stellte fest, dass sie fünf Textnachrichten hatte.

Drei davon waren von Nick.

8:25 Uhr: Ich wollte nur sichergehen, dass es dir gut geht.

12:04 Uhr: Sende einen Daumen
hoch, wenn du noch lebst.

15:33 Uhr: Ich verstehe es, wenn du nicht reden
willst, aber bitte lass mich wissen, ob es dir gut geht.

Ging es ihr gut?

Sie hatte sich ihm quasi an den Hals geworfen. Ihr Vater war ziemlich genau in dem Moment aufgetaucht, als Nick in sie eindringen wollte. Und Lark war zu feige gewesen, ihrem Vater die Stirn zu bieten oder Nick beim Rausgehen anzusehen.

Jetzt hatte sie ihm praktisch einen ganzen Tag lang nicht zurückgeschrieben.

Nein.

Es ging ihr ganz sicher *nicht* gut.

Die Angst kehrte zurück und presste ihr die Lunge in der Brust zusammen. Ihr Mund wurde trocken und sauer, ihr Puls rauschte in dem Ohr, das sie in ihr Kissen presste. Sie richtete sich auf und tippte schnell eine Antwort.

Es tut mir so leid. Ich habe tief geschlafen und bin gerade erst aufgewacht.

Sie drückte auf *Senden* und hielt den Atem an, in der Hoffnung, dass die winzigen Punkte auf dem Display erscheinen würden, weil er eine Antwort tippte.

Doch es kam nichts.

Mit jeder Sekunde, die verging, wuchs ihre Beunruhigung. Was, wenn er jetzt sauer auf sie war? Was, wenn er, während sie schlief, beschlossen hatte, dass es besser wäre, keinen Kontakt mehr mit ihr zu haben?

Lark könnte es ihm nicht verdenken.

Er hatte das beste Date arrangiert, das sie je gehabt hatte, er hatte einen wunderschönen Teil seiner Kindheit mit ihr geteilt, er hatte ihr den intensivsten Orgasmus ihres Lebens verschafft, nur um sich dann die ganze Sache von ihrem Vater vermasseln zu lassen.

Lark legte ihr Kinn auf die Knie, umarmte ihre Schienbeine und streichelte Muppet abwesend. Sie wollte Nick unbedingt anrufen, um eine sofortige Antwort zu bekommen und das wachsende Grauen loszuwerden.

Ihr Telefon piepte. Lark zuckte zusammen und erschreckte Muppet, als sie es hastig in die Hand nahm.

Die Erleichterung, die sie verspürte, als sie Nicks Namen sah, verflog sofort, als sie den Inhalt las.

Schön, dass du dich ausruhen konntest.

Die Worte kamen ihr beiläufig und kühl vor.

Es tut mir wirklich leid,
dass ich nicht früher geantwortet habe.
Und das, was gestern Nacht passiert ist.
Ich hätte nicht einfach weglaufen dürfen.

Eine weitere ewige Minute verging, bevor die drei Punkte auftauchten.

Dann verschwanden.

Dann wieder auftauchten.

Kein Problem.

Das Herz wurde ihr schwer.

Zwei Worte nur, doch sie fühlten sich wie eine Zurückweisung und eine Bestätigung zugleich an. Etwas hatte sich verändert. Sie wartete, in der Hoffnung, er würde etwas Freundliches folgen lassen, das ihr die Last von der Brust nahm.

Es kam nichts.

Lark war schon fast in ihrem tiefen Schlamm versunken, als das Telefon erneut piepte.

Kommst du morgen zum Unterricht?

Die Frage fühlte sich an wie eine Rettungsinsel, und sie stürzte sich mit beschämendem Eifer darauf.

Ich würde ihn um nichts in der Welt verpassen.

*

Nach mehreren Stunden, die sich wie die unendliche Zeitspanne zwischen Heiligabend und dem Weihnachtsmorgen anfühlten, begann Lark ihr Ritual mit einer langen, heißen Dusche und schrubbte sich ab, bis ihre Haut rosa und zart war. Sie fühlte sich wacher und lebendiger als zuvor, drehte ihr feuchtes Haar in ein Handtuch und ging zu ihrem Schminktisch. Als sie sich die Auswahl ansah, wurde schnell klar, welche Farben von Lidschatten und Lippenstift sie bevorzugte. Nur ein oder zwei hatte sie benutzt, die aber fast vollständig.

Sie atmete tief durch und nahm sich vor, Farbtöne zu verwenden, die sie noch nie angerührt hatte. Pfirsich und Grün anstelle von Graubraun für ihre Lider. Ein schimmerndes Nude statt eines matten Rosatons für ihre Lippen.

Farbe.

Seit Nicks Vortrag hatte sie immer wieder darüber nachgedacht.

Lark war sich nicht sicher, wann sie begonnen hatte, vor Farben zurückzuscheuen, doch fast alle Kleidungsstücke, die sie besaß, waren entweder weiß, schwarz oder beige. Eine Palette, die sich auch in der modernen, minimalistischen Wohnung ihrer Eltern wiederfand. Larks Versuche in der Junior High und Highschool, sich zu widersetzen, indem sie darum bat, ihre Wände streichen oder Bettdecken und Vorhänge in einem auffälligen Muster kaufen zu dürfen, wurden von ihrer Mutter mit dem Hinweis abgelehnt, dass das nicht zum Rest des Hauses »passen« würden. Ihr Zimmer im Studentenwohnheim hatte dann unfreiwillig genauso ausgesehen, was häufig zu bewundernden Kommentaren von Besuchern führte, weil der Raum ästhetisch wie aus einem Lifestyle-Magazin aussah.

Wessen Ästhetik?, war die Frage, die sie sich jetzt stellte, als sie ihr Spiegelbild betrachtete.

Ihr Haar war ein weiteres Problem.

Sie traute sich nicht zu, es sich selbst abzuschneiden. Aber verdammt, keinesfalls wollte sie es weiterhin lang und sanft gelockt tragen, so, wie Reese es gemocht hatte – dazu musste sie es erst föhnen, um es zu glätten, und dann eine halbe Stunde lang mit einem Lockenstab bearbeiten. Sie entdeckte unter dem Waschbecken ein altes Stylingprodukt, das die Locken verstärkte, und arbeitete es in ihr Haar ein, bis es sich in große, strandähnliche Wellen verwandelte. Weiter zur Garderobe.

Nachdem sie alles, was mit Kaki oder Strickjacken zu tun hatte, zur Seite geschoben hatte, entdeckte sie Klamotten, die sie seit ihrem Sommerpraktikum in einer privaten Insta-Care-Klinik nicht mehr angeschaut hatte. Sie entschied sich für eine marineblaue Hose mit weiten Beinen und kombinierte sie mit einem blassblauen T-Shirt mit Rundhalsausschnitt und der Aufschrift *Westchester Ballet*, das sie zum Malen aufbewahrt hatte.

Als sie fertig war, betrachtete sie das Ergebnis in dem Ganzkörperspiegel, der an der Badezimmertür angebracht war.

Es war Monate her, dass sie sich mehr Mühe mit ihrem Aussehen gegeben hatte, als einen hastigen Pferdeschwanz zu binden und etwas Wimperntusche aufzutragen. Genau genommen hatte sie spiegelnde Oberflächen gänzlich gemieden. Aber jetzt, als sie ihr Spiegelbild betrachtete, ergriff sie ein seltsames Gefühl des Wiedererkennens. So ein kurzes Aufblitzen, das man bekam, wenn man einen Freund an einem unerwarteten Ort sah.

Die kenne ich.

Ihre Mutter hingegen kannte sie nicht.

Sie saß mit ihrem Laptop und einem Stapel Post am Küchentisch und machte große Augen, als Lark die Treppe hinaufkam.

»Oh, Schatz«, sagte sie und ließ ihren Blick schnell über Larks Gesicht, Haare und Kleidung wandern. »Du bist wach.«

»Sieht so aus«, entgegnete sie und ging zum Kühlschrank, um sich die Zutaten für einen Eiskaffee zu holen.

»Es ist schön, dich mal in etwas anderem als einer Pyjamahose zu sehen«, meinte ihre Mutter, während sie auf der Tastatur herumklickte.

»Du hättest heute Morgen bei Nick Hoffman sein sollen.« Lark ließ Eis aus dem Spender in einen Thermobecher prasseln. »Du hättest mich in abgeschnittenen Shorts und in großer Verlegenheit gesehen.«

Das Klicken der Tasten verstummte abrupt.

»Ach, Lark«, meinte ihre Mutter leise. »Es tut mir so leid.« Sie klappte den Laptop zu und sah zu ihrer Tochter hoch. »Ich habe versucht, ihn davon zu überzeugen, dass das nicht die richtige Art ist, aber du weißt ja, wie er ist.«

Lark hörte auf, ihren Kaffee umzurühren, um dem Blick ihrer Mutter zu begegnen. »Ich weiß«, sagte sie ruhig, trank einen großen Schluck und ging dann durch den Raum, um sich zu setzen.

Ihre Mutter nickte traurig. »Er liebt dich, Schatz. Er weiß nur nicht, wie er dir helfen kann.«

»Nur ein kleiner Hinweis – jedenfalls nicht, indem er mich im Wohnzimmer meines Kunstlehrers mit meinen Lebensplänen konfrontiert.«

Larks Mutter zeichnete mit der Fingerspitze ein Astloch in dem übergroßen Tisch nach. »Darf ich fragen, was du bei ihm zu Hause gemacht hast, oder wäre das eine Grenzüberschreitung?«

Selbst inmitten ihrer Verärgerung spürte Lark ein Aufflackern von Dankbarkeit für ihre Mutter, als sie diese Terminologie aus einer ihrer wenigen Familientherapiesitzungen erkannte. Na ja, eher Mutter-Tochter-Therapiesitzungen. Ihr Vater hatte sich auf die vielen Patienten berufen und erklärt, dass er und ihre Mutter nicht gleichzeitig ihre Gemeinschaftspraxis verlassen könnten. Der Vorschlag der Therapeutin, dass er zu der nächsten Sitzung kommen könnte, war zunächst auf Zustimmung gestoßen, dann verschoben und schließlich ganz fallen gelassen worden.

»Wir haben jeweils die Gesellschaft des anderen genossen«, antwortete Lark vage.

Ihre Mutter legte eine Hand auf Larks Arm. »Sei einfach vorsichtig, okay?«

»Bin ich.«

»Bevor ich es vergesse.« Ihre Mutter wühlte in dem Poststapel, zog einen Umschlag heraus und schob ihn über den Tisch. »Das ist für dich gekommen.«

Lark brauchte nicht einmal die Adresse am oberen Rand zu lesen, um zu wissen, von wem er war. Ihre Augen hatten sich an die Höhe und Dicke der Buchstaben gewöhnt. An die Rundungen und Serifen der Schrift.

Geisel School of Medicine in Dartmouth.

Sie brauchte ihn auch nicht zu öffnen, um zu wissen, was darin stand.

Ihre Handflächen wurden feucht.

Eine weitere Mahnung.

Höflich, aber eindringlich wurde ihr mitgeteilt, dass sie automatisch aus dem Programm genommen werden würde, wenn sie sich nicht innerhalb der vorgegebenen Frist bei dem College meldete.

»Danke«, sagte Lark und legte den Umschlag verkehrt herum auf den Tisch.

Ihre Mutter hob eine Augenbraue. »Willst du ihn nicht öffnen?«

»Doch.« Lark stieß sich vom Tisch ab. »Ich muss nur heute Abend früher in den Kurs.«

Ihre Mutter blickte auf die Cartier-Uhr, die Larks Vater ihr zum fünfundzwanzigsten Hochzeitstag geschenkt hatte. »Ich kann in etwa zehn Minuten fertig sein, wenn das geht.«

»Ist schon okay.« Lark ging in die Speisekammer, schnappte

sich einen Proteinriegel und riss ihn auf. »Ich habe eine Mitfahrgelegenheit.«

Als sie zurückkam, war das hilfsbereite Lächeln ihrer Mutter verblasst. »Oh?«, fragte sie.

Lark biss in den Riegel und nickte. »Eine der Frauen aus meinem Kurs wohnt etwa eine Meile von hier entfernt. Sie sagte, sie würde mich abholen.«

»Oh.« Ihre Mutter hatte ihren Laptop wieder aufgeklappt und tippte weiter. »Nun, das ist nett von ihr.«

Larks Herz krampfte sich bei dem Anblick ihrer Mutter zusammen, die tapfer versuchte, so zu tun, als würde diese Tatsache sie nicht stören.

In der ersten Zeit nach ihrem Zusammenbruch hatte Lark ihrer Mutter übel genommen, dass sie ständig so ein Theater um sie machte. Aber als sie nun sah, wie schwer es ihr fiel, Larks Wunsch, aus dem Haus zu kommen, zu akzeptieren, obwohl es genau das war, was sie ja die ganze Zeit über zu erreichen gehofft hatte, kam Lark zu einer wichtigen Erkenntnis.

Diese Überfürsorglichkeit ihrer Mutter rührte nicht aus dem manischen Bedürfnis, Larks geistiges Wohlbefinden wiederherzustellen, sondern daher, ihr eigenes zu bewahren. Es war ihre Art sicherzustellen, dass es ihrer Tochter gut ging. Dass sie sicher irgendwo ankam. Dass sie alles hatte, was sie brauchte. Dass sie wusste, dass sie ihr wichtig genug war, um sich um ihre Sicherheit zu sorgen.

Lark beugte sich vor, küsste ihre Mutter auf den Scheitel, bevor sie in den Keller ging, um ihre Mappe und ihre Handtasche zu holen. »Danke, Mom.«

Ihre Mutter blickte sie mit großen blauen Augen an. »Wofür?«

Lark drückte ihre Hand. »Dafür, dass du mich für diesen Kunstkurs angemeldet hast.«

*

Linda kam pünktlich um 18.30 Uhr, das Cabrioverdeck zurückgerollt, die Klimaanlage aufgedreht, aus den Lautsprechern trällerte die schwermütige Stimme von Etta James.

»Du siehst ja süß aus.« Sie musterte Larks Outfit.

»Danke.« Lark drehte sich, um ihre Mappe auf den Rücksitz zu legen, bevor sie sich anschnallte. Sie fuhren rückwärts aus der Einfahrt und dann die Straße hinunter. »Warum sind wir schon so früh unterwegs?«, fragte Linda.

Lark überlegte ganze fünf Sekunden lang, bevor sie alles erzählte. Als Linda schwieg, fürchtete sie, zu viel gesagt zu haben. Ihre neue Freundin zu früh mit einem Drama zu überfordern.

»Wie alt ist dein Vater?«, fragte Linda schließlich.

»Vierundfünfzig. Er ist elf Jahre älter als meine Mutter.«

Linda saugte an den Zähnen. »So was habe ich mir ungefähr gedacht.«

Sie bogen auf den Parkplatz des Community College ein, und Linda drückte auf einen Knopf am Armaturenbrett, der das Cabrioverdeck über ihren Köpfen zufahren ließ.

»Ich habe dazu ein paar Gedanken«, sagte sie, als das Dach sich geschlossen hatte. »Aber darüber müssen wir nach dem Unterricht reden. Wir haben nicht mehr viel Zeit.« Sie stellte den Motor ab und drehte sich in dem Ledersitz zu Lark um. »Fürs Erste werde ich hier draußen warten, und du gehst allein rein. Du hast folgende Punkte zu besprechen.«

Lark hörte genau zu, als Linda sie aufzählte, wobei sie das Gefühl hatte, sich eigentlich Notizen machen zu müssen.

»Alles klar?«, fragte Linda, als sie fertig war.

»Ich denke schon.« Lark packte ihre Sachen zusammen.

»Gut. Wir sehen uns drinnen in etwa fünfzehn Minuten. Schick eine Nachricht, wenn du mich früher brauchst.«

Als sie mit dieser soliden Strategie bewaffnet aus dem Auto stieg, spürte Lark, wie eine riesige Welle der Wärme sie überspülte.

Schon zum zweiten Mal in einer Woche war sie die Nutznießerin von Lindas klugen Ratschlägen. Sie konnte nur hoffen, dass sie sich dieses Mal als genauso effektiv erweisen würden wie zuvor. Auf dem Weg zum Eingang sah sie Licht aus einem der Klassenzimmer dringen.

Nick war da.

Die Zuversicht, die sie auf der Fahrt hierher aufgebaut hatte, allerdings nicht mehr.

Sie schluckte schwer, machte auf dem Absatz kehrt und ging zur Toilette, wo sie eine SOS-Nachricht abschickte.

Schon auf dem Weg, pingte es sofort zurück.

Erst als sie das Trommeln von Lindas schicken Wedgesandalen hörte, verließ Lark die Kabine.

»Aufmunterungsgespräch oder so tun, als wäre es nie passiert?«, fragte sie.

»So tun, als wäre es nie passiert.« Lark wählte die weniger einschüchternde Option, um mit dem Wiedersehen mit Nick fertigzuwerden.

»Verstanden«, sagte Linda. »Wir gehen zusammen rein.«

Lark holte tief Luft und folgte ihrer Freundin ins Klassenzimmer.

Nick saß an seinem üblichen Tisch in der ersten Reihe, den Kopf schief gelegt, während er etwas auf seinem Laptop studierte. Er blickte vom Bildschirm auf und sah ein zweites Mal hin, was in Larks Bauch eine Lunte zündete.

Die Hand, die auf dem Tisch lag, hatte in ihr Haar gegriffen, auf ihrem Bauch gelegen, zwischen ihren Schenkeln. Der wohlgeformte Mund, der zu einem nervösen Grinsen verzogen war, hatte ihre intimsten Stellen berührt.

All das kehrte mit einer Wucht in ihr Bewusstsein zurück, die ihr die Knie weich werden ließ.

Bevor sie in Ohnmacht fallen konnte, wandte Lark hastig den Blick ab und setzte sich.

»Hey, ihr beiden«, sagte Nick.

»Hey«, sagte Lark.

»Du siehst aus wie direkt einer Modezeitschrift entstiegen.« Tammys warme, trällernde Stimme kündigte ihre Anwesenheit an, Sekunden bevor sie auf den Sitz neben Lark rutschte.

»Danke«, erwiderte Lark und brachte ein schwaches Lächeln zustande.

Nick räusperte sich. »Da wir unsere Lektion über Farbtheorie vom letzten Mal noch nicht ganz beendet haben, dachte ich, wir könnten mit der Arbeit an unseren Bildern fortfahren.«

Als er die gemurmelte Zustimmung von Tammy und Linda erhalten hatte, drehte er sich um, um den Bluetooth-Lautsprecher einzurichten. Als die ersten Töne erklangen, hob Lark den Kopf. David Bowies »Space Oddity«. Ihre Blicke trafen sich, und Nick verzog den Mund zu einem schiefen Grinsen, das ihr den Atem raubte.

Tammy und Linda unterhielten sich, während sie sich in ihre Malerei vertieften. Sie drückten Pigmentkleckse auf die Plastiktabletts, die Nick für sie bereitgelegt hatte, und tauchten ihre Pinsel in die Einmachgläser.

»Wisst ihr was?«, fragte Linda, als sie eine Pause machten, um ihr schmutziges Wasser auszuspülen. »Wir alle sollten einen Trip machen.«

»Gott, ja!« Tammy klatschte in die Hände, ihre Stimme war hell und aufgeregt. »Ich habe mich in letzter Zeit so gelangweilt, dass ich fast mein Silberbesteck tapeziert hätte.«

»Wohin?« Nick blickte von seinem Handy auf.

»D.C.?«, schlug Linda vor.

»Bitte.« Tammy winkte ab. »Überall, wo viele Politiker auf einem Fleck sind, ist es so lustig wie in einer Kiste voller Moskitos.«

Sie hielt inne, um einen Klecks Aquamarin auf ihre Leinwand aufzutragen. »Wie wäre es mit Baltimore?«

»Das ist keine schlechte Idee«, gab Linda zu. »Wir könnten uns das Baltimore Museum of Art ansehen, das American Visionary, das Walters …«

»Das Hotel meines jüngsten Sohnes!«, rief Tammy. »Er wurde gerade zum Generaldirektor befördert, und ich wette, er kann uns Zimmer spendieren.«

Lark blinzelte sie an.

Sie schätzte Tammy auf Mitte bis Ende dreißig. Höchstens vierzig. Die Vorstellung, dass sie einen Sohn hatte, der alt genug war, um Generaldirektor zu sein, schien unmöglich.

»Ich werde sogar einen Van mieten, damit wir alle zusammen fahren können«, sagte Tammy, die offensichtlich versuchte, den Deal noch zu versüßen. »Was sagen Sie, Mr. Hoffman?«

Nick legte sein Telefon beiseite. »Ich sage, wir stimmen ab. Wer ist dafür?«

Tammy und Linda hoben die Hände, aber Nicks Hand blieb knapp über seinem Oberschenkel liegen. Lark wurde klar, dass er auf sie wartete, dass er zustimmen würde, wenn sie zustimmte.

Der Enge ihres Elternhauses für ein paar Tage zu entfliehen, hatte einen gewissen Reiz. Ebenso wie der Gedanke, mehr Zeit mit Nick zu verbringen.

Ehe sie sich's versah, hob sie die Hand.

»Sieht so aus, als würden wir einen Trip machen«, verkündete Nick und hob seine Hand ebenfalls.

»Heilige Scheiße!« Tammy klatschte in die Hände. »Ich schreibe Bryce sofort eine Nachricht.« Ihre Fingernägel klickten bereits über das Display ihres Telefons, dann hielt sie kurz inne. »Wann wollen wir los?«

»Wie wäre es mit diesem Wochenende?«, schlug Linda vor. »Da der vierte Juli ist, habe ich am Montag frei.«

»Passt mir gut«, stimmte Tammy zu. »Und wie sieht es bei euch aus?«

Lark tat so, als würde sie in ihrem Handykalender nachsehen, da sie nicht zugeben wollte, dass für sie so ziemlich jeder Tag in Ordnung gewesen wäre. »Okay für mich.«

»Für mich auch«, bestätigte Nick.

»Dann ist es abgemacht«, sagte Tammy. »Ich gehe nur kurz raus, um ein paar Anrufe zu erledigen.«

»Da fällt mir etwas ein.« Linda lehnte sich in ihrem Stuhl zurück und wühlte in ihrer Handtasche nach ihren Schlüsseln. »Ich habe ein Aquarell in meinem Auto gelassen, das ich dir zeigen wollte. Bin gleich wieder da.«

Lark war versucht, unter den Tisch zu rutschen. Hoffentlich bemerkte Nick Lindas offensichtliche Ausrede nicht.

Zwischen ihnen herrschte Schweigen, bis Lark, die nicht länger still sitzen konnte, aufstand und vorgab, ihre Pinsel abzuspülen. Ihr Herz schlug so heftig, dass sie es in ihrem Magen spürte.

»Also, ähm … wie steht es um die Patriots?«, fragte Nick.

»Die sind immer noch scheiße.« Lark starrte entschlossen auf die Wand hinter dem Waschbecken.

Einige weitere Takte des Schweigens vergingen.

Nick räusperte sich erneut. »Und, äh … wie weit bist du mit *The Garden of Chimeras?*«

»Nicht weit«, entgegnete sie, was wahrscheinlich daran lag, dass sie noch nie von diesem Buch gehört hatte.

»Ich finde es bis jetzt großartig«, sagte er, seine Stimme tiefer als sonst. »Wirklich fesselnd.«

Lark spürte, wie sie sich entspannte, weil er versuchte, die Unbehaglichkeit mit erfundenen Gesprächen aufzulösen. Sie hielt es nicht länger aus, drehte sich zu ihm um und sah ihm direkt in die Augen.

»Hör zu, Nick …«

Das waren die einzigen Worte, die sie herausbrachte, bevor er sich auf sie stürzte. Seine Lippen waren warm und fest, mit den Händen umklammerte er ihre Hüften. Sie verspürte einen Anflug von Erregung, die sich mit Angst vermischte. Tammy und Linda konnten jeden Moment zurückkommen, aber das war ihr egal.

Sie gab sich dem Augenblick hin. Ihm. Diesem reinen Vergnügen, wie seine Zunge die ihre umspielte.

Ihre Erleichterung heizte das Verlangen noch an.

Er wollte immer noch.

Er wollte *sie* immer noch.

Und zwar sehr, wenn man nach der harten Erektion gehen konnte, die sich gegen ihre Hüfte drückte. Lark stöhnte, als er seinen Unterkörper gegen sie presste und die Hände ihren Körper hinaufwandern ließ, ihre Brüste durch das T-Shirt hindurch umfasste, ihr Gesicht berührte und ihr dann durchs Haar strich.

Er wich zurück; die Augen dunkel vor Verlangen, sah er sie lange an. »Ist es falsch, dir zu sagen, wie sehr ich dich will?«, flüsterte er heiser.

»Also *guuuuut!*«, hörten sie Tammy laut singen.

In dem Sekundenbruchteil, den sie brauchte, um vom Flur zur Tür zu gelangen, machte Nick einen riesigen Schritt auf seinen Tisch zu, und Lark wandte sich zum Waschbecken um. Beide drehten Tammy den Rücken zu, während sie wieder zu Atem kamen.

Und vermutlich die Kontrolle über ihre jeweiligen Körper zurückgewannen.

Das Waschbecken drückte sich in Larks Bauch, als sie sich dagegensinken ließ, mit vor Erregung schlaffen Gliedern.

Wie köstlich es war, begehrt zu werden. Etwas zu haben, dem man so sehr entgegenfieberte. Lark wickelte das Wissen wie eine Decke um sich und vertrieb damit die Kälte eines ganzen Tages voller Sorgen und Zweifel.

»Es ist alles geklärt. Ich habe uns Zimmer *und* einen Leihwagen besorgt.«

»Wann und wo treffen wir uns?« Linda war mit leeren Händen zurückgekommen, aber mit einem vielsagenden Lächeln.

»Am Samstag um elf Uhr hier auf dem Parkplatz«, bestimmte Tammy. Dann wandte sie sich an Nick: »Meinst du, wir können die Autos über das Wochenende hier stehen lassen, oder sollen wir uns ein Lyft nehmen?«

Nick warf einen Blick über die Schulter. »Das sollte kein Problem sein. Ich habe später einen Termin mit den Leuten von der Verwaltung.«

Erst am Samstagmorgen stellten sie mit Erstaunen fest, dass Tammy keinen gewöhnlichen Van gemietet hatte, sondern einen Partybus.

»Überraschung!«, zwitscherte sie und deutete mit einer Gameshow-Girl-Geste auf den schnittigen schwarzen Van. »Ich finde, wenn wir schon zwei Stunden fahren müssen, können wir auch das Beste daraus machen, oder?«

Und sie machten in der Tat das Beste daraus.

Von außen sah man helle Lichter hinter den Fenstern leuchten. Das Innere war fast so, als hätte man einen Nachtclub betreten. Plüschsitze wie in einer Limousine, mehrere Plasmabildschirme, Surround-Sound-Stereolautsprecher auf jeder Seite der Kabine, LED-Lichter, eine voll ausgestattete Bar …

Und eine Stripperstange.

Lark schluckte und versuchte, ihre Miene neutral zu halten. Sie war verdammt froh, dass sie ihrem Bauchgefühl gefolgt und mit einem Uber zum College gekommen war, anstatt sich von ihrer Mutter absetzen zu lassen.

Was ein strategischer Zug von ihr gewesen war. Nach dem bitteren Streit mit ihrem Vater wusste sie, dass ihre Mutter die Wogen glätten wollte. Aber Lark war nicht in der Stimmung gewesen, die Wogen zu glätten. Und sie war auch nicht in der Stimmung gewesen, dazusitzen, während ihre Mutter sich darüber Sorgen machte, dass Lark zwei Nächte lang nicht zu Hause sein würde.

Tammy hatte bereits das Eisfach geöffnet und füllte Gläser. »Was soll ich für euch alle machen?«

»Gar nichts«, sagte Linda und nahm ihrer Freundin die Tequilaflasche ab. »Wenn wir dich die Drinks einschenken lassen, haben wir alle einen sitzen, bevor wir in Dumfries ankommen.«

»Darum geht es ja.« Tammy duckte sich, um in einen Schrank zu schauen. »Wo zum Teufel ist der Sweet-and-Sour-Mix?«

Linda schaute zu Lark. »Was darf's für dich sein?«

Ein Blick auf ihr Handy verriet ihr, dass es 11:11 Uhr war. »Einen Mimosa, falls wir die Zutaten haben.«

»Und für dich?« Linda sah Nick an, der das Schild mit den Regeln für den Partybus studierte, als wolle er sie sich einprägen.

»Im Moment nichts, danke«, sagte Nick.

Tammy schob eine glänzende Unterlippe vor. »Jetzt komm schon. Das hier ist ein Feiertagswochenende und der Geburtstag dieser großartigen Nation. Es ist praktisch deine patriotische Pflicht.«

Lark und Nick warfen sich Blicke zu. Tammy würde sicher ganz schön anstrengend werden.

»Dann nehme ich einfach ein Bier.« Nick drehte sich um und spähte hinter den Vorhang, der den rückwärtigen Teil des Busses abtrennte. Die Toilette, vermutete Lark.

»Eine Cerveza kommt sofort.« Tammy hockte sich vor den Minikühlschrank, während Linda sich neben Lark setzte.

»Hier, bitte.« Sie reichte Lark einen Plastikbecher mit etwas darin, das wie ein flüssiger Sonnenuntergang aussah.

»Ich habe unten ein wenig Grenadine hinzugefügt«, erklärte Linda. »Meine Oma hat das immer so gemacht.«

»Das gibt es ja nicht.« Flaschen klirrten, als Tammy den Kühlschrank durchwühlte.

»Was ist los?« Linda nippte an ihrem Getränk.

Tammy legte die Stirn in Falten, als sie ihre Freundin ansah. »Ich sehe kein einziges Bier hier drin.«

»Ist schon gut.« Nick ließ sich gegenüber von Linda und Lark in einen Sitz sinken. »Wirklich.«

»Ist es nicht«, beharrte Tammy, einen Whiskey Sour in der Hand und einen entschlossenen Ausdruck im Gesicht. »Wie können sie das überhaupt als einen Partybus bezeichnen, wenn sie eines der wichtigsten Getränke für Erwachsene nicht haben?« Tammy nippte an ihrem Drink. »Nun, ich wollte unsere Reise mit einem Toast beginnen, aber …«

Die Bustüren öffneten sich mit einem Zischen, und alle drehten sich um und entdeckten Julia Hoffmans wilde rote Lockenmähne.

»Ist das der Partybus?«, fragte sie.

Hätte Lark nicht einen Blick auf Nick geworfen, hätte sie wohl angenommen, dass er seine Mutter als Schutz vor Tammy eingeladen hatte. Doch seinem offenen Mund nach zu urteilen, war dies nicht der Fall.

»Mom«, sagte Nick und erhob sich von seinem Platz. »Was machst du denn hier?«

»Ich habe sie eingeladen.«

Lark erkannte die heisere Stimme schon, bevor das steinerne Gesicht von Mike Donnelly ins Blickfeld kam. Gefolgt von David Garza.

Ahh. Also hatte er *doch* jemanden als Schutz vor Tammy eingeladen und nur nicht damit gerechnet, dass die wiederum seine Mutter mitbringen würden.

Tammy und Linda starrten Nick an, dessen Wangen sich mit diesem fleckigen Rot färbten, das Lark so liebenswert fand.

»Ich hoffe, es macht euch nichts aus«, sagte Nick. »Ich dachte, da du mir diese Luxussuite mit zwei Schlafzimmern gebucht hast, wäre darin genug Platz für zwei meiner Kumpels.«

Tammys Mundwinkel zuckten kurz, bevor sie breit zu lächeln begann. »Aber natürlich.« Sie erhob sich und stellte ihr Getränk beiseite. »Tammy Devereux.« Sie reichte Nicks Mutter die Hand. »Und das ist Linda Cassidy.«

Julia kniff die Lippen zusammen, als ihr Blick über Tammy und Linda und dann wieder zu ihrem Sohn wanderte. »Julia Hoffman«, sagte sie. »Ich habe schon so viel von euch gehört.« Erstaunlich, wie anders dieser Satz klingen konnte, wenn man ihm jegliche Wärme nahm.

Nick beendete die Vorstellungsrunde mit Mike und David, die beide deutlich weniger verärgert schienen, Tammy und Linda kennenzulernen, als seine Mutter.

»Lass mich dir helfen, Mom.« Nick klappte den Griff des Handgepäcks seiner Mutter herunter, sein Bizeps zeichnete sich unter dem Ärmel seines T-Shirts ab, als er die Tasche anhob. »Hier hinten ist eine Gepäckablage, falls ihr sie braucht, Jungs.«

Die beiden Männer nickten Lark zu und folgten ihm nach hinten, um ihre Reisetaschen zu verstauten. Nicks Mutter ging mit der Autorität eines Feldwebels, der eine Kaserne inspiziert, durch den Bus.

Die staatsmännische Linda erhob sich von ihrem Sitz. »Darf ich Sie auf einen Drink einladen? Lark und ich trinken einen Pussy Foot.«

»Einen Pussy Foot?«, fragte Julia, als Nick gerade aus dem hinteren Teil zurückkam. »Was ist ein Pussy Foot?«

Nick wurde blass.

»Grenadine, Grapefruitsaft und Prosecco«, sagte Linda.

»Oh, das hört sich gut an. Aber nur, wenn es nicht zu viel Mühe macht.«

»Überhaupt nicht.« Wenige Augenblicke später verteilte Linda die Getränke – Pussy Foot für Julia und Whiskey Sour für die beiden anderen männlichen Businsassen.

»Ich würde einen Toast aussprechen, aber wir müssen für Nick erst ein Bier besorgen.«

»Der hier ist immer etwas pflegeintensiv.« Mike klopfte Nick freundschaftlich auf die Schulter.

»Um Himmels willen«, grummelte Nick leise vor sich hin. Er ging zur Bar, goss den letzten Prosecco in einen Plastikbecher und wandte sich an die Gruppe.

»Auf die, die uns nur Gutes wünschen«, rief Tammy und hob ihr Glas. »Alle anderen können zur Hölle fahren.«

Sie stießen an und tranken einen Schluck.

»Oh, das *ist* lecker«, warf Julia ein und schmatzte mit den Lippen. »Pussy Foot, sagten Sie?«

Nick leerte den Rest seines Proseccos in einem Schluck.

»Sollen wir dann mal?«, fragte Tammy. »Knock, knock, knocking on Kevins Door«, sang sie in einer überraschend guten Altstimme, und wartete dann auf die Antwort des Fahrers.

Das getönte Glas glitt zur Seite. »Miss Tammy?«

»Fahren Sie los.« Sie streckte eine Hand in Richtung Windschutzscheibe aus.

»Wenn sich alle hinsetzen und anschnallen könnten, bis wir den Freeway erreichen, dann gern«, antwortete er.

»Ihr habt den Mann gehört«, rief Tammy.

Da es nun sieben statt vier Passagiere waren, war es nicht mehr möglich, zwischen den Insassen Sitze freizulassen. Lark schaute Nick hoffnungsvoll an und fühlte sich dabei wie ein verliebter Teenager.

Er schaffte es, den richtigen Zeitpunkt abzupassen, indem er wartete, bis David und Mike einander gegenüber Platz genommen hatten. Tammy setzte sich neben Mike, und Julia, die Schachmeisterin, die sie war, ließ sich neben Tammy fallen.

Schachmatt.

Linda setzte sich ihr gegenüber, sodass Lark ihren alten Platz am Ende des Ganges wieder einnehmen konnte und Nick den Platz daneben.

Mit einem Zischen der Druckluftbremsen fuhren sie los.

Sie lächelte auf der Fahrt zum Freeway in sich hinein, während Tammy ab und zu einen Kommentar abgab und Linda und Julia fröhlich miteinander plapperten.

Eingelullt vom Motorengeräusch und dem sanften Schaukeln des Busses, döste Nick nach etwa zwanzig Minuten Fahrt ein. Das gab Lark die Gelegenheit, sein Profil zu studieren. Seine Augen waren geschlossen, die Lippen leicht geschürzt, während er gleichmäßig ein- und ausatmete. Lange, dunkle Wimpern berührten seine glatten Wangen. Sie widerstand dem Drang, seine Brille abzunehmen und eine dunkle Haarsträhne zurückstreichen, die ihm in die Stirn gefallen war.

Stattdessen begnügte sie sich mit dem angenehmen Gefühl, wie sein Arm an ihrem rieb. Harte Muskeln und dunkles Haar. Und eine Gruppe von Sommersprossen in der Form eines Sternbildes, an dessen Namen sie sich nicht erinnern konnte.

Als sie sich weiter von der Stadt entfernt hatten und in die Landschaft Virginias fuhren, konnte Lark nicht anders, als die sanften Hügel und das üppige Grün zu bewundern. Sie kamen an Farmen vorbei, auf denen Kühe und Pferde weideten. Täler und Hügel. So schön es auch war, Virginia hatte sich nie wie *ihr* Zuhause angefühlt. Andererseits Hanover auch nicht. Sie hatte die Hoffnung schon halb aufgegeben, jemals eines zu finden.

Als sie sich umdrehte, bemerkte sie, dass Nick wach war.

Er beobachtete sie dabei, wie sie die Landschaft betrachtete.

Tammy und Linda waren damit beschäftigt, eine weitere Runde Drinks zuzubereiten. Julia, Mike und David hatten sich in eine hitzige Debatte über die jüngste Entscheidung von Spring Valley verstrickt, die Grünanlagen neu zu begrenzen. Niemand schenkte ihnen auch nur die geringste Aufmerksamkeit.

Nick zog die Mundwinkel nach oben, als ob er genau wüsste, was sie dachte. Seine Bewegungen waren so unauffällig, dass sie fast selbst nicht bemerkte, was er tat, bis die Spitze seines Mittelfingers unter den Saum ihres Rocks glitt. Er zog einen kleinen Kreis um eine Sommersprosse auf ihrem Oberschenkel, und Lark spürte, wie sich ihr Bauch zusammenzog. Sie achtete darauf, keine Aufmerksamkeit auf sich zu lenken, und schlug die Beine übereinander, um ihm mehr Deckung zu geben, falls sich jemand umdrehen sollte.

Eine merkwürdige Elektrizität schien zwischen ihnen zu schwingen. Er ließ den Blick über ihr Gesicht wandern, als wolle er sich ihre Gesichtszüge einprägen, während er sein Telefon aus der Hemdtasche zog.

Sekunden später erschien eine Benachrichtigung auf dem Display ihres Telefons.

Stell dein Telefon stumm.

Lark drückte auf den entsprechenden Knopf.

Ein weiterer Text folgte schnell.

Du bringst mich in diesem Kleid um den Verstand.

Wärme stieg in ihrer Mitte auf, die Aufregung über diesen Roadtrip und das süße, berauschende Getränk machten sie untypisch mutig.

Du solltest sehen, was ich darunter trage.

Zeig es mir.

Lark warf ihm einen fragenden Blick zu.

Nicks Augen brannten hinter seiner Brille, bevor er sich lässig wieder seinem Handy zuwandte. Er schob den Saum ihres Rocks demonstrativ weiter nach oben.

Ein kurzer Blick bestätigte ihr, dass die anderen nichts davon mitbekamen.

Lark beugte sich über ihren Schoß und winkelte die Schultern an, um die Sicht weiter zu versperren. Mit ihrer linken Hand hielt sie das Telefon vor sich. Mit der rechten Hand begann sie, den seidigen Stoff ihres Rocks zu bündeln. Ihr Oberschenkel war bedeckt, doch ein Stück ihrer linken Hüfte und die Kurve ihres Hinterns waren zu sehen.

Nick atmete schneller. Auch er setzte sich nach vorne, aber aus anderen Gründen, wie sie sich vorstellen konnte. Er hielt sein Handy in der rechten Hand und streckte die linke nach ihr aus.

Ihre Bauchmuskeln zuckten, als er einen Finger hinter dem dünnen Gummiband des kaum vorhandenen Tangas einhakte. Er streichelte die Stelle, wo ihre Hüfte auf ihren Oberschenkel traf. Nur sie konnte sein leises Brummen der Befriedigung hören, als er sich weiter vorwagte.

Nick hielt ihren Blick fest und fragte wortlos, was sie als Nächstes tun wolle.

Sie lächelte, ihr Herz raste, die Idee formte sich bereits in ihrem Kopf. Sie griff nach oben, um das Gummiband aus ihrem Haar zu ziehen und es wie einen Vorhang um ihre Schultern fallen zu lassen. Sie strich sich mit einem Finger über das Kinn, als müsse sie schwer nachdenken, und fuhr dann ihren Hals hinunter bis zu der Vertiefung zwischen ihren Schlüsselbeinen und dann zu ihrem Brustbein.

Nick vergrub die Fingerspitzen in ihren Oberschenkel, als er ihre nächste Bewegung vorhersah.

Mit einem schnellen Ruck zog sie das Dreieck ihres Kleides zur Seite und entblößte eine Brust für ihn allein.

Die Muskeln in Nicks Kiefer spannten sich an.

Als seine Augen über die Wölbung wanderten und auf ihrer harten Brustwarze verweilten, hätte Lark schwören können, dass sie es *spürte*. Sie konnte tatsächlich das Gewicht seines Verlangens auf der empfindlichen Haut spüren.

Der Bus holperte, und schnell schob sie den Stoff nach unten, während Nick seine Hand zurückzog.

Sekunden später leuchtete ihr Telefon auf.

Wie lange noch, bis wir in Baltimore ankommen?

Lark sah auf dem Handy nach.

Fünfundvierzig Minuten.

Wir treffen uns im hinteren Teil.

Ihre Kehle wurde eng.

Nick steckte sein Handy ein und rückte die Brille zurecht, bevor er aufstand und hinter dem Vorhang im rückwärtigen Teil des Busses verschwand.

Lark warf einen Blick auf den Rest der Besatzung. David war eingeschlafen, Julia, Tammy, Mike und Linda saßen über Tammys iPad gebeugt, vertieft in ein Video über ein neues Haus, das sie kaufen wollte.

Sollten sie gestört werden, konnte sie Nick in die Toilette schieben und so tun, als suchte sie etwas in ihrem Gepäck.

Oder andersherum.

Lark atmete tief durch, dann machte sie sich auf den Weg in den rückwärtigen Teil des Busses.

Nick verschwendete keine Zeit.

Kaum war sie hinter dem Vorhang, zog er sie an sich und küsste sie leidenschaftlich. Seine Hände wanderten über ihre Haut, die Kurve ihres Rückens hinunter zu ihrem Hintern und dann wieder nach oben, um ihr Oberteil zur Seite zu schieben. Lark wimmerte leise, als er ihre Brüste berührte und ihre empfindlichen Brustwarzen mit den Fingerkuppen beider Daumen sanft drückte.

Er legte die Lippen auf ihr Ohr, was ihr einen Schauer über den Rücken jagte. »Ich will dich zum Kommen bringen.«

Sie war atemlos, elektrisiert, ihr ganzer Körper knisterte wie eine unterbrochene Stromleitung. »Das ist nicht fair«, keuchte sie an seinem Hals. »Ich bin schon … Du nicht …«

»Und du wirst noch mal kommen.«

Nick zog ihr den Rock über die Oberschenkel. Er lehnte sich zurück, um einen langen Blick auf ihr smaragdgrünes Spitzenhöschen zu werfen. Der kleine, dunkle Streifen ihres Geschlechts war durch den durchsichtigen Stoff sichtbar.

»Fuck«, knurrte er an ihrem Hals. »Willst du, dass ich einen Herzinfarkt bekomme?«

Eine Hand in ihrem Slip, begann Nick gierig an ihren Brustwarzen zu saugen. Lark drückte den Rücken durch und dämpfte ihr Stöhnen an seiner Schulter, während sie sich in sein T-Shirt krallte.

Lark sah noch durch das Fenster hinter ihm die sonnenverwöhnten Weiden vorbeiziehen, dann schloss sie die Augen. Ihr Puls raste, als sie sich mit dem Rücken gegen die Toilettentür presste, die Beine weit gespreizt. Der Nervenkitzel weckte etwas tief in ihr, etwas, das sie sich nie zuvor hätte vorstellen können.

Sie unterdrückte einen Schrei, als er mit Daumen über ihre Klitoris strich, ihre Knie drohten unter der Intensität nachzugeben. Lark spürte, wie sich die Spannung in ihr aufbaute. Knisternd wie Elektrizität, Sekunden vor einem Blitzeinschlag. Ihre Schenkel spannten sich an, im tiefsten Innern begannen sich die Wellen auszubreiten.

»Oh! Es gibt sogar eine Toilette!«, drang Julias Stimme durch den Vorhang.

»Fuck.« Nick riss die Hände weg und half Lark schnell, ihre Kleidung zu ordnen.

»Du gehst auf die Toilette.« Sie blickte auf die Beule in seiner Jeans. »Ich kümmere mich um deine Mutter.«

Nick drückte ihr einen schnellen Kuss auf die Lippen, schloss die Tür, und ein rotes »Besetzt«-Schild erschien neben dem Griff.

Lark kramte in ihrem Handgepäck nach ihrer Schminktasche, die sie in dem Moment fand, als Julia durch die Vorhänge trat.

»Oh, Lark. Lässt dich mein Sohn warten?«

»Keineswegs. Ich habe mir nur … die Nase gepudert«, sagte sie lahm.

»Verstehe ich.« Julia fächelte sich Luft zu. »Diese Hitzewallungen, ich sag's dir. Der Arzt will mir Hormone verschreiben, doch meine Freundin Judy hat sie genommen und dann ihr Haar verloren und die schlimmste Akne bekommen, die man je gesehen hat. Ich habe es mit Kräutern und so weiter versucht, aber ich weiß einfach nicht, wie lange ich das noch durchhalte. Natürlich muss ich erst meinen Blutdruck senken, bevor ich irgendwas ändern kann. Nur habe ich keinen Schimmer, wie ich das machen soll, solange es Cheesecake gibt.«

Lark biss sich auf die Zunge, um ein Kichern über diesen improvisierten Monolog zu unterdrücken.

»Obwohl du so eine fantastische Köchin bist«, antwortete Lark, »weiß ich auch nicht, wie du das jemals schaffen könntest.«

Julia errötete vor Vergnügen und wegen der Wirkung von mindestens zwei Pussy Foots. »Das ist sehr nett, dass du das sagst, Liebes. Du musst bald mal wieder zum Essen kommen.« Die Hand, die sie auf Larks Unterarm legte, war warm und erstaunlich rau. »Ich werde für dich eine meiner Spezialitäten kochen.«

»Das wäre toll«, sagte Lark und meinte es auch so.

Die Toilettentür öffnete sich, und beide traten zur Seite.

»Endlich.« Julia stützte eine Hand in ihre Hüfte. »Wenn ich es nicht besser wüsste, würde ich mich fragen, ob du da drin nicht ›einen Artikel gelesen hast‹, so wie früher mit fünfzehn.« Sie malte mit den Fingern übertriebene Anführungszeichen in die Luft.

Lark musste sich ein Lachen verkneifen, als sie Nicks entsetzte Miene sah.

»Das ist nichts, wofür man sich schämen muss, Fenwick. Ich wünschte, man würde Jungs im Teenageralter mehr dazu ermutigen. Auch Mädchen im Teenageralter«, fügte sie hinzu. »Es ist erstaunlich, wie viele Frauen meiner Generation nicht wussten, was ein Orgasmus ist, als sie heirateten. Ich wusste es jedenfalls nicht. Zum Glück war dein Vater ein sehr geduldiger Mann …«

»Das war's«, sagte Nick. »Ich verschwinde jetzt von hier.« Er schob sich durch die Vorhänge und ließ die beiden zurück.

»Ich weiß, ich sollte ihn nicht ärgern.« Julia stieß sie verschwörerisch mit dem Ellbogen an. »Er macht es einem nur so leicht.« Sie verschwand auf der Toilette, und Lark setzte sich wieder zu den anderen in die Kabine.

Die Sitzordnung hatte sich etwas verändert, jetzt, da nicht mehr alle angeschnallt waren, und Lark konnte sich nicht neben Nick setzen, ohne verdächtig zu wirken, also nahm sie ihm gegenüber Platz.

Tammy, die irgendwie dort gelandet war, wo zuvor Lark gesessen hatte, schlug die Beine in seine Richtung übereinander. »Ich habe eine Frage an dich, Mister. Stimmt es, dass deine Eltern sich in einer dieser Free-Love-Kommunen im Hinterland von New York kennengelernt haben?«

Ohne ein Wort zu sagen, erhob sich Nick von seinem Platz, ging zur Bar, schenkte sich ein Glas Tequila ein und kippte ihn hinunter.

»Das ist doch mal ein Wort!« Tammy stand auf und tat es ihm gleich. »Sonst noch jemand?«

»Ich habe meine Quote an Fehlentscheidungen für den Tag noch nicht erfüllt«, seufzte Linda. »Schenk mir einen ein.«

»Mir auch!« Julia war von der Toilette zurück und kam auf sie zu.

Nick hob alarmiert die Augenbrauen. »Seit wann trinkst du Tequila?«

»Seit ich im Urlaub bin.« Mike half Julia, als sie sich setzte, und in dieser Geste lag eine Zärtlichkeit, die Lark rührte.

»Das ist kein Urlaub«, betonte Nick, »sondern ein Collegeausflug.«

»Für dich vielleicht«, sagte seine Mutter und erntete dafür schallendes Gelächter von Tammy und Linda. »Was bist du eigentlich für ein Lehrer, der mit seinen Schülern Tequila Shots trinkt? Das werde ich der Leiterin des Fachbereichs Geisteswissenschaften melden.«

»*Du* bist die Leiterin des geisteswissenschaftlichen Fachbereichs«, sagte Nick mit zusammengepresstem Kiefer.

»Hm«, meinte Julia. »Dann denke ich, dass wir durchaus einen Tequila trinken können.«

»Ich mag deine Mom, Nick.« Tammy reichte ihr die kleinen Gläser. »Sie hat Mumm.«

Lark stellte fest, dass sie Julia ebenfalls mochte, die wirklich das komplette Gegenteil von Larks eigener Mutter war.

»Sie hat schon was, stimmt«, murmelte Nick.

»Auf Baltimore«, rief Tammy.

Lark und Nick lehnten das Angebot ab, ein weiteres Glas zu trinken, doch der Rest der Mannschaft willigte begeistert ein. Der ursprüngliche Plan war gewesen, nach Baltimore zu fahren, irgendwo zu Mittag zu essen und im Hotel einzuchecken. Als sie dreißig Minuten vor der Stadt waren, wurde jedoch klar, dass dieser Plan geändert werden musste. Nach drei Shots – Tendenz steigend – erhielt Julia von Tammy eine improvisierte Pole-Dancing-Stunde, während Steppenwolfs »Magic Carpet Ride« aus dem Soundsystem des Busses dröhnte.

»Ungefähr so stelle ich mir die Hölle vor«, flüsterte Nick.

Lark bemerkte, dass sein Tonfall unfreundlicher und seine Stimmung immer schlechter wurde. Er holte seinen Laptop heraus und verband sich mit dem Wi-Fi des Partybusses.

Arbeit?, fragte sie sich.

Mehr als einmal hatten Nicks beiläufige Bemerkungen über Moonshot und seinen Geschäftspartner Marshall sie zu der Annahme verleitet, dass die Reibereien zwischen den beiden der Grund für seinen Aufenthalt bei seiner Mutter war.

»Jetzt musst du nur noch etwas Schwung in die Sache bringen«, verkündete Tammy. »Hier, ich zeige es dir mal schnell.«

Julia löste sich von der Stange und wäre fast mit dem Kopf in Mikes Schoß gelandet. Der kleine, stämmige Mann fing sie auf und ging mit ihr ein paar Schritte zurück, damit Tammy es ihr zeigen konnte. Lark klappte die Kinnlade herunter, als die geschmeidige Blondine die Stange mit beiden Händen umfasste, bevor sie die Beine zu einer anmutigen Drehung mit anschließendem kompliziertem Abstieg spreizte.

»Wo hast du das denn gelernt?« Julia nippte an dem Prosecco, der wie von Zauberhand in ihrer Hand erschienen war.

»Beim Strippen«, sagte Tammy beiläufig.

»Du warst Stripperin?« Julias Augen waren rund wie Salatteller.

»Natürlich.« Tammy ließ sich auf den Sitz neben Linda sinken. »Es gab für eine Schulabbrecherin mit einem zweijährigen Jungen in Blue Ridge, Georgia, nicht allzu viele Karrieremöglichkeiten.«

Das Lied endete, die ehemals fröhliche Gesellschaft verfiel nach Tammys Enthüllung in fassungsloses Schweigen.

Julia setzte sich neben Tammy und legte eine Hand auf ihre. »Du hattest mit achtzehn schon ein zweijähriges Kind?«

»Ja, Ma'am«, antwortete Tammy. »Ich war Cheerleaderin in der Schulmannschaft, hatte ein Stipendium für die University of Georgia, und *bumm.*« Sie klatschte zur Betonung in die Hände. »An meinem sechzehnten Geburtstag erfuhr ich, dass ich schwanger war, Cole war längst weg, und meine Eltern warfen mich raus.«

Lark beobachtete das Geschehen vom hinteren Teil des Busses aus und spürte einen Stich im Herzen. Selbst in ihren dunkelsten Stunden hatte sie sich nie Sorgen darüber machen müssen, ein Dach über dem Kopf oder etwas zu essen im Bauch zu haben.

»Ich blieb bei einer Freundin, bis ich Bryce bekam, dann habe ich mich auf den Weg nach Atlanta gemacht. Ich fing an, in einem Club zu tanzen, verdiente genug Geld, um mir eine eigene Wohnung zu kaufen, machte den GED-Abschluss, studierte an einem Online-College, und jetzt bereite ich mich darauf vor, im Herbst die Prüfung für ein Jurastudium zu machen.«

»Ich würde sagen, das verdient einen Toast«, meinte Julia. »Auf Tammy, die Anwältin.« Sie hob ihr Glas.

»Wo wir gerade von schlechten Entscheidungen sprechen …« Linda rutschte an den Rand ihres Sitzes und sah ihre Freundin an. »Habe ich schon erwähnt, dass ich eine E-Mail von One-Night-Stan bekommen habe?«

»Das hast du *nicht*«, meinte Tammy.

Lark beobachtete mit großen Augen, wie die beiden Frauen lachten und sich über ihre Fehltritte lustig machten. Sie sprachen mit einer Unbekümmertheit, die schon fast an Gleichgültigkeit grenzte.

Wie das wohl sein muss?, fragte sich Lark.

Sie war immer so vorsichtig gewesen. So reflektiert. Hatte

solche Angst gehabt, das Falsche zu tun, dass sie sich die Hälfte der Zeit nicht dazu durchringen konnte, überhaupt etwas zu tun. Aber hier waren Tammy und Linda – furchtlos begrüßten sie alle Übel und Missgeschicke des deswegen umso bunteren Lebens.

Das war eine Art von Freiheit, die Lark nie gekannt hatte. Eine, nach der sie sich verzweifelt sehnte, von der sie aber nicht wusste, wie sie sie erreichen sollte.

Nick stieß einen Seufzer aus und klappte seinen Laptop zu. »Ich gehe mal eben nach hinten und mache einen kurzen Anruf.«

»Tut mir leid, Darling«, sagte Tammy. »Wir unterhalten uns hier die ganze Zeit, während du versuchst zu arbeiten.«

»Das ist schon in Ordnung«, gab Nick knapp zurück. »Es dauert nur eine Minute.« Er verzog sich nach hinten und schob sich durch den Vorhang.

»Marshall, könnte ich wetten.«

Die Gruppe drehte sich zu Nicks Mutter um, deren zuvor heitere Miene sich verfinstert hatte. »Dieser Mann …«, fuhr Julia fort, die Stimme voller Missbilligung. »Er kann Nick keinen Moment Ruhe gönnen.«

»Okay, offensichtlich hassen wir ihn«, sagte Linda. »Wer ist er?«

»Nicks Geschäftspartner. Und mit Partner meine ich, dass Nick die ganze Arbeit macht, während Marshall den Ruhm einheimst.« Sie machte ein missbilligendes Geräusch und nahm einen Schluck von ihrem Getränk. »Nick arbeitet rund um die Uhr. Beantwortet E-Mails, schreibt Förderanträge. Ich sage ihm immer wieder, dass er noch einen Schlaganfall bekommt.«

»Warum in aller Welt lässt er sich das gefallen?«, fragte Tammy. »So schlau, wie er ist, würden die Leute doch Schlange stehen, um mit ihm zu arbeiten.«

»So war er bereits als Kind«, sagte David, der zum ersten Mal das Wort ergriff, seit die Shots die Runde gemacht hatten. »Er hatte schon immer eine Schwäche für rührselige Geschichten, unser Nick.«

»Wie wahr, wie wahr.« Julia verdrehte die Augen zum Himmel, als ob Antworten durch das Dachfenster des Busses kommen würden. »Er hat immer sein Essensgeld verschenkt, wenn ein anderes Kind ohne Geld auftauchte.«

»Er hat andere Kinder seine Hausaufgaben abschreiben lassen«, fügte Mike hinzu.

»Er hat die Schuld auf sich genommen, wenn einer seiner Freunde in Schwierigkeiten geriet«, sagte David.

»Erinnerst du dich an die Zeit in der Little League, als er sich weigerte, einen Läufer zu taggen, der die Home Base überquerte, weil die andere Mannschaft noch keine Punkte hatte?« Mikes Schultern bebten, so sehr lachte er.

»Sein Vater war stinksauer«, rief Julia mit Lachtränen in den Augen.

»Was ist mit dem Mal, als er das streunende Kätzchen nach Hause gebracht hat?«, fragte Dave.

Julia brach in ein ansteckendes Gackern aus, das alle zum Lachen brachte. »Drei Monate lang lebt diese Katze in seinem Schlafzimmer, und ich habe keine Ahnung«, sagte sie. »Bis ich eines Tages seinen Wäschekorb hole und darin einen Wurf Kätzchen finde.«

Während alle um sie herum in schallendes Gelächter ausbrachen, zog sich Larks Brust zusammen.

»Und von seinen Freundinnen will ich gar nicht erst anfangen«, fuhr Julia fort. »Sie können ihn schon drei Meilen gegen den Wind erschnuppern, diese Frauen. Er kümmert sich um sie und macht sich dabei selbst kaputt.« Julia schüttelte traurig den Kopf. »Nur ein einziges Mal würde ich ihn gerne mit einer Frau sehen, die stabil ist und weiß, was sie will.«

Lark dachte daran, wie sie das erste Mal in seinem Kurs erschienen war. Wie er sie allein an der Wand sitzend gefunden hatte. Wie er ihr nachgelaufen war und darauf bestanden hatte, sie mitzunehmen. Ihr eine besondere Hausaufgabe gegeben hatte und immer wieder nachgefragt hatte, wie es ihr ging.

War sie für ihn nichts anderes als ein herumstreunendes Tier, um das er sich kümmern wollte?

War es gar nicht wahre Leidenschaft, sondern wollte er ihr einfach etwas geben, das sie seiner Meinung nach brauchte?

Lark hatte ein flaues Gefühl im Magen, als das Lachen verstummte. Im hinteren Teil des Busses erhaschte sie einen flüchtigen Blick auf Nicks etwas mitgenommenes Profil. Julia hatte gesagt, dass er die Nächte durcharbeitete, und das nur, um für Lark Zeit zu haben. Und jetzt holte ihn der Stress wieder ein.

Sie war gierig gewesen. Verlangend. So wild auf seine Aufmerksamkeit, dass sie nicht daran gedacht hatte, wie viel ihn das kostete, was er vor lauter Sorge um sie womöglich vernachlässigte.

Plötzlich fühlte sich der Bus zu klein an, die Luft zu dick. Lark hatte Mühe, zu atmen, sich daran zu erinnern, wie Atmen überhaupt funktionierte. Ihre Gedanken begannen zu rasen, als die Geräusche um sie herum dumpf wurden, verdrängt durch das Donnern von Larks heftig klopfendem Herzen.

Bitte nicht. Nicht hier. Nicht jetzt.

Der verräterische Schmerz umklammerte bereits ihren Hals, Tränen stiegen ihr in die Augen. Um sich abzulenken, stand sie auf und ging zur Bar.

»Wenn du noch was trinken willst, solltest du dich vielleicht beeilen.« Tammy schaute aus dem Fenster. »Wir werden in etwa fünfzehn Minuten im Hotel sein.«

»Kein Problem«, sagte Lark. Sie schüttete etwas Wasser in ihr Glas, legte die kleine gelbe Pille, die ihre Mutter ihr gegeben hatte, auf die Zunge und schluckte.

Ich weiß, dass du sie nicht mehr gerne nimmst, aber dein Arzt hat sie dir nicht ohne Grund verschrieben. Es ist besser, sie zu haben und sie nicht zu brauchen, als sie zu brauchen und nicht zu haben.

Wieder einmal hatte ihre Mutter recht behalten.

Es war ein schrecklicher Fehler gewesen, diesen Ausflug zu machen.

Zehn

Für den Mistkerl, der das Karaoke erfunden hatte, gab es hoffentlich einen besonderen Platz in der Hölle.

Nick saß zusammen mit seiner Mutter, Tammy, Linda, Dave und Mike an einem Tisch und sah zu, wie sie sich nacheinander im Schein der Neonröhren erniedrigten.

Die Bar war klebrig. Die Gäste waren klebrig. Der Boden war klebrig. Die verdammte Luft war klebrig. Seine Lunge rebellierte gegen die Mischung aus Biergeruch, Eau de Cologne, Zigaretten und Übertreibung. Der Laden war vollgepackt, der Lärm bereitete ihm Kopfschmerzen.

Er war nur hier wegen seines schlechten Gewissens.

Sein Telefonat mit Marshall und dem Team hatte lange gedauert, weshalb er sich den Nachmittag über und die Hälfte des Abends in seinem Hotelzimmer verschanzt hatte. Als er zu den anderen stieß, sagte Linda, dass Lark sich nicht gut fühlte und auf ihr Zimmer gegangen wäre. Was genau der Ort war, an dem Nick im Moment sein wollte. Doch stattdessen war er mit in diesen Laden gekommen, um seine Abwesenheit beim Abendessen zu kompensieren. Er schaute wieder auf sein Handy und fragte sich, wie lange er bleiben musste, um seine Sohnespflicht erfüllt zu haben.

»Du bist gleich dran.« Tammy, die Linda auf der Tanzfläche mehrfach an den Po gefasst hatte, schlang eine Hand um seinen Bizeps und drückte ihn.

Nick zog den Arm weg, versuchte aber, die Stimmung nicht zu ruinieren. »Ich passe.«

Tammy verzog das Gesicht, bevor sie ein beschwichtigendes Lächeln aufsetzte. »Ein kleiner Song wird deinen Haaransatz nicht zurückgehen lassen oder so.«

»Er hat eine schöne Stimme«, mischte sich seine Mutter wenig hilfreich ein. »Sein Vater und ich haben immer gesagt, er hätte Sänger werden können.«

Mike und David blieben betrüblich stumm und sahen ihm dabei zu, wie er sich wie ein Wurm am Haken wand.

»Ich glaube, ich gehe mal kurz an die frische Luft.« Nick stieß sich vom Tisch ab. »Es dauert nur eine Minute.«

Kaum war er draußen, hatte die Nachtluft den Mief vertrieben. Er holte sein Handy aus der Tasche, entschlossen, sich dem eigentlichen Grund seiner Flucht zu widmen, nämlich nach Lark zu sehen. Er hatte ihr zuvor eine Nachricht geschickt, in der er sich dafür entschuldigte, dass er das Abendessen verpasst hatte, aber sie war unbeantwortet geblieben. Jetzt starrte er auf das hartnäckig leere Display und überlegte, ob ein Anruf die schlechteste Idee aller Zeiten war.

Scheiß drauf.

Er rief seine letzten Textnachrichten auf, öffnete die von Lark und drückte auf die Anruftaste. Die Enge in seiner Brust löste sich, als sie nach dem zweiten Klingeln abnahm.

»Hallo?« Ihre Stimme war dick, rau, tiefer als sonst.

»Hey«, sagte Nick. »Habe ich dich geweckt?«

Sie schniefte, um ihre verstopft klingende Nase zu befreien. »Nein«, erwiderte sie.

Da wurde es ihm klar. Sie hatte geweint.

»Bist du okay?«

»Mir geht's gut.« Ihre Stimme klang zittrig. »Ich bin nur ein bisschen müde. Es war ein langer Tag.«

Damit hatte sie auf jeden Fall recht. »Hör zu, die Damen haben mich zum Karaoke geschleppt, aber ich plane in den nächsten siebzehn Minuten eine waghalsige Flucht. Wenn du reden willst oder so …«

»Ich glaube, ich werde einfach ein Bad nehmen und mich ins Bett verkriechen.«

Nick konnte es ihr nicht verübeln. In Anbetracht der Unterbringung hätte er genau dasselbe getan, wenn man ihn nicht so geschickt überredet hätte. Wie der Partybus war auch das Hotel eine weitere Überraschung von Tammy gewesen. Als sie sagte, dass ihr Sohn Generaldirektor eines Hotels in Baltimore war, hatte sie vergessen zu erwähnen, dass es sich dabei um das Four Seasons handelte.

»Okay.« Er hoffte, dass seine Enttäuschung über das Telefon nicht zu hören war. »Ruh dich etwas aus.«

»Gute Nacht«, sagte sie und legte auf.

Nick lehnte sich zurück an die raue Backsteinwand, die mit Werbeplakaten für Konzerte tapeziert war, die längst stattgefunden hatten. Er zwang sich, seine rasenden Gedanken zu beruhigen, und schloss die Augen, um die Lichter und den Lärm auszublenden. Das Klacken von Absätzen auf dem Bürgersteig ließ ihn aufhorchen.

Tammy.

Nick drehte den Kopf und sah sie auf ihn zuschlendern, die Handtasche über dem Arm und ein Lächeln im Gesicht. »Na, hallo«, sagte sie. »Was machst du denn hier draußen so ganz allein?«

»Ich schnappe nur etwas frische Luft«, sagte Nick und versuchte, entspannt zu klingen. »Es ist ein bisschen viel los da drin.«

»Ich weiß, was du meinst.« Tammy rückte näher an ihn heran. »Ich bin seit dem Wet-T-Shirt-Contest neben der Marinewerft nicht mehr so dermaßen abgecheckt worden.«

Es war nicht gerade schwer zu verstehen, warum. In ihrem hüftbetonten Rock und dem tief dekolletierten Oberteil war sie ein echter Hingucker.

»Ist alles in Ordnung?«, fragte sie. »Du scheinst ziemlich genervt zu sein, seit du den Anruf im Bus bekommen hast.«

Nick kratzte sich, obwohl nichts juckte. »Es ist alles in Ordnung«, sagte er. »Nur ein bisschen Ärger bei der Arbeit.«

»Hört sich so an, als würde dieser Marshall dir das Leben schwer machen.«

Nick vermied es, die Augen zu verdrehen. Dieser Kommentar trug ganz die Handschrift seiner Mutter. »Er ist schon in Ordnung, wir stehen einfach beide unter großem Druck.«

Tammy legte den Kopf etwas schief. »Ich wüsste da was, das uns beiden helfen könnte, uns zu entspannen.«

Scheiße.

»Ich, äh …«, begann Nick und wählte dann seine Worte sorgfältig, um ihre Gefühle nicht zu verletzen. »Ich finde dich toll, Tammy, wirklich …«

Ihr schallendes Gelächter schnitt ihm das Wort ab. »Oh, Schätzchen«, stieß sie schließlich hervor. »O Gott, nein. Du bist süß und so, aber *absolut* nicht mein Typ.«

Nicks Wangen brannten vor Verlegenheit. »Aber du hast gesagt …«

»Ich wollte dich dazu bringen, mit mir ›Hotel California‹ zu singen.« Sie gab ihm einen kleinen Klaps auf den Unterarm. »Und nicht, mit mir ins Bett zu gehen.«

Er blinzelte sie an und fühlte sich wie der größte Idiot der Welt. »Es tut mir leid. Ich hätte nicht annehmen sollen …«

»Du musst dich nicht entschuldigen«, beruhigte sie ihn. »Ich flirte immer gleich los, und das vermittelt den Leuten einen falschen Eindruck. Außerdem bist du so offensichtlich in Lark verknallt, dass du genauso gut eine Leuchtreklame tragen könntest.«

»Ich bin mir nicht sicher, was du meinst.« Er spürte, wie Hitze aus seinem Kragen stieg.

»Ich *meine,* wenn man die sexuelle Spannung zwischen euch beiden in Flaschen füllen könnte, wäre Virginia nicht länger von fossilen Brennstoffen abhängig.« Tammy stemmte eine Hand in die Hüfte. »Hast du vor, deswegen etwas zu unternehmen?«

Nick sah sie an, um ihre Beweggründe abzuwägen. Als relativ neue Einwohnerin von Spring Valley würde sie wohl nicht die Gerüchteküche der Stadt anheizen wollen. Aber da er wusste, wie schnell Neuigkeiten über Lark die Runde gemacht hatten, wollte er dieses Risiko nicht eingehen.

»Wahrscheinlich nicht«, sagte er. »Denn ich muss früher als gedacht nach Manhattan zurück.«

Tammy trat aus dem Weg, als zwei Männer, die jung genug waren, um ihre Söhne zu sein, sie gründlich musterten, bevor sie die Bar betraten. Sie gab ein angewidertes Geräusch von sich und verdrehte die Augen.

»Ich wette, das wird irgendwann langweilig«, meinte Nick, in der Hoffnung, das Thema zu wechseln.

»Junge, Junge, allerdings.« Sie seufzte. »Ich sage dir, ich bin froh, dass Lark heute Abend nicht gekommen ist.«

»Warum das?«

»Ich habe kein Problem, mit solchen Männern umzugehen. Ich zertrümmere einfach ihre kleinen Egos, und dann schauen sie sich nach was anderem um. Aber *Lark,* die wäre wahrscheinlich total nett zu jedem, der versucht, sie anzubaggern. Weil sie nicht unhöflich sein will oder so.« Sie verschränkte die Arme vor der Brust und drehte sich zu ihm um. »Wenn ich kann, versuche ich, auf solche Mädchen aufzupassen, und verjage die Mistkerle.« Sie warf ihm einen vielsagenden Blick zu, und Nick wurde klar, dass er das Thema in keiner Weise gewechselt hatte.

»Ich verstehe«, sagte Nick.

»Gut.« Tammy verzog ihr hübsches Gesicht zu einem sonnigen Lächeln. »Wir sehen uns drinnen, Süßer.«

Nick gab ihr dreißig Sekunden Vorsprung, dann ging er zurück in die Bar, gewappnet gegen das Gemisch aus Lärm, Hitze und zu vielen Menschen.

Leider war der einzige Mensch, den er sehen wollte, nicht hier.

Nach seiner Begegnung mit Lark im Bus am frühen Nachmittag hatte er die Minuten gezählt, bis sie allein sein konnten. Dann hatte Marshall ihm einhundertsiebenunddreißig davon gestohlen. Nick unterdrückte die Wut, die ihn direkt wieder in schlechte Laune zu stürzen drohte.

Es hatte ja keinen Sinn.

Nach der Bombe, die Marshall an diesem Nachmittag gezündet hatte, war dieser Tag nicht mehr zu retten gewesen. Einer der fünf besten Risikokapitalgeber wollte sich treffen, um eine Partnerschaft zu besprechen, weshalb Nick in zehn Tagen wieder in Manhattan sein musste.

Entweder du bist ganz dabei, oder du bist raus, Bruder, hörte er erneut Marshalls Stimme.

Als er Manhattan verlassen hatte, hieß es noch, dass er ein paar Monate Zeit haben würde, um den Kopf frei zu kriegen. Über alles nachzudenken. Jetzt hatte er zehn Tage, um zu entscheiden, ob er seine und Marshalls Partnerschaft beenden wollte. Ob er wirklich bereit war, genau in dem Moment, in dem sie die Finanzierung bekamen, die sie so lange gemeinsam angestrebt hatten, zu gehen.

Das Timing kam ihm mehr als verdächtig vor.

Jedes Mal, wenn er daran dachte, wurde ihm übel.

»Du siehst aus, als könntest du ein Bier gebrauchen, Nicky.« Mike materialisierte sich neben seinem Ellbogen und packte ihn mit seinen dicken Fingern am Genick.

»Eigentlich brauche ich Schlaf. Ich gehe ins Hotel. Kannst du dafür sorgen, dass die Damen gut zurückkommen?«

»Ha!«, schnaubte seine Mutter. »Woher weißt du, dass nicht wir sie gut zurückbringen müssen? Hast du das jemals in Erwägung gezogen?«

»Aber wirklich«, stimmte Tammy zu. Sie klatschten sich ab und schafften es auch fast, ihre Handflächen zu treffen.

»Der Punkt ist, dass alle heil zurückkommen.« Linda sah ihm in die Augen und warf dann einen Blick auf ihr Getränk, und er begriff, dass das, was wie ein Gin Tonic aussah, wahrscheinlich ein Sodawasser mit Limette war.

Er schenkte ihr ein dankbares Lächeln.

»Zehn Uhr morgen in der Lobby?«, fragte er, um sie daran zu erinnern, dass sie relativ früh aufstehen mussten, wenn sie ihre Pläne umsetzen wollten.

»Ja, ja. Geh ins Bett, du alter Kauz«, sagte seine Mutter.

So gern Nick darauf hingewiesen hätte, dass allein die Verwendung des Wortes Kauz schon kauzig war, siegte doch seine Erschöpfung. Die Taxifahrt zurück zum Hotel war gottlob kurz. Er ging in sein unglaublich luxuriöses Zimmer und duschte lang und heiß.

Stell dir einfach vor, wie all deine Sorgen von deinen Schultern gewaschen werden und den Abfluss hinunterlaufen, Nicky.

Er war leicht überrascht, dass er die Stimme seines Vaters sogar in einem Hotelzimmer hörte, das dieser selbst mit einem Bajonett im Rücken nicht betreten hätte. Sein alter Herr hatte gewusst, dass Nick sich für seine Eltern schämte. Peinlich berührt von ihrem Akzent war. Sich für ihre Jobs schämte, die sie ständig in Geldnot brachten, weshalb sie nicht einmal das Land behalten konnten, das sein Vater für den Ruhestand gekauft hatte. Nicht, dass er es am Ende gebraucht hätte. Jedenfalls hatte er gewusst, dass Nick sich für sie schämte, und das hatte er ihm übel genommen.

Warum also hörte Nick nach all dieser verdammten Zeit einen toten Mann Ermutigungen und Ratschläge flüstern, anstatt Kritik zu üben?

Wahnvorstellungen? Wunschdenken?

Als seine Haut ganz verschrumpelt war, stellte Nick das Wasser aus, trocknete sich ab und wickelte sich ein Handtuch um die Hüften, bevor er sich vor die deckenhohen Fenster stellte. Der Vollmond stand über der Chesapeake Bay und tönte den tiefschwarzen Himmel mit Silber, die Lichter der Stadt spiegelten sich darin wie Konstellationen glitzernder Sterne.

Nick wünschte sich, Lark wäre hier, um diese Komposition mit ihm zu betrachten. Um sie ihm auf die Weise zu beschreiben, die nur sie sah.

Er ging durch das Zimmer und schaltete ein Dutzend Lampen aus, bevor er sein Telefon lud und den Wecker für den nächsten Morgen stellte. Er zog die Laken zurück, ließ das Handtuch fallen, schlüpfte darunter und sank, sobald sein Kopf das Kissen berührte, in tiefen Schlaf.

Seine Träume waren seltsam und surreal. Voller stressiger Gedanken und seltsamer Geräusche. Klaustrophobischer Räume. Trübem Licht. Schrägem Gesang.

Klopfen.

Nick setzte sich kerzengerade auf, die letzten Fäden seiner beunruhigenden Träume klebten noch an ihm, als er sich nach seiner Brille umschaute. Sie lag nicht auf dem Nachttisch. War er mit ihr eingeschlafen? Seine Suche zwischen den Laken und auf den Kissen blieb erfolglos. Inzwischen klopfte es erneut.

»Einen Moment«, rief er mit schlaftrunkener Stimme.

Nick schob sich aus dem Bett, fand sein weggeworfenes Handtuch und wickelte es sich um die Hüften, bevor er mit einem ausgestreckten Arm weiterging, um Hindernissen auszuweichen. Er stieß eine Reihe blumiger Flüche aus, als er mit dem Zeh an der Gepäckablage hängen blieb und den Plan verwarf, sich Shorts anzuziehen. Scheiß auf die Klamotten. Jeder, der um … wie viel Uhr auch immer so gegen eine Tür hämmerte, hatte genau das verdient, was er zu sehen bekam.

Schnell schob er den Riegel zurück, öffnete die Tür einen Spalt und blinzelte in das helle Licht des Flurs. Selbst ohne seine Brille erkannte er die Form ihres Gesichts. Das Muster aus Licht und Schatten, das ihr Gesicht, ihr Haar und ihren Körper formte.

»Lark?« Er rieb sich die Augen.

»Es tut mir leid, dass ich dich geweckt habe. Ich hätte nicht kommen sollen.«

»Ist schon gut.« Nick öffnete die Tür weiter, trat zur Seite und bedeutete ihr, hereinzukommen.

Sie starrte ihn an, als hätte sie plötzlich vergessen, warum sie hier war. Da fiel ihm ein, dass er nur ein Handtuch trug.

»Bitte«, lud er sie ein, dann sah er, dass seine Jeans über die Lehne des Schreibtischstuhls geworfen waren. »Setz dich. Ich werde nur kurz …« Er deutete aufs Bad und hob die Jeans in die Höhe.

»Sicher«, sagte sie.

Als er ein paar Minuten später wieder auftauchte, fand er sie auf der Bettkante sitzend vor. Sie streckte ihm seine Brille hin. Sie hatte mehrere Lampen angeschaltet, die den Raum in ein rosiges Licht tauchten.

»Danke«, sagte er. Als er die Brille aufsetzte, konnte er sie endlich klar sehen.

Und wünschte sich sofort, dass das nicht der Fall wäre. Ihre Augen und ihre Nasenspitze waren rot und geschwollen. Ihre Wangen blass und eingefallen.

»Tut mir leid, dass ich so spät bei dir hereinplatze«, sagte sie. »Oder so früh.«

Nick nahm auf dem Stuhl ihr gegenüber Platz. »Ist schon in Ordnung«, sagte er. »Was ist los?«

Lark atmete aus und drückte ihre Knie an die Brust. In ihrem übergroßen Dartmouth-Kapuzenpulli und den Schlafshorts sah sie fast so aus, als hätte sie keine Unterwäsche an.

»Ich wollte mich nur entschuldigen.«

»Entschuldigen?« Nick runzelte die Stirn. »Wofür?«

»Für die Art und Weise, wie ich mit dir gesprochen habe, als du angerufen hast«, sagte Lark, ihre Stimme war kaum lauter als ein Flüstern.

Nick schluckte schwer, als ihm die Erinnerung an ihr Telefongespräch durch den Kopf schoss. Er war verblüfft über ihre Kühle gewesen, verwirrt über ihren plötzlichen Stimmungsumschwung. Aber jetzt, wo er sie wiedersah, stellte er etwas verdrossen fest, dass es keine Rolle spielte.

»Kein Ding«, sagte er und versuchte, lässig zu klingen. »Mach dir keine Gedanken.«

Lark nickte, starrte aber auf ihre Hände. Sie zupfte wieder an ihrer Nagelhaut. Das hatte er sie seit dem ersten Abend in der Klasse nicht mehr tun sehen.

Nick erhob sich und setzte sich neben sie aufs Bett. »Worum geht es *wirklich?*«

»Um gar nichts.«

Nick schüttelte den Kopf, nicht überzeugt. »Kein Wunder, dass du in der Highschool nie Regeln gebrochen hast.«

Sie hob den Blick zu ihm. »Was meinst du damit?«

»Du wärst nie mit irgendetwas davongekommen«, sagte er. »Du bist wirklich eine schrecklich schlechte Lügnerin.«

»Das ist Teil des Problems«, erwiderte sie und zog ihre Knie fester an sich.

Nick blinzelte. »Ich fürchte, ich kann dir nicht folgen.«

»Mein ganzes Leben lang habe ich genau das getan, was mir alle gesagt haben.« Sie spielte mit dem Bändel an ihrer Kapuze. »Meine Eltern. Meine Lehrer. So ziemlich jede Autoritätsperson, wirklich. Ich habe alle Regeln befolgt, ich bin nie aus der Reihe getanzt. Und jetzt, mit dir, ist es, als wäre ich eine ganz andere Person, und ich weiß nicht, wie es geht.«

Nick war still. Er hatte ihr immer nur helfen wollen. Der Gedanke, dass er die Ursache für einen tiefen inneren Konflikt war, schnürte ihm die Brust zusammen.

»Niemals in einer Million Jahren würde ich wollen, dass du auch nur eine einzige Sache tust, die du nicht tun willst.«

»Das ist es ja.« Sie sah ihn mit großen Augen an. »Ich *will* es, ich weiß nur nicht, wie. Ich bin nicht wie Tammy oder Linda. Ich weiß nicht, wie ich es hinbekomme, dass mir egal ist, was die Leute von mir denken.« Sie schüttelte den Kopf, die Tränen, die sich in ihren Augen gesammelt hatten, liefen ihr über die Wangen. »Ich finde es schrecklich, dass meine Eltern wütend auf mich sind, weil ich mitgefahren bin. Ich hasse es zu wissen, dass mein Vater denkt, ich würde mein Leben ruinieren. Früher war ich in der Lage, Aufgaben früher abzugeben und mehr Kurse zu belegen als alle anderen. Und jetzt kann ich mich die Hälfte der Zeit nicht einmal dazu bringen, meine Wäsche zusammenzulegen und wegzuräumen. Ich … ich fühle mich einfach so verloren.« Die rohe Verletzlichkeit in ihrer Stimme drohte Nick das Herz zu zerreißen. »Ich habe das Gefühl, dass ich alles kaputt mache, und ich weiß nicht, wie ich damit aufhören kann.«

Lark sah ihn mit Tränen in den Augen an und bat ihn um eine Antwort, die er nicht zu geben vermochte.

Er lehnte sich auf dem Bett zurück und drehte die Hüfte so, dass sie sich direkt ansahen. »An dem Tag, an dem mein Vater starb, hatten wir vor der Schule einen heftigen Streit.«

Larks Augen weiteten sich, sie zog die Mundwinkel nach unten.

»Wir hatten vereinbart, dass ich aufs Community College gehe und die ersten zwei Jahre dort absolviere. Weil meine Mutter dort arbeitete, waren die ersten zwei Jahre kostenlos«, erklärte er. »Ich habe ihnen nicht gesagt, dass ich mich an der NYU beworben hatte. Ich dachte ehrlich gesagt nicht, dass ich überhaupt angenommen werden würde.«

»Aber du wurdest?«, fragte sie.

»Ja«, sagte er. »Und in der Sekunde, als ich die Zusage erhielt, wusste ich, dass ich dorthin wollte. Doch ich wusste auch, dass meine Eltern sich das auf keinen Fall leisten konnten.«

Lark nickte.

»Also rief ich die Abteilung für finanzielle Unterstützung an der NYU an. Sie haben mir erklärt, wie man Stipendien und Studienkredite beantragt, und ich habe mir einen ganzen Plan ausgedacht. Ich habe sogar eine PowerPoint-Präsentation gemacht.« Er kicherte, als er sich daran erinnerte, wie akribisch er jede Folie zusammengestellt hatte. »Ich war so ein gottverdammter Nerd.«

Sie warf ihm ein ermutigendes halbes Lächeln zu.

»Am Abend vor dem Abgabetermin habe ich mich mit meinen Eltern zusammengesetzt und ihnen meinen Vortrag gehalten. Die Kostenanalyse. Den Beitrag, den ich von ihnen brauchte, damit es funktioniert. Mein Vater saß die ganze Zeit da und hat kein Wort gesagt. Als ich fertig war, sagte er, er hätte gedacht, dass ich ein Mädchen geschwängert hätte.«

Nick atmete tief durch und erlaubte sich, in diese Version von sich selbst zurückzusinken, um die Gefühle zuzulassen.

»Ich war so wütend«, fuhr er fort, sein Gesicht wurde heiß bei der Erinnerung. »Ich hatte mir so viel Mühe gegeben, ihn von der NYU zu überzeugen, und es hat nichts gebracht. Ich weiß noch, dass ich darüber nachgedacht habe, wie unfair das war. Ich war so frustriert, weil ich alles richtig gemacht hatte und ihn immer noch nicht überzeugen konnte. Er sagte, wenn ich mein zukünftiges Einkommen verpfänden wolle, sei das meine Sache, aber er hätte nicht die Absicht, für etwas zu bezahlen, das ich auch umsonst bekommen konnte.«

Jetzt war er an dem Punkt angelangt, an den er sich nur ungern erinnerte.

»Ich sagte, wenn meine Eltern mehr im Leben erreicht hätten als dieses mittelmäßige Vorstadtleben, müsste ich es gar nicht umsonst bekommen.«

Selbst jetzt spürte Nick, wie sich Scham und Bedauern in seinem Bauch sammelten.

Er war gekränkt gewesen. Wütend. Ein unreifer, hormongesteuerter Teenager mit widerstreitenden Trieben und zu wenig Verstand. Es war genau die Art von Bemerkung, die Zehntausende von anderen großmäuligen kleinen Scheißern ihren Eltern im Streit entgegenschleuderten. Die Art von Kommentar, über die Eltern sich später, wenn die Kinder erwachsen waren, amüsierten.

Aber aufgrund dessen, was als Nächstes geschah, hatten Nick und sein Vater diese Chance nie bekommen.

»Er hat mich auf seinem Weg zur Arbeit in die Schule gefahren. Die ganze Zeit habe ich im Kopf immer wieder die Diskussion wiederholt und mir noch viel klügere und verletzendere Argumente einfallen lassen.« Nick schüttelte den Kopf. »Ich war so in meinen rachsüchtigen inneren Monolog vertieft, dass ich das Auto nicht kommen sah.«

Nick erinnerte sich nur zu gut an das schreckliche Knirschen von Metall, das folgte, an sein Fahrrad, das vom Dachgepäckträger flog, und wie das Auto sich überschlug. An den nassen, kupfernen Geschmack von Blut in seinem Mund und den grellweißen Schmerz, der jeden Zentimeter seines Körpers durchdrang, als der Boden und der Himmel mehrmals den Platz wechselten.

»Kurz vor dem Aufprall riss mein Vater das Lenkrad so herum, dass das Auto auf seiner Seite aufschlug und nicht auf meiner. Es landete auf dem Kopf«, sagte Nick. »Zuerst waren wir beide noch bei Bewusstsein.«

Kaum hatte er diese Worte ausgesprochen, war er wieder dort, an diesem Ort.

Kopfüber im Auto hängend, fiel ihm das Atmen schwer. Sein Hals war zwischen der Kopfstütze und dem Fenster eingeklemmt, und seine Beine baumelten schlaff aus dem Sicherheitsgurt, der ihn an Ort und Stelle hielt. Nick sah zu seinem Vater, der neben ihm hing. Sie blickten sich in dieser völlig veränderten Situation an, und die Mischung aus Angst und Traurigkeit in dem zerschlagenen Gesicht seines Vaters war so intensiv gewesen, dass Nicks Herz schmerzte.

»Ich habe der Trauerbegleiterin später davon erzählt, und sie sagte etwas, das mir immer im Gedächtnis geblieben ist. Was ich in diesem Moment im Gesicht meines Vaters sah, war Liebe. Er hat mich so sehr geliebt.« Bei den letzten Worten zog sich seine Kehle zusammen. »Doch das einzige Vokabular, über das er verfügte, war, das verdammte Lenkrad herumzureißen.«

Lark schmiegte sich an ihn.

»Ich gebe nicht vor, alle Antworten zu kennen, aber ich weiß, dass man nie sagen kann, was ein anderer braucht. Solange also deine Eltern nicht wissen, was du brauchst, werden sie dir das geben, von dem *sie* glauben, dass du es brauchst. Sie werden dich sozusagen weiterhin mit Lenkrädern lieben.«

Als sie sprach, tat sie es mit einer Überzeugung, die ihn überraschte. »Ich brauche *dich,* Nick.«

Nick wich wie vom Donner gerührt zurück. In tausend Jahren hätte er nicht damit gerechnet, dass dies ihre nächsten Worte sein würden.

Lark nickte, ohne den Blick abzuwenden. »Ich brauche dich«, wiederholte sie mit Nachdruck. »Ich brauche dieses Gefühl, das ich nur habe, wenn ich bei dir bin.«

Sie sahen sich weiter an, und sie rückte noch näher.

Ihre Lippen lagen weich und warm auf seinen, etwas zögerlich, während sie sich im Schneidersitz gegenübersaßen. Nick wartete auf sie, gab ihr nur so viel Leidenschaft, wie sie ihm gab, er überließ es ihr, das Tempo zu bestimmen.

Was eine ziemliche Anstrengung darstellte, denn sie bewegte ihren samtigen Mund über seinem und liebkoste mit der Zungenspitze seine Lippen. Ihre Hände wanderten zu seinen Knien, als sie sich weiter vorbeugte. Sanft begann sie an seiner Unterlippe zu saugen, dann umfasste sie sein Kinn und küsste seine Wangenknochen und seinen Kiefer, bevor ihre Lippen über seinem Ohr schwebten.

»Warum berührst du mich nicht?«

Ihr warmer Atem löste einen Schauer in ihm aus. »Weil du mich noch nicht gebeten hast.«

Er spürte ihr Lächeln an seiner Wange. »Kannst du mich berühren, Nick?« Sie krallte die Finger in sein Haar, was ihm eine Gänsehaut über Kopfhaut und Arme jagte.

»Gerne.« Er beugte sich vor und zog sie auf seinen Schoß. Lark stöhnte leise an seinem Hals, als sie die Lippen öffnete, um an ihm zu knabbern und zu saugen. Sie ließ die Handflächen über seine Schultern gleiten, über seine nackte Brust, wo sie innehielt, als sie eine kleine weiße Narbe erreichte. Ihre Blicke trafen sich, als sie sie mit der Fingerspitze nachzeichnete. Obwohl das natürlich unmöglich war, hätte Nick schwören können, dass er ihre Berührung bis in seinen Rücken spüren konnte.

Mehr als einmal in seinem Leben hatte der Tod in der Luft gelegen und darauf gewartet, das Tageslicht zu rauben. In diesem Moment war Nick froh, dass es ihm nicht gelungen war. Er war froh, dass ihm, egal, wie lang oder kurz sein Leben sein würde, diese und die nächste Minute mit Lark in seinen Armen geschenkt worden war.

Sie zog ihren Kapuzenpulli aus und gleichzeitig auch ihr Schlafshirt.

Er legte die Hände auf ihre entblößten Brüste, nahm eine Brustwarze in den Mund und ließ die Zunge um die verhärtete Spitze kreisen. Lark stöhnte auf, ihr Körper schaukelte gegen seine Erektion und entlockte seiner Kehle ein leises Grollen. Zart strich er über ihren Körper, zeichnete ihre Rundungen und Vertiefungen nach, während er ihren Kiefer, ihren Hals und ihr Schlüsselbein küsste.

Er ließ die Finger ihren Rücken hinabwandern und dann um sie herum, um sie durch die Schlafshorts zu berühren. Als er durch den Stoff spürte, wie feucht sie war, konnte er sich kaum zurückhalten. Er wollte ihr noch näher sein, Haut an Haut, Wärme an Wärme, Herz an Herz.

Er packte ihre Hüften so fest, dass er die Knochen unter seinen Handflächen spüren konnte, und drehte sie beide, ohne den Kuss zu unterbrechen, auf die Seite. Dann drückte er das Knie zwischen ihre Beine, während er ihr die Shorts und seine Jeans auszog, bevor er kurz nach Luft schnappte.

Er küsste ihre Brüste, bewegte sich dann zwischen ihnen herab den Bauch hinunter bis zu dem smaragdgrünen Höschen, das ihn vorhin im Bus halb wahnsinnig gemacht hatte. Mit der flachen Zunge drückte er gegen den dünnen Stoff, ihr erdig warmer Duft machte ihn schwindelig vor Leidenschaft.

»Nicht so schnell«, sagte sie und zappelte, um an seinem Körper hinunterzurutschen.

Sein Bauch zog sich zusammen vor Verlangen, als ihm klar wurde, was sie vorhatte.

Sie hielt den Blick auf ihn gerichtet, während sie mit ihrer Zungenspitze die Kante seines Hüftknochens nachzeichnete. Dann folgten ihre schönen Hände ihrem Mund, und Nick sog den Atem ein, als sich ihre Finger um seine Härte legten. Langsam fuhr sie auf und ab, um dann mit den Lippen über seine geschwollene, empfindliche Spitze zu streichen.

Einmal.

Zweimal.

Sie reizte ihn. Quälte ihn. Dann teilte sie die Lippen, um die Eichel mit der Zunge zu umrunden und dann mit federleichten Strichen über die Unterseite zu gleiten.

»Fuck«, fluchte er, als sie ihn in die feuchte Hitze ihres Mundes zog und sich zu bewegen begann.

Seine Finger verhedderten sich in ihrem Haar, sein Atem ging in abgehackten Stößen. Mit geschlossenen Augen gab er sich dem Gefühl hin. Das sanfte Gleiten ihrer seidigen Zunge und ihrer heißen Lippen, die zarte Leidenschaft in ihren Händen. Er spannte die Wirbelsäule an und setzte sich auf, bevor er sich völlig verlor. Schnell hielt er ihre Hand fest.

»Warte, warte, warte, Baby.«

Als er sich wieder unter Kontrolle hatte, legte er sich auf das Kissen zurück.

»Komm her«, sagte er leise. Er setzte sie auf sich, schob ihr Höschen zur Seite und erkundete jeden Zentimeter ihres Körpers. Er hörte, wie sich ihr Atem beschleunigte, als er die Zunge gegen ihre geschwollene Klitoris drückte und sie umkreiste, bis sich Lark auf die Unterlippe biss. Sie krallte die Finger in sein Haar, um ihn festzuhalten, während sie sich gegen ihn wiegte.

Nick spürte eine Welle der Befriedigung über sich zusammenschlagen, weil sie auf diese Weise die Kontrolle übernahm. Sich von ihm holte, was sie brauchte. Er legte eine Hand in die Vertiefung ihres Rückens, mit der anderen glitt er über ihren angespannten Innenschenkel zu ihrem erhitzten Fleisch.

Fuck. Sie war klatschnass.

Ein Stöhnen entrang sich ihr, als er erst einen, dann zwei Finger in sie hineinschob. Er fand die Erhöhung entlang ihrer Innenwand und drückte sie leicht. Sie grub die Nägel in seine Kopfhaut, als sie sich heftiger gegen seinen Mund stemmte. Dann stieß sie einen markerschütternden Schrei aus und zog sich um seinen Finger zusammen, ihr ganzer Körper bebte. Nick hielt sie fest, während er jede einzelne Zuckung in sich aufsaugte.

Schließlich ließ er sie herabsinken, bis sie auf seinen Schenkeln saß, sein Gesicht fast auf gleicher Höhe mit ihrem. Schweiß schimmerte auf ihrer Stirn und ihren geröteten Wangen. Ihre Augen waren glasig und sinnlich wie ein heißer Sommertag. Ihre vor Lust schwachen Glieder lagen wie dahingegossen da. Nick wollte sie so zeichnen. Malen. Modellieren. Diesen Anblick verewigen, damit er sich immer an den Sommer erinnern konnte, in dem er Lark Hockney wieder zum Leben erweckt hatte.

»Ich will dich, Nick«, flüsterte sie, ihr Atem war heiß auf seinem Gesicht.

Nick legte seine Hand um ihr Kinn und fuhr mit dem Daumen über ihre Unterlippe. »Ich will dich auch.«

Dann griff er in den Nachttisch und holte die Kondome heraus, die er zuvor dort hineingelegt hatte.

Lark riss eine der Folienpackungen mit den Zähnen auf, ein Lächeln umspielte ihre Lippen, sie hob fragend eine Augenbraue.

»Hattest du das geplant?«

»Natürlich«, brachte er hervor, als sie ihm das Kondom überstreifte. »Ich wollte dich von dem Moment an, als du sagtest, ich solle mich verpissen, und dann mein Sporthandtuch ruiniert hast.«

»Ich habe nicht gesagt, dass du dich verpissen sollst.« Lark legte ihre Unterarme auf seine Schultern und fuhr mit einer Fingerspitze sein Ohr nach. »Und ich habe es nicht ruiniert. Ich habe es in einem viel besseren Zustand zurückgegeben, als ich es vorgefunden habe.«

»Ja, das hast du.« Nick legte die Hände unter ihre Oberschenkel, um sie über sich zu positionieren. »Ich werde es nie wieder ansehen können, ohne an dich zu denken.«

Er begegnete ihrem Blick, sie waren sich so nah, dass er die Wärme ihres Atems auf seinen Lippen spürte. Ihre Münder verschmolzen in purem Verlangen.

Lark drückte die Hüften nach vorne und führte ihn in sich ein, und er versenkte seine schmerzende, drängende Erektion in ihrer samtenen Hitze. Sie blieb einen Moment reglos, passte sich an und zog dann die Muskeln um ihn zusammen.

»Verdammt«, keuchte Nick und strich ihr Haar zurück.

Mit den Händen hinter sich auf seinen Schenkeln abgestützt, begann Lark sich zu bewegen. Zuerst langsam, damit er jeden Zentimeter spüren konnte, dann wurden ihre Bewegungen immer schneller.

Und dringlicher.

Obwohl er jedes verbliebene Quäntchen Beherrschung aufbringen musste, ließ er sie das Tempo bestimmen. Es erregte ihn so sehr, wenn sie kraftvoll nach unten stieß, dass er ihr am liebsten entgegenkommen wollte.

»Hör nicht auf«, stöhnte er, als er mit den Lippen eine heiße, feuchte Spur über ihr Schlüsselbein zog. »Bitte hör nicht auf.«

Sie bewegten sich rhythmisch, jedes Auf- und Abtauchen von rauem Stöhnen begleitet. Nick drückte eine Handfläche auf den harten Hügel ihres Schambeins und konnte spüren, wie er sich durch den Muskel und das Fleisch, das ihn umhüllte, in ihr bewegte.

»Fuck«, schluchzte sie.

Es war nicht das erste Mal, dass sie dieses Wort sagte, aber es in diesem Zusammenhang zu hören, ließ etwas in ihm aufbrechen. Er drückte den Daumen auf ihre Klitoris und ließ ihn darüberrollen, während er in sie eindrang und sie mit fast schon rücksichtsloser Hingabe ausfüllte. Er spürte, wie ihr Körper bebte, und hörte sie schreien, als sie in seinen Armen zu zittern begann.

»Du bringst mich dazu, zu kommen«, knurrte er.

»Dann komm.« Lark drückte die Stirn an seine, und ihre heiseren, rauen Worte wurden ihm zum Verhängnis. »Gib mir alles.«

Und dann konnte er nicht länger.

Er stöhnte und bettelte in einer Sprache, die kaum menschlich klang. Er stürzte sich in sie, sein Körper spannte sich an, ergab sich. Er stieß ein heftiges Brüllen aus, als er sich in heißen Wellen in sie ergoss und vollkommen entleerte. Die Luft zwischen ihnen war schwer von ihren gemeinsamen Düften und dem Schweiß, der sie von Kopf bis Fuß bedeckte. Sein Herz schlug wie wild gegen seine Brust.

Nick massierte ihren Rücken, ihren Nacken und ihre Schultern, während seine Erregung zu schwinden begann, immer noch in ihr vergraben. Er wollte für immer so bleiben, zwei Teile eines Ganzen, ohne Anfang und ohne Ende.

Lark verzog die Lippen zu einem verschmitzten Lächeln. »Das sollten wir wiederholen.«

»Ja«, sagte Nick und rollte sie auf der zerwühlten Matratze auf die Seite. »Das sollten wir auf jeden Fall.«

Wie oft noch?

Er schob den unwillkommenen Gedanken beiseite, nur damit er erneut aufkam und noch mehr Fragen nach sich zog.

Wie oft noch, bevor der Sommer zu Ende war? Wie oft noch, bevor er nach Manhattan zurückkehrte?

Denn egal, wie er sich in Bezug auf Marshall und Moonshot entscheiden würde, er *musste* nach Manhattan. In seine Wohnung. Zu seiner Arbeit. Zu dem Leben, das er sich dort aufgebaut hatte.

Und was dann?

Ich brauche dich, Nick.

Ich brauche dieses Gefühl, das ich nur habe, wenn ich bei dir bin.

Er hatte dieses Bedürfnis gefördert. Er hatte es gehegt und gepflegt, obwohl er wusste, dass seine Zeit in Spring Valley begrenzt war. Er hatte genau das getan, was er sich geschworen hatte, nicht zu tun. Nicht, um sein Ego zu befriedigen oder um sich abzulenken, sondern, weil er nicht anders *gekonnt* hatte. Nicht, als er Lark auf der Backsteinmauer vor dem Community College sitzen sah. Er hätte nicht *nicht* mit ihr reden können. Ihr Nachrichten schicken. Sie anrufen.

Sie küssen.

Er hatte sich nicht einmal davon abhalten können, ihr die Geschichte zu erzählen, die er bisher nur einer einzigen anderen lebenden Seele erzählt hatte: was an dem Tag geschehen war, an dem sein Vater starb.

Lark presste sich an ihn, ihr Körper suchte seine Wärme. Als sie einen Fuß auf seinen Fuß drückte, wurde es ihm schlagartig klar. Nick war nicht etwa dabei, sich in sie zu verlieben. Er hatte sich längst in sie verliebt.

Für ihn gab es kein Zurück mehr.

Elf

Lark erwachte zu Nicks gleichmäßigem Atem und dem schwachen Morgenlicht. Einen Moment lang lag sie still und genoss die Wärme seines Körpers, der bewies, dass die letzte Nacht kein Traum gewesen war.

Die Bettlaken hatten sich um ihrer beider Beine gewickelt. Aufgerissene Folienverpackungen und leere Wasserflaschen lagen auf dem Nachttisch. Ausrangierte Kleidung bedeckte den Boden. Kleine köstliche Schmerzen zeichneten eine Landkarte auf ihren Körper.

Sie rollte sich vorsichtig auf die Seite und blinzelte mit müden Augen, um Nick anzusehen. Er schlief noch immer fest, doch seine Arme schienen sie zum Bleiben aufzufordern.

Als ob sie nicht schon zu lange geblieben wäre.

Sie tastete auf dem Nachttisch nach ihrem Telefon und wischte über das Display. Der Akku war fast leer, außerdem zeigte es eine anklagende Menge von verpassten Anrufen. Alle waren von ihrer Mutter. Einmal gestern Abend um 23:43 Uhr. Zweimal heute Morgen um 6:30 Uhr und 7:15 Uhr. Keine Textnachricht.

Larks Herz setzte einen Schlag aus.

Irgendetwas stimmte nicht.

Sie legte ihr Handy wieder weg, ohne die Sprachnachrichten abzuhören, sprang aus dem Bett und zog sich an. Sie musste ihre Mutter zurückrufen, konnte es aber nicht hier in Nicks Zimmer tun.

»Hey.« Als sie seine sexy verschlafene Stimme hörte, wurde ihr das Herz schwer. »Wohin gehst du? Der Zimmerservice wird jeden Moment hier sein.«

»Ich muss zurück in mein Zimmer.« Ihre Stimme zitterte, obwohl sie sich bemühte, ruhig zu bleiben.

Nick setzte sich auf, seine schlaftrunkenen Züge zeigten eine Mischung aus Sorge und Überraschung.

»Was ist los?«, fragte er.

»Ich muss meine Mutter anrufen.«

Nick verzog den Mund zu einem Grinsen. »Ich habe mir sagen lassen, dass es inzwischen in allen Zimmern Handyempfang gibt.«

»Sie hat mich gestern Abend nach elf Uhr und heute Morgen zweimal angerufen«, erklärte Lark und zerrte den Kapuzenpullover über den Kopf. »Das würde sie nur tun, wenn etwas nicht stimmt.«

Die Heiterkeit verschwand aus seiner Miene. »Ein Grund mehr, dass du von hier aus anrufen solltest.«

Da hatte er recht.

»In Ordnung.« Sie wich seinem Blick aus. »Aber es macht mich verlegen, wenn Leute zuhören.«

Nick, der begriff, dass dies eine Bitte war, sich anderweitig zu beschäftigen, schlug die Decke zurück und schlurfte ins Bad.

Larks Hände begannen zu schwitzen, als sie den letzten verpassten Anruf ihrer Mutter wählte und zurückrief. Ihr Anruf wurde nach dem zweiten Klingeln angenommen.

»Gott sei Dank«, sagte ihre Mutter mit Erleichterung in der Stimme.

»Ist alles in Ordnung?«, fragte Lark.

»Na ja, ich war mir nicht sicher. Als du auf meine Gute-Nacht-Nachricht nicht geantwortet hast, dachte ich …«

»Du hast mich drei Mal angerufen, weil ich auf eine Gute-Nacht-Nachricht nicht geantwortet habe?«, fragte Lark.

»Ich hatte den ganzen Tag nichts von dir gehört.« Jetzt schwang sanfter Tadel in der Stimme ihrer Mutter mit. »So, wie du gestern Morgen gegangen bist …«

»Das war, weil du und Dad mir ein schlechtes Gewissen machen wolltet, weil ich einen Ausflug mit dem Kurs mache, für den *ihr* mich angemeldet habt.« Dass sie eher wegen des Kursleiters mitgefahren war als aus dem Wunsch heraus, ihren künstlerischen Horizont zu erweitern, war gerade zweitrangig.

»Ich war nur besorgt, Süße. Du bist zum ersten Mal seit deiner Rückkehr über Nacht nicht nach Hause gekommen, und auch wenn du dich in letzter Zeit mehr rausgetraut hast, ist es sicher immer noch schwierig für dich, unter so vielen Menschen zu sein.«

Nur, dass es das nicht war.

Obwohl sie viele Stunden auf engem Raum mit Menschen verbracht hatte, deren Persönlichkeiten groß genug waren, um einen ganzen Hörsaal zu füllen, war es ihr gut gegangen. Sie hatte sich sogar amüsiert. Bis Julias Bemerkung über Nicks frühere Beziehungen in eine besonders empfindliche Wunde gestochen hatte.

Die Menschen, mit denen sie in letzter Zeit die größten Schwierigkeiten hatte, zusammen zu sein, waren ihre Eltern.

Als sie noch so gut wie jeden gemieden hatte, war es leichter gewesen, diese Wahrheit zu ignorieren. Doch jetzt, wo sie in der Lage zu sein schien, soziale Interaktionen zu tolerieren, fiel ihrer Mutter diese Tatsache auf.

Die sie jetzt auf ihre eigene, passiv-indirekte Art zur Sprache brachte.

»Ich weiß deine Besorgnis zu schätzen, Mom, aber mir geht es gut.« Lark kniff sich in den Nasenrücken und stieß einen langen Atemzug aus.

»Bist du sicher, Liebling?«

»Ja«, antwortete sie und blickte auf, als Nick den Kopf aus dem Bad streckte. Sie gab ihm grünes Licht und grinste, als sie den Frotteebademantel bemerkte, der um seine schlanke Gestalt gewickelt war. Die Matratze senkte sich, als er sich hinter ihr niederließ.

Seltsam, wie beruhigend es war, ihn in ihrer Nähe zu haben.

»Ich bin sicher.«

Die Spannung schien sich etwas zu lösen. »Und, was hast du heute vor?«, fragte ihre Mutter. Im Hintergrund hörte Lark das vertraute Geräusch der Kaffeekanne, die auf die Warmhalteplatte geschoben wurde.

»Wir gehen ins Baltimore Museum of Art«, antwortete Lark.

Nick schob die Hand unter ihren Kapuzenpulli und legte sie auf ihren Rücken.

»Dann essen wir in einem Café mit Edgar-Allan-Poe-Thema zu Mittag.«

Seine Hand glitt zu ihren Rippen.

»Na, das klingt doch gut.« Ein Löffel klickte gegen eine Kaffeetasse. »Und heute Nachmittag?«

Nick liebkoste die empfindliche Haut direkt unter ihrem Ohr, die Stoppeln an seinem Kiefer ließen sie zusammenzucken, als seine Lippen ihr Ohrläppchen streiften.

»Hm, vielleicht gehen wir ins Walters Museum. Oder, *aaah* …«, sagte sie, als Nicks Daumen über ihre Brustwarze strich. »The American Visionary.«

»Das klingt nach einem sehr ausgefüllten Tag.« Sie hörte, wie ihre Mutter leise den Kaffee schlürfte.

Nick legte eine Hand in ihren Nacken und drehte ihr Gesicht in Richtung des Spiegels am Ende des Bettes. Er kniete sich hinter sie und zog den Saum ihres Kapuzenpullis hoch, bis sie ihre eigenen nackten Brüste sehen konnte und wie seine Fingerspitzen träge Kreise über die bereits versteiften Spitzen malten. »Oh, genau so«, seufzte Lark, der langsam die Worte und der Atem fehlten. »Genauso ist es.«

»Bist du *sicher,* dass es dir gut geht?«, fragte ihre Mutter. »Du klingst ein bisschen … seltsam.«

»Tut mir leid.« Sie biss sich auf die Unterlippe und beobachtete, wie Nicks Hand über ihren Bauch in ihre Shorts wanderte. »Ich bin nur etwas … müde.« Sie ließ den Kopf nach hinten an seine Schulter sinken, als er begann, mit ihr zu spielen.

»Vielleicht kannst du ja nach dem Mittagessen ein Nickerchen machen«, schlug ihre Mutter vor.

»Gute Idee«, stimmte Lark zu. »Hey, Mom, ich lege jetzt besser auf. Ich muss mich bald mit meiner Gruppe unten treffen.«

»Okay, Schatz. Ich wünsche dir viel Spaß heute. Und lass es einfach langsam angehen, okay? Wenn du dich überfordert fühlst, ist es in Ordnung, dich zurückzuziehen und eine Pause einzulegen.«

»Das werde ich«, stimmte Lark ein wenig zu schnell zu.

Die Pause ihrer Mutter schien eine Ewigkeit zu dauern. »Ich liebe dich, Lark.«

»Ich liebe dich auch.«

Lark beendete das Gespräch und ließ das Telefon aufs Bett fallen.

»Ist alles in Ordnung?« Nicks beiläufige Frage hatte die gleiche seltsam erotische Wirkung auf sie, wie ein Telefonat zu führen, während er sie berührte.

Sie nickte. »Nur der übliche überfürsorgliche Mutterkram. Das ist mein erster Ausflug mit Übernachtung seit dem *Vorfall.*«

»Außer, als du bei mir warst.« Nick drückte sie sanft auf die Knie, zog ihr den Kapuzenpullover über den Kopf und warf ihn zur Seite.

»Das stimmt«, sagte sie. Hinter sich greifend, schob Lark eine Hand in den Bademantel und stellte fest, dass Nick bereits hart war. »Aber ich bin mir sicher, dass in diesem Zimmer schon viel passiert ist.«

Nicks Lachen vibrierte in ihrem Rücken. »Du warst die Erste.«

Sie warf ihm einen Blick über die Schulter zu, da sie sich nicht damit zufriedengab, seinen Augen im Spiegel zu begegnen.

»Ich habe meine Jungfräulichkeit erst im College verloren«, berichtete er.

»Wer war deine Erste?« Lark wusste nicht einmal, warum sie diese Frage stellte. Nur, dass es ihr wichtig erschien.

»Eine Lehrassistentin in meinem Erstsemester«, berichtete Nick. »Was ist mit dir?«

»Reese war mein Erster.« Der Name ging ihr leicht über die Lippen, obwohl es ihr vorkam, als hätte sie seit Jahren nicht mehr an ihn gedacht. »Junior Year. Wir waren schon seit der zehnten Klasse zusammen. Meine Eltern vertrauten ihm so sehr, dass er bei uns wohnen durfte, als sie zu einer Gynäkologenkonferenz fuhren.«

»Ha«, sagte Nick.

»Er hatte die ganze Sache geplant. Rosenblätter, Kerzen, sanfte Musik von seinem iPad, damit sein Telefon frei ist, falls jemand anruft. Er hat mir sogar vorher ein Bad eingelassen.«

Sie konnte sich noch an den Dampf erinnern, der aus dem Wasser der Wanne aufstieg. An die rosafarbenen Rosenblüten, die am Rand verstreut waren. An den Lavendelduft des Badesalzes, der ihr beim Entspannen half – denn sie hatte Entspannung gebraucht. In den Tagen vor diesem Datum, das sie beide in ihren iPhone-Kalendern markiert hatten, war er besonders geduldig mit ihr gewesen. Besonders zärtlich. Er hatte ihr versichert, dass alles in Ordnung sein würde. Weil sie eine Beruhigung *gebraucht* hatte.

»Das klingt fast zu perfekt.«

Lark erstarrte.

Zu perfekt.

Zu. Perfekt.

Die Worte lösten plötzlich eine Flut von Erinnerungen aus.

Reeses Antrag.

Lark in einem Kleid, das perfekt zu seinem Anzug passte. Das perfekte Wetter, warm und sonnig mit einer leichten Brise. Der perfekte Tisch im Restaurant des Country Clubs. Seine perfekt zusammengestellte Liste von Überraschungsgästen, darunter ihre engsten Familienangehörigen und Freunde, die er ohne ihr Wissen eingeladen hatte, damit sie an diesem perfekten Moment teilhaben konnten. Ihre Handys waren alle auf sie gerichtet, als er seinen perfekten Toast auf ihre perfekten Eltern aussprach und ihnen dafür dankte, dass sie eine so erstaunliche Tochter großgezogen hatten.

Ich könnte auf der ganzen Welt suchen und nie eine Frau finden, die so perfekt für mich ist.

Perfekt für *mich*.

Der perfekte Verlobungsring steckte an ihrem Finger, noch bevor sie ihre Antwort gegeben hatte. Und natürlich hatte er perfekt gepasst, obwohl sie ihn nicht gemeinsam ausgesucht hatten. Der triumphierende Ausdruck auf Reeses schönem Gesicht, als alle zu applaudieren begannen. Wie er ihre Sprachlosigkeit mit Ehrfurcht verwechselt hatte, als sie den riesigen Diamanten angestarrt hatte.

Er ist makellos, hatte er ihr zugeflüstert. *So wie du.*

Lark spürte, wie sich ihre Kehle genau wie damals zuschnürte. Ihr Herz schlug gegen die Rippen. Ein rauer, trockener Laut entrang sich ihrer Kehle. Erst als die Tränen kamen, erkannte sie, dass es ein Schluchzen war.

Eine Flut. Ein Sturzbach. Als ob jedes einzelne Gefühl, das die Depression in den letzten Monaten zurückgehalten hatte, auf einmal hochkäme und sich in einem heißen, salzigen Strom aus ihren Augen ergoss. Tränen der Frustration. Tränen der Demütigung.

Der Scham. Der Wut. Des Schmerzes. Der Angst. Tränen, die überhaupt nichts mit Reese zu tun hatten. Kleine Wunden. Tiefe Brunnen der Traurigkeit, eine Einsamkeit, die sie mit unerbittlicher Leistung ausgefüllt hatte. Überschüttet mit Auszeichnungen und Ehrungen. Denn hätte sie jemals jemanden nahe genug an sich herangelassen, um sie wirklich zu *sehen,* dann hätte er die Wahrheit herausgefunden.

Dass sie ganz und gar nicht perfekt war.

»Hey.« Nick legte jetzt die Hände auf ihre Schultern, während sie sich vorbeugte und das Gesicht in den Händen vergrub. Ein einziges Knäuel aus Kummer. Sie spürte, wie sich das Bett unter ihr bewegte, als er die Position wechselte, seine Hand landete zwischen ihren Schulterblättern, die Matratze zitterte unter ihrem heftigen Schluchzen.

Er sagte nichts. Als sich der Sturm der Trauer zu einer kleinen Böe beruhigt hatte, legte er sich auf die Seite neben sie. »Komm her«, flüsterte er.

Zuerst konnte sie sich nur auf die Seite rollen, mit dem Rücken an seiner Brust, die Knie immer noch an ihr Herz gepresst, lag sie in seinen starken Armen. Doch langsam, als die Wärme seines Körpers in ihre Knochen sickerte, begann sie sich zu entspannen. Die Muskeln in ihrem Nacken, ihrem Rücken und ihren Schultern lockerten sich, bis sie mit ihm verschmolz. Er hielt sie fest, einen Arm unter ihrem Kopf als Kissen. Sein Atem war ein gleichmäßiger, beruhigender Rhythmus in ihrem Haar.

Sie mussten eingeschlafen sein, denn als Lark das nächste Mal die Augen öffnete, war das Sonnenlicht noch weiter über den Boden gekrochen. Die Chesapeake Bay funkelte saphirblau hinter den Fenstern, der Himmel war mit Wolken übersät.

Nick rührte sich hinter ihr. »Scheiße, wie spät ist es?«

Lark warf einen Blick auf die Nachttischuhr. »Fast halb neun«, sagte sie und streckte die Beine aus, um ihren Körper zu dehnen.

Dabei spürte sie eine vertraute Härte, die sich gegen ihren Rücken drückte. Ihr Körper reagierte automatisch. Eine warme Röte kroch über ihren Hals und breitete sich in ihrer Brust aus. Ihr Atem ging tiefer, sie schob die Hüften nach hinten gegen ihn.

Bei seinem schlaftrunkenen Brummen bekam sie eine Gänsehaut, ihre Brustwarzen wurden hart und drückten sich gegen seinen Unterarm. »Wir haben nur eine Stunde«, flüsterte er und strich ihr über den Bund ihrer Shorts.

In ihrem Leben vorher – vor dem Zusammenbruch – hätte Larks Vorbereitungsprozess spätestens um sieben Uhr begonnen. Aber was auch immer vorhin aus ihr herausgebrochen war, es hatte Platz für ein Verlangen geschaffen, das tiefer und begehrlicher war, als sie es je gekannt hatte.

Und es würde sie teuer zu stehen kommen.

Vielleicht musste sie sogar komplette Schritte ihres Prozesses auslassen und nach ihren bisherigen Maßstäben später unperfekt unter die Leute treten. Das war Lark klar.

Aber sie begehrte Nick mehr.

Sie umfasste die Hand, die auf ihrer Hüfte ruhte, und schob sie zwischen ihre Schenkel, wo sich bereits die Feuchtigkeit sammelte.

»Shit.« Seine Stimme war heiser vor Verlangen und Schlaf, die Worte strichen über ihr Ohr. »Gott, Baby. Du bist schon so feucht.«

Sie stöhnte auf, als er sie mit seinen Fingern teilte und die empfindliche Stelle fand, die ihre Hüften zum Zittern brachte und ihr Inneres mit Hitze überflutete.

»Du *machst* mich feucht.«

In all den Jahren mit Reese waren ihr solche Worte nie in den Sinn, geschweige denn über die Lippen gekommen. Nicks Fingerspitzen kitzelten an ihrer Hüfte. »Lass mich schnell etwas holen.«

Lark griff nach seinem Handgelenk. Sosehr sie sich danach

sehnte, ihn in sich zu spüren, so wenig konnte sie den Gedanken ertragen, dass sein Körper sich von ihrem löste.

»Ich habe eine Idee«, sagte sie. Sie griff nach hinten, fand seine harte Erektion und drückte ihn zwischen ihre Schenkel – dagegen, ohne ihn in sich aufzunehmen. »Ich will, dass du …« Sie zögerte, konnte sich nicht dazu durchringen, die Worte auszusprechen, die sie dachte. »… auf mir kommst.«

Dem Geräusch nach zu urteilen, das Nick von sich gab, war selbst die weniger anschauliche Version Anreiz genug.

Er begann sich zu bewegen.

Larks Puls raste, als seine Finger ihren Eingang neckten und sich dann zurückzogen, dann tiefer drangen, während er zugleich ihre Klitoris liebkoste.

Sie konnte nicht mehr klar denken, konnte nichts anderes tun, als sich seiner Berührung hinzugeben und sich fallen zu lassen. Sie hob die Arme über den Kopf und vergrub die Hände in seinem Haar, während er langsam gegen sie stieß. Sie war so nah dran, ihr Innerstes krampfte sich bereits in flatternden Wellen zusammen, als er sich zurückzog.

»Bitte lass mich ein Kondom holen, Baby«, murmelte er an ihrem Ohr, während er mit den Fingern über ihre Mitte strich. »Ich muss in dir sein.«

In diesem Moment hätte er sie bitten können, nach Hause zu schwimmen, und sie hätte zugestimmt.

»Hol es.«

Nick sprang vom Bett auf, schnappte sich eine Packung und riss sie mit den Zähnen auf. Sie sah zu, wie er das Kondom aufrollte, ihr Blick wanderte über seine breiten Schultern, seine blasse, sommersprossige Brust, die kantigen Brust- und Bauchmuskeln hinunter bis zu der Stelle, wo die Erektion von seinem Körper ragte. Sie wollte ihn anfassen, wollte ihn schmecken, aber sie konnte nur daliegen und ihn anstarren.

Er drehte sie mit dem Gesicht nach unten auf die Matratze, bevor er ihr die Shorts und das Höschen bis zu den Kniekehlen herunterzog.

»So«, sagte er, drückte ihre Schenkel zusammen und hob ihre Hüften nach oben.

Nick spreizte sie von hinten, ein Fuß auf dem Boden neben dem Bett, das andere Knie neben ihrer Hüfte platziert. Er hob ihr Handgelenk, löste das Haargummi und band ihr Haar mit überraschender Geschicklichkeit zu einem hohen Pferdeschwanz zusammen. Er strich mit den Fingern über ihr Haar, bevor er es zweimal um seine Faust wickelte und ihr Gesicht so drehte, dass sie alles im Spiegel betrachten konnte.

Lark hatte sich gerade wieder etwas gefangen, als die Spitze seiner Erektion in sie glitt. Dort verharrte er, zog sich dann ganz zurück, nur um dasselbe noch einmal zu tun.

Im Spiegel sah sie, wie seine Unterlippe zwischen den Zähnen verschwand und eine Konzentrationsfalte zwischen seinen dunklen Brauen erschien. Die hektische Röte kehrte auf seine Wangen zurück, während sich seine Bauchmuskeln durch die Anstrengung seiner langsamen, neckenden Stöße anspannten.

Lark zappelte ungeduldig. Sie wollte, *musste* ihn so tief spüren, wie es nur ging.

»Bitte«, flehte sie.

»Bitte *was?*« Wilde, animalische Energie schien seine Züge zu durchfluten, als er ihr im Spiegel in die Augen sah, und doch fühlte sie sich in seinem Bann völlig sicher.

»Bitte.« Sie schluckte. »Bitte fick mich, Nick.«

Seine Finger griffen sanft nach ihrer Kehle, als sich sein Rückgrat krümmte und er sie mit einem tiefen Stoß vollständig ausfüllte.

Sie stieß eine Mischung aus Schluchzen und Schreien aus.

»Das will ich von dir für immer hören.«

Er verlagerte sein Gewicht nach vorne, die Stöße kamen schneller, tiefer, und sie war sich sicher, dass ihr Körper unter der Intensität der Lust zerbrechen würde.

Nick ließ ihren Hals los, er presste die Handflächen an ihre Fingerknöchel, während er sich mit einem verzweifelten, treibenden Verlangen in ihr bewegte. Sein Mund war heiß und feucht zwischen ihren Schulterblättern, seine rauen Bartstoppeln kratzten an ihrem Nacken, bevor er ihn mit seiner Zunge und seinen Zähnen sanft liebkoste.

Lark spürte, wie sich ihre Erregung in die Höhe schraubte. Sie drückte das Gesicht in die Decke und wölbte ihren unteren Rücken, um ihn noch tiefer aufzunehmen. Damit er an die Stelle kam, die er in der Nacht zuvor wie einen Weihnachtsbaum zum Leuchten gebracht hatte.

»Oh, scheiße«, stieß er unter rauen Atemstößen hervor. »Du fühlst dich so. Verdammt. Gut. An.«

Er verband jedes Wort mit einem Stoß, der sie immer weiter in Richtung des Abgrundes trieb.

Nick war direkt bei ihr, seine Worte verschmolzen zu einem dringenden, ungefilterten, ungezügelten Stöhnen, während sich sein Griff um ihre Hände verstärkte.

Ihr ganzer Körper war von weiblichem Stolz durchdrungen, als sie die Geräusche seiner Lust hörte. Noch nie hatte sie erlebt, dass es so sinnlich sein konnte, einen Mann in diesem Zustand zu hören. Wellen der Verzückung bauten sich auf, verknoteten sich, bis sie schließlich in einen Orgasmus gipfelten, der so intensiv war, dass sie schwor, die Zeit sei stehen geblieben. Ihr Körper krampfte sich unter seinem Gewicht zusammen, während sie auf den Wellen ritt. Seine Stöße wurden unregelmäßig, unterbrochen von einem tiefen Stöhnen, das durch ihren Körper vibrierte, als er sich zurückzog, das Kondom abstreifte und sich in warmen Stößen auf ihren Rücken ergoss.

Er sackte auf ihr zusammen, keuchend wie ein Mann, der gerade einen Marathon gelaufen war.

Sie lagen zusammen, die Körper immer noch vereint, schwer atmend und mit schweißnasser Haut.

Nick löste sich von ihr und ließ sich auf den Rücken fallen, während sein Atem langsamer wurde. Lark öffnete die Augen und sah, dass er sie mit purer Bewunderung in den Augen anschaute.

Es gab keine Worte.

Schlaff und schwer rollte Lark sich auf die Seite. Die leuchtenden Zahlen der Uhr zeigten eine völlig unmögliche Uhrzeit von 8:43 Uhr an.

»Shit«, sagte sie, stürzte aus dem Bett und zog sich eilig ihre Klamotten an. »Wir müssen in einer halben Stunde in der Lobby sein.« Sie hätte Glück, wenn sie überhaupt noch duschen konnte, geschweige denn sich schminken oder sich um ihre Haare kümmern.

»Bis gleich.« Nick zog sie zu einem Kuss heran, bevor er ihr auf den Hintern klopfte, als sie aus der Tür eilte.

*

Lark flog geradezu durch ihre Morgenroutine, huschte in Rekordzeit von der Dusche zum Spiegel. Als sie die roten Flecken auf Brust und Hals bemerkte, war sie froh, dass sie ein leichtes, ärmelloses Kleid mit einem hochgeschlossenen Spitzenkragen und langem Rock eingepackt hatte. Nachdem sie ihr Haar zu einem eleganten Dutt frisiert hatte, blieb ihr noch Zeit, um Mascara und Lipgloss aufzutragen.

Rouge würde sie vielleicht nie wieder brauchen.

In letzter Minute schlüpfte sie in ihre Sandalen, schnappte sich ihre Handtasche und war dann im Handumdrehen aus der Tür und im Aufzug.

Vielleicht war es die Macht der Suggestion, aber als sie in die Lobby trat, schien es ihr, als trüge sie ein blinkendes *Ich-hatte-*

gerade-den-besten-Sex-aller-Zeiten-Schild. Mit großer Anstrengung gelang es ihr, trotz der Schmerzen in den Oberschenkeln wie ein normaler Mensch zu gehen.

Sie kam als Letzte an und konnte Nick, der zwischen Tammy und seiner Mutter auf einer Bank in der Lobby saß, nicht in die Augen sehen. Die beiden Frauen sahen aus, als hätten sie ihr Outfit aufeinander abgestimmt, denn sie waren in knallige Blusen und Caprihosen gekleidet. Linda saß auf der Bank gegenüber, in ein Gespräch mit David vertieft, dessen Ohren so rot waren, wie Lark sie noch nie zuvor gesehen hatte.

Interessant.

Tammy entdeckte Lark zuerst, ihre Lippen verzogen sich zu einem Lächeln. »Wenn du mal nicht hübsch aussiehst«, rief sie. Leichte Beunruhigung stieg in ihr auf, als Tammy die blauen Augen zusammenkniff. »Irgendetwas ist anders.«

Larks Wangen wurden heiß und noch röter. »Ich, äh, habe verschlafen und hatte nicht viel Zeit, mich zu schminken.«

»Nein.« Tammy tippte sich ans Kinn. »Das ist es nicht.« Nachdem sie sich erst zur einen und dann zur anderen Seite gelehnt hatte, um Larks Gesicht zu studieren, hob sie die Augenbrauen und drohte ihr mit einem Finger. »Schäm dich, dass du versuchst, uns das vorzuenthalten. Ich weiß genau, was anders ist.«

Sieh Nick nicht an.

Sieh Nick NICHT an.

Sie sah Nick an.

»Während der Rest von uns in der Stadt Karaoke gesungen hat, hast *du* dein Gesicht verwöhnen lassen.«

Nick, der gerade einen Schluck von seinem Eiskaffee trank, hustete, und seine Mutter klopfte ihm auf die Schulter.

»Schuldig«, antwortete Lark und spürte, wie sich das Wort in ihre Seele einbrannte.

Tammy legte einen Arm um sie und lenkte sie in Richtung Ausgang, wo zwei Hotelangestellte sofort die Türen für sie aufrissen. »Erzähl mir alles. Wer war deine Kosmetikerin? Welche Behandlung genau hast du gebucht? Gibt es einen Rabatt für Freunde und Familie? Denn was immer dich so strahlen lässt, ich brauche fünf davon.«

Unter dem Vorwand, ihre Schultern zu drehen, damit beide gleichzeitig durch die Tür passten, blickte sie zu Nick hinüber und sah, dass er den Mund zu einem verruchten Grinsen verzog, das nicht gerade dafür sorgte, dass die Röte in ihrem Gesicht weniger wurde.

Der Partybus wartete auf der Parkspur, und alle stiegen ein. Die Fahrt zum Baltimore Museum of Art war kurz – und wurde durch Tammys Stream-of-Consciousness-Geplapper untermalt. Sie liefen die Marmortreppe hinauf, die zu dem klassisch griechischen Bau mit seinen hohen, geriffelten Säulen und Bögen führte. Ihre Stimmen hallten in der hohen Eingangshalle wider, aus deren Oberlichtern blasses, milchiges Licht strömte.

Julia bezahlte die Eintrittskarten, indem sie stolz ihre College-Kreditkarte hinlegte. »Ich bin mir sicher, dass dies in das Budget der geisteswissenschaftlichen Abteilung für Öffentlichkeitsarbeit fällt.« Sie zwinkerte Tammy zu.

Jeder von ihnen bekam einen Besucheraufkleber und einen Plan ausgehändigt.

»Und wie machen wir das jetzt?«, fragte Julia, die sich selbst zur Organisatorin der Reise auserkoren hatte. »Zusammenbleiben oder sich zu einer bestimmten Zeit wieder treffen oder …«

»Ich finde, wir sollten alle zusammen gehen«, meinte Tammy. »Ich habe das Gefühl, dass ich bisher kaum Zeit mit Miss Lark hier verbringen konnte. Außerdem brauchen wir unsere beiden Experten, damit sie uns alles über die Stücke erzählen können.« Sie deutete auf Julia und Nick.

»Ich unterstütze den Antrag.« Linda hob eine Hand.

»Sind alle dafür?«, fragte Nick.

»Ja«, antworteten alle.

»Also gut«, sagte Julia. »Wo fangen wir an?«

»Modern?«, schlug Lark hoffnungsvoll vor. »Es gibt eine sehr große Matisse-Sammlung«, fügte sie hinzu, um ihren Vorschlag zu versüßen.

»Dann also modern«, entschied Nick.

Sie konsultierten den Plan und machten sich auf den Weg.

Lark bemerkte, dass Nick sich am Ende der Gruppe aufhielt, und bemühte sich, ebenfalls langsamer zu werden. Als alle an ihnen vorbeigegangen waren, beugte sich Nick schnell vor und küsste ihren entblößten Nacken.

»Das wollte ich schon tun, seit du aus dem Aufzug gestiegen bist«, flüsterte er ihr ins Ohr.

Die feinen Härchen auf ihren Armen stellten sich auf, sie erschauderte. »Sir«, sagte sie mit gespielter Empörung. »Wir befinden uns in einem höchst kulturellen Gebäude.« Und dann, etwas leiser: »Außerdem habe ich unter diesem Kleid einen trägerlosen BH an, der nicht genug gepolstert ist, um meine harten Brustwarzen zu verbergen, also wäre ich dankbar, wenn du deine Arme, Hände und andere Anhängsel bei dir behalten würdest.«

Nick ging einen Schritt hinter sie, ergriff ihr Handgelenk und zog ihre Hand nach hinten, um sie gegen seine Jeans zu pressen. Ihre Augen weiteten sich, als sie feststellte, dass er schon fast komplett hart war.

»Versuch mal, das zu verbergen«, sagte er heiser.

»Du wirst dich einfach sehr für die Statuen interessieren müssen.« Lark fächelte sich mit ihrer Broschüre Luft zu. »Hinter denen kannst du dich verstecken, bis sich die Situation gelöst hat.«

»Die Situation wird sich nicht von selbst lösen, solange du dich im Umkreis von zwanzig Meilen aufhältst.« Nick ließ ihre Hand los, als sie hinter der Gruppe in die Galerie einbogen.

Sie bahnten sich ihren Weg durch die Ausstellung der prominentesten Maler. Van Gogh, den Julia als »überbewertet« bezeichnete. Chagall, den sie als »irgendwie knallig« einstufte. Gauguin, den sie gar nicht ansehen wollte, »weil er ein syphilitischer Mistkerl ist«. Und schließlich Matisse.

Umgehend entdeckte Lark ihr Lieblingsbild und hielt auf es zu.

Lila Gewand und Anemonen.

Lark starrte die Frau in der Mitte der Komposition an, die lässig auf einem Sofa vor einem Tisch mit einer Explosion von roten, weißen und violetten Blüten saß. Ihr Gesichtsausdruck wirkte so gelassen trotz des Hintergrunds aus leuchtendem Senfgelb mit dicken roten Streifen auf der einen Seite und dichtem Grau voller blasser Wellen auf der anderen. Ein Aufruhr von Mustern und Bewegungen und doch so unglaublich … ruhig.

Ein Zustand, der nicht von Dauer sein sollte.

»Ich schätze, seine Mama hat ihm nie gesagt, dass Tupfen und Streifen nicht zusammenpassen«, sagte Tammy, die an ihrer Seite auftauchte.

»Wohl nicht.« Lark zwang sich zu einem Lachen.

»Du hast gestern Abend wirklich etwas verpasst. Karaoke war eine sehr aufschlussreiche Erfahrung.«

»Wie das?«

Tammys Wimpern senkten sich, sie schaute nach beiden Seiten, um sicherzustellen, dass sie allein waren. »Sagen wir einfach, ich habe eine sehr interessante Information über einen bestimmten Kunstlehrer erhalten.«

Larks Herz schlug schneller. »Und die wäre?«

»Nun, es scheint, dass dieser Ausflug ein letztes Abenteuer ist. Er wird eher früher als später nach Manhattan zurückkehren.«

»Oh?« Sie stieß diese einzelne Silbe durch eine schnell trocken werdende Kehle aus.

»Ja, in der Tat. Sein Partner, dieses Arschloch, setzt ihm wegen eines großen Investors die Daumenschrauben an.«

»Hmm.« Lark hörte zu diesem Zeitpunkt nur noch halb zu. Ihr Gesicht fühlte sich an wie eine gefühllose, flache Steinplatte, die auf die Vorderseite ihres Schädels geklebt war. Sie wusste, dass es lächerlich war, gekränkt zu sein, weil Tammy Dinge über Nicks Zukunftspläne wusste, die bisher nicht zur Sprache gekommen waren.

Was sie ja nicht überraschen sollte.

Sie hatte ihn gestern Abend erst abblitzen lassen, war dann vor seiner Tür aufgetaucht, um sich mit ihrem Trauma-Gelaber bei ihm auszukotzen, gefolgt von einer Bonusrunde morgendlicher Mami-Problemchen. Sie hatte nicht einmal daran gedacht, ihn zu fragen, was ihn im Bus so genervt hatte.

Außerdem hatten sie keine Pläne gemacht.

Keine Versprechen.

Warum also löste der Gedanke seiner Abreise umgehend in ihr diese verzehrende Furcht aus?

Zum ersten Mal in ihrem Leben wünschte sie sich, die Antwort wäre nicht so leicht zu finden.

Ohne ihn wäre ihr Sommer genau so verlaufen wie ihr Frühling. Graue, erstickende Gleichförmigkeit. Und was sollte sie davor bewahren, wieder in diesen allgegenwärtigen Nebel abzugleiten, wenn er erst einmal weg war? Bestätigte die Panik, die sie gerade empfand, nicht ihre schlimmsten Befürchtungen?

Lark hatte es nicht geschafft, irgendetwas zu heilen. Sie war nicht stärker oder mutiger geworden. Sie hatte nicht gelernt, ihre Unvollkommenheiten zu akzeptieren. Sie hatte sich nur von deren Existenz abgelenkt, sich kopfüber in diese Verliebtheit gestürzt.

Sie heilte nicht. Sie versteckte sich.

Diesmal nur hinter einer anderen Person statt im Keller ihrer Eltern.

Ihr Vater hatte die ganze Zeit recht gehabt.

»Geht es dir gut, Liebling? Du siehst weißer aus als Magermilch.« Tammys Stimme schien vom anderen Ende eines sehr langen Tunnels zu kommen.

Lark schluckte schwer wegen der Übelkeit, die ihren Mund mit Speichel füllte. Die Texturen des Gemäldes vor ihr zuckten und wirbelten.

»Ich glaube, ich muss mich hinsetzen«, sagte sie.

Nick hatte ihren Zustand wohl bemerkt, denn er kam herbeigeeilt und legte ihr eine Hand auf den Rücken. »Geht es dir gut?«, fragte er leise, während er ihren Blick suchte.

»Mhm.« Sie nickte, stieß sich von ihm ab und zwang sich zu einem Lächeln. »Ich glaube, ich bin nur unterzuckert.«

Nick beäugte sie skeptisch, trat aber einen Schritt zurück, als sich die Gruppe in Bewegung setzte: »Hast du heute Morgen etwas gefrühstückt?«

Nachdem du mein Zimmer verlassen hast, war der Teil der Frage, den er nicht aussprach.

Sie schüttelte den Kopf. »Ich hatte keine Zeit.«

»Tja, da haben wir das Problem.« Julia kam bereits zu ihnen hinüber und wühlte dabei in ihrer riesigen Umhängetasche. Sie setzte sich neben Lark und begann, den Inhalt handvollweise zu entleeren. Taschentücher, Stifte, Lippenstifte, Quittungen, Kaugummi, Hustenbonbons, Minzbonbons, Fleckenentferner, Pflaster, Taschentücher.

»Ha!« Triumphierend hielt sie einen Snickers-Riegel hoch. »Für Notfälle habe ich immer einen dabei.« Das Geräusch, das sie beim Auspacken machte, war in der kühlen, gedämpften Atmosphäre der Galerie besonders laut und lockte einen uniformierten Sicherheitsbeamten an.

»Ma'am«, sagte er. »Ich fürchte, Sie können das hier nicht essen.«

»Ich werde es auch nicht essen«, sagte Julia und reichte Lark den Schokoriegel. »Sondern sie.«

»Sie darf ihn auch nicht essen. Kein Essen oder Trinken in den Ausstellungsräumen.« Mit steifem Finger deutete er auf eine Wandtafel, auf der ein Hamburger und ein Limobecher in dem ikonischen Kreis mit Schrägstrich eingeklemmt waren.

Julia kniff die Augen zusammen. »Ich habe zufällig in dieser netten kleinen Broschüre hier gesehen, dass in diesem Museum regelmäßig Veranstaltungen abgehalten werden. Ist das richtig?«

Die Lippen des Wachmanns verzogen sich zu einem schmalen Strich. »Ich wüsste nicht, wie das …«

»Wenn Sie sich dieses kleine Foto hier ansehen«, sagte sie und klappte die Broschüre auf, »sieht es so aus, als ob die Dame in dem knalligen Overall nicht nur ein Glas Rotwein trinkt, sondern auch einen Aperitif von diesem jungen Mann mit dem silbernen Tablett angeboten bekommt.«

»Mir geht es wirklich gut«, log Lark. »Ich fühle mich schon besser.«

»Dabei handelt es sich um eine bezahlte Veranstaltung, Ma'am«, sagte der Wachmann.

»Oh, eine *bezahlte* Veranstaltung.«

»Da unterschreiben die Gäste einen Vertrag, der besagt, dass sie für alle Schäden haften, die sie oder ihre Gäste an einem Kunstwerk verursachen.«

Julia verschränkte die Arme über ihrem beeindruckenden Busen. »Dann bringen Sie mir einen dieser Verträge. Ich warte.« Sie klopfte mit ihrem neonorangen Croc auf den Holzboden der Galerie.

»Ma'am …«

»Ich meine es ernst. Ich bin gerne bereit, die Verantwortung zu übernehmen, falls die junge Dame, statt dieses Mini-Snickers zu essen, der *Mona Lisa* einen Schokoladenschnurrbart verpasst.«

»Die *Mona Lisa* hängt im Louvre«, erklärte der Wachmann. »In Paris.«

»Oh, dann besteht ja auch keine Gefahr, dass sie von der Freundin meines Sohnes durch ein Mini-Snickers verunstaltet wird.«

Nick riss den Kopf zu seiner Mutter herum, das Blut wich aus seinem Gesicht.

»Freundin?«, schrie Tammy in einer Lautstärke, dass man sie vier Landkreise weiter hören konnte.

»Julia«, zischte Nick.

»Was?« Sie zog ihre Aufmerksamkeit von dem Wachmann ab und richtete sie auf ihren Sohn. »Sie verbringt die Nacht bei uns, aber ich darf sie nicht deine Freundin nennen?«

Auf einmal fühlte sich Lark nicht mehr so, als würde sie jeden Moment in Ohnmacht fallen, sondern sterben.

»Das Museumscafé befindet sich im Westflügel im zweiten Stock«, verkündete der Wachmann. »Dort kann die Freundin Ihres Sohnes gerne ihren Schokoriegel essen.«

»Sie hat es kaum bis zu dieser Bank geschafft, und Sie erwarten, dass sie den ganzen Weg zum Café geht, um ein lausiges Snickers zu essen? Was werden Sie tun, wenn sie stürzt und sich den Kopf stößt und der Boden voller Blut ist? Auf einmal sieht Schokolade doch gar nicht so schlecht aus, oder … Dennis?« Julia beugte sich vor, um auf sein Namensschild zu schauen.

»Wenn Sie wollen, dass ich über Funk den Notarzt rufe, kann ich das gerne tun«, entgegnete der Wachmann.

»Bitte.« Lark bemühte sich, trotz des Gerangels gehört zu werden. »Tun Sie das nicht …«

»In der Zeit, die sie brauchen, um hierherzukommen, hätte sie den verdammten Schokoriegel schon längst aufgegessen!«, brüllte Julia.

Lark versuchte, Luft zu holen, aber ihr Brustkorb drückte ihre Lunge zusammen.

»Lark?« Nick hockte sich vor sie hin. »Geht es dir gut?«

Lark schüttelte den Kopf, unfähig, die Worte zu finden, mit denen sie erklären konnte, dass es ihr *nicht gut ging*. Sie fühlte sich wie bei einer Achterbahnfahrt, die Welt drehte sich immer schneller, während ihr Magen rumorte und ihre Sicht verschwamm. Sie klammerte sich an die Kante der Bank, um sich zu beruhigen.

»Stopp!«

Lark bemerkte erst, dass sie das Wort geschrien hatte, als alle aufhörten zu reden. Sie sahen sie besorgt an.

»Ich habe …« Sie keuchte und kämpfte mit ihrem Atem. »Eine Panikattacke. Lasst mich bitte einfach … in Ruhe. Und dann wird es mir … gut gehen.«

»Warum setzen wir nicht einfach unsere Tour fort?«, schlug Linda vor. Als Lark die Freundlichkeit in ihrer Stimme hörte, wurde sie von einer Welle der Dankbarkeit ergriffen, die so heftig war, dass sie fast den üblen Schmerz in ihrer Brust vergaß.

Julia begann, den Inhalt ihrer Handtasche wieder einzupacken, und murmelte dabei etwas vor sich hin. Sie war fast fertig, als ein viereckiges Folienpäckchen aus einem der Taschentücher herausfiel und von Nicks Schuhspitze abprallte.

Er und seine Mutter starrten es an.

»Reg dich nicht auf«, sagte sie und nahm es an sich. »Das hat mir Tammy gestern Abend gegeben. Einer der Türsteher hat mir schöne Augen gemacht, und sie meinte, ich solle es nehmen, falls ich flachgelegt werde. Was ich nicht wurde, dank Mike.«

»Was hat … Mike getan?«, fragte Lark, die versuchte, ihre Aufmerksamkeit auf etwas anderes als ihren randalierenden Körper zu richten.

»Er hat dem Türsteher gesagt, dass er mich besser nicht so gierig anschauen soll, wenn er nicht will, dass seine Augen in seinem Hinterkopf landen.« Julias Wangen glühten unter ihren

Sommersprossen. »Unter uns gesagt, ich glaube, er ist ein wenig in mich verknallt.« Sie erhob sich von der Bank und warf ihrem Sohn einen Blick zu. »Du rufst mich an, wenn es ihr schlechter geht.«

»Mache ich«, erwiderte Nick.

Julia drehte sich um und ging den anderen hinterher, wobei sie auf dem Weg Dennis anschaute und einen großen Bissen von dem Schokoriegel nahm.

Lark und Nick blieben allein auf der Bank zurück.

Ihr Herz schlug bereits wieder langsamer, obwohl er nichts weiter getan hatte, als sich neben sie zu setzen.

»Also … wie bald?«

»Wir müssen nicht jetzt darüber reden, Lark. Nicht, bis du …«

»Wann wolltest du … es mir sagen?«

Nick hob geschlagen die Schultern. »Dass ich früher nach Manhattan zurückkehre, steht erst seit gestern zur Debatte. Einer der Investoren, die wir umwerben, ist bereit, einzusteigen, aber Marshall will ohne mich nicht weitermachen. Ich habe es Tammy gegenüber nur erwähnt, weil sie mich wegen dir genervt hat. Sie hat mich praktisch nach meinen Absichten gefragt.«

Selbst inmitten ihrer Panikattacke spürte Lark ein Aufflackern von Dankbarkeit. »Hat sie?«

Nick nickte. »Offenbar ahnt sie, dass zwischen uns etwas läuft.«

Plötzlich ergab Tammys beiläufige Erwähnung von Nicks bevorstehender Abreise mehr Sinn. Lark war noch nie eine besonders gute Lügnerin gewesen. Wer konnte wissen, was sie alles ausgestrahlt hatte, als sie auf einer Wolke aus Pheromonen und postsexueller Befriedigung in die Lobby geschwebt war?

»Ich werde Marshall sagen, dass er sich verpissen soll, Lark.« Nick öffnete ihre klamme Faust mit seinen warmen Fingern. »Ich gehe nirgendwo hin. Das wollte ich dir schon sagen, als du gestern Abend aufgetaucht bist, aber …«

»Aber du hast gesehen, wie aufgebracht ich war«, sagte Lark und atmete in den Spalt, der in ihrem Brustkorb entstanden war. »Und wolltest es nicht noch schlimmer machen?«

Nick nickte. »So in etwa.«

Lark starrte auf ihre verschränkten Hände hinunter. Sie spürte, wie er sie ansah, aber sie konnte sich nicht überwinden, seinem Blick zu begegnen. »Wir wussten beide, dass dieser Sommer irgendwann enden würde.«

»Muss er aber nicht.« Er beugte sich vor, seine Augen brannten vor Intensität.

Lark stemmte sich gegen eine Anwandlung von alberner, kindlicher Hoffnung auf eine einfache Lösung. »Doch«, sagte sie. »So ist es sogar einfacher.«

Er zog die Augenbrauen hoch. »Einfacher? Inwiefern?«

Sie holte tief Luft, durchsuchte das Chaos in ihrem Herzen und fand darin einen Kern der Entschlossenheit. »Mir ist es lieber, du verlässt mich wegen Manhattan, als dass du Manhattan wegen mir verlässt.«

»Warum?«, fragte er.

»Wegen dem, was hier gerade passiert ist. Wie ich reagiert habe, als ich hörte, dass du vielleicht gehst … darüber hatte ich keine Kontrolle. Ich konnte nicht verhindern, dass es mir passiert.«

»Das weiß ich«, sagte Nick.

»Aber ich kann verhindern, dass es dir passiert.«

Nick zuckte zurück, sein ganzer Körper spannte sich an, als ob er einen Schlag erwarten würde. Und ob es ihm gefiel oder nicht, Lark war diejenige, die ihn ausführen musste.

»Ich kann das nicht tun, Nick. Ich kann nicht mit dir zusammen sein, solange ich noch immer so bin. Ich hätte gar nicht erst etwas mit dir anfangen dürfen«, sagte sie. »Aber die Wahrheit ist, dass ich dich einfach so sehr … wollte. Und es ist schon so lange her, dass ich überhaupt etwas wollte, dass ich dieses Gefühl brauchte.«

»Brauchte«, wiederholte Nick. »Vergangenheitsform?« Er sah sie mit tausend Fragen und einer bodenlosen Quelle des Schmerzes in den Augen an.

»Nein«, gab sie zu. »Natürlich will ich dich noch immer. Aber es ist so, wie du gestern Abend gesagt hast ... ich weiß nicht einmal, was ich wirklich brauche. Wenn ich es zulasse, könnte ich mich ganz und gar in dir verlieren.«

»Warum ist das etwas Schlechtes?«, fragte er.

Lark überlegte und konnte nur hoffen, dass sie die richtigen Worte fand. »Weil ich mich in dich *verlieben* will, Nick.« Sie zwang sich, seinem Blick standzuhalten, wollte, dass er sie verstand. »Ich will ...« Ihr schnürte es die Kehle schmerzhaft zusammen, als ihr bewusst wurde, dass dies der machtvollste Satz war, den sie jemals ausgesprochen hatte. »Ich möchte stark genug sein, um an der Seite von jemandem zu schwimmen und ihn nicht mit unter Wasser zu ziehen, weil ich ertrinke.«

»Du ziehst mich nicht unter Wasser.« Nick rückte näher und durchbohrte sie mit seinen Blicken.

Lark drückte seine Hand. »Noch nicht. Aber ich könnte es.«

Unaufgefordert schoss ihr das Bild der müden, abgekämpften Gesichter ihrer Eltern durch den Kopf. Sie hatte sich nie Gedanken darüber gemacht, wie es für sie gewesen sein musste, ihren Absturz zu erleben. Das war ihr erst klar geworden, als sie es in Nicks Augen widergespiegelt gesehen hatte.

Nick küsste ihre Hand, bevor er sie an sein Herz drückte. »Ich habe dich gehalten, als du heute Morgen geweint hast. Ich war vor weniger als zwei Stunden in dir.« Er suchte ihr Gesicht ab, als bemühte er sich, darin etwas zu finden, das irgendeinen Sinn ergab. »Die Tatsache, dass du noch nicht ganz geheilt bist, macht doch nichts von dem, was wir haben, weniger real.«

»Das macht es sogar noch gefährlicher«, sagte Lark. »Denn es sieht aus wie etwas, um das herum man ein Leben aufbauen kann. Aber ich werde nicht zulassen, dass du mein Lebensretter wirst. Ich werde nicht zulassen, dass du dich selbst kaputt machst, während du versuchst, mich zu reparieren. Ich will nicht eines deiner herumstreunenden Tiere sein, Nick.«

»Das *bist* du nicht, verdammt.« Seine Worte vibrierten mit einer Intensität, die sie überraschte.

»Wie würdest du es denn beschreiben, wie wir zusammengekommen sind?«, fragte sie.

Nick versteifte die Schultern; die Hände zu Fäusten geballt, spannte er den Kiefer an, um die Wahrheit nicht auszusprechen. »Dich so zu sehen, hat mir mein Scheißherz gebrochen, Lark.«

Darauf konnte sie nichts mehr sagen, ihr Verstand war wie leer gefegt.

»Dich so zu sehen, ganz hinten in der Klasse ...« Er schüttelte den Kopf. »Es war, als ob dir jemand verdammt noch mal das Leben gestohlen hätte.« Seine Stimme vibrierte vor Emotionen, sein Gesicht war verzerrt. Die Augen hinter seiner Brille überzogen sich mit einem Glanz, der ihr Tränen in die Augen trieb.

»Ich habe gesehen, wie du versucht hast, zu zeichnen, du warst so wütend auf dich selbst. Und da war dieser ... dieser Schmerz, der von dir ausging. Ich wollte es einfach besser für dich machen.« Seine Miene war gequält, beleuchtet vom Sonnenlicht, das durch das Fenster strömte.

Sie wandte den Blick ab und zwang sich dann, das Kinn zu heben und seinen verzweifelten Blick zu erwidern. »Das kannst du nicht«, sagte sie mit fester Stimme. »Genau darum geht es mir ja. Keiner kann das. Ich muss es für mich selbst besser machen, es ist nicht fair, jemand anderen da mit hineinzuziehen.«

Nicks graue Augen brannten mit einer Traurigkeit, die ihr fast den Atem raubte. »Und jetzt?«

Sie legte eine Hand auf seine Wange und drückte ihm einen Kuss auf die Lippen – für all die Tage, die nun kamen und an denen sie sich daran erinnern musste, was sie Gutes miteinander gehabt hatten, und daran, warum sie diese Entscheidung getroffen hatte.

»Und jetzt ist es Zeit für dich, mich loszulassen.«

Zwölf

Lark war blau.

Und nicht etwa in übertragenem Sinne.

Kobaltblau.

Königsblau.

Ultramarinblau.

Preußischblau.

Die Farben überzogen ihre Finger, ihre Unterarme und ihr Gesicht, sie stürzte sich frenetisch auf die Leinwand und hielt nur inne, um ihren Pinsel für einen weiteren Angriff einzutauchen.

Ihr Arm schmerzte, ihre Schulter brannte, und sie war sich ziemlich sicher, dass ihre Hand auch später noch, wenn sie die Palette irgendwann einmal ablegte, verkrampft sein würde.

Sie hatte die ganze Nacht gemalt.

Eine Leinwand nach der anderen. Sie hatte sie zuvor aus dem Keller geholt, wo ihre Mutter sie nach Larks Auszug verstaut hatte. Zusammen mit der Staffelei, die Lark jetzt im gefliesten Eingangsbereich der Kellertür aufgestellt hatte. Der lackierte Holzrahmen, der zu Beginn ihrer Arbeit noch makellos gewesen war, wies inzwischen ähnliche Farbkleckse auf wie ihre Arme, ihr Nachthemd und ihr Gesicht.

Trotz der Schmerzen und Erschöpfung konnte Lark nicht umhin, einen Anflug von Stolz zu empfinden, als sie auf das blickte, was sie geschaffen hatte.

Ein völliges Chaos, hauptsächlich.

Aber eines, das genau wie sie aussah.

Eines, das den tiefen Schmerz widerspiegelte, den sie seit ihrer verfrühten Rückkehr von dem Ausflug nach Baltimore in sich trug. Sie war allein. Und spürte doch Nicks Anwesenheit stärker als je zuvor.

Er war bei ihr, während sie arbeitete, verfolgte sie zwischen ihren Atemzügen. Liebte sie in ihren Gedanken unaufhörlich.

Selbst jetzt, als sie die Farbe abmischte, konnte sie das Gefühl seiner Hände auf ihrer Haut heraufbeschwören. Seinen Atem an ihrem Hals. Seine Härte, die sie ausfüllte …

Eine Bewegung in ihrem Blickfeld ließ sie zusammenzucken. Der mit Farbe beladene Pinsel glitt ihr aus den Fingern. Lark beobachtete entsetzt, wie er von den Fliesen und dann – in Zeitlupe – vom Teppichboden abprallte.

Um auf den italienischen Lederslippern ihres Vaters zu landen.

Lark ließ ihren Blick die scharfe Bügelfalte seiner Hose hinaufwandern, über sein gebügeltes Anzughemd, die gut abgestimmte Krawatte mit dem Windsor-Knoten hoch zu dem glatt rasierten Kiefer, der vor Sorge angespannt war. Ihre Mutter stand neben ihm, ihr Gesicht blass, sie trug einen schönen cremefarbenen Anzug und schlug eine Hand vor den Mund, in der anderen befand sich der ungeöffnete Brief aus Dartmouth.

Beide Augenpaare blickten vom Pinsel zu Lark.

Sie wusste, dass sie ihn aufheben sollte, konnte jedoch ihre erstarrten Glieder nicht dazu bringen, sich zu rühren.

Ihr Vater bückte sich, um ihn aufzuheben, umfasste ihn an der einzigen Stelle am Griff, die sauber geblieben war. Als er ihn ihr zurückgab, entging ihr sein nächster Blick nicht. Er war auf den Fleck gerichtet, den er auf dem cremefarbenen Teppich hinterlassen hatte.

»Oh, Schatz.« Ihre Mutter unterbrach das Schweigen. »Das ist …«

»Eine Sauerei«, beendete Lark ihren Satz hastig. »Ich weiß. Ich mache sauber, wenn ich fertig bin.«

Auch wenn sie absolut keine Ahnung hatte, wie.

»Ich wollte sagen, *wunderschön.*«

Larks Vater warf seiner Frau einen spitzen Blick zu, der den Schock widerspiegelte, den Lark beim Kompliment ihrer Mutter empfand. »Wir müssen etwas mit dir besprechen«, sagte er.

Lark brauchte nicht lange zu überlegen, um zu erraten, was.

»Ich gehe nicht zurück.«

Die Worte verschmierten die Luft genauso wie der kühne Farbklecks, den sie mit dem Spachtel in die Mitte ihrer Komposition gesetzt hatte.

Dabei hatte sie die Nachricht nicht auf diese Weise überbringen wollen.

Als sie in den frühen Morgenstunden das Szenario immer wieder in ihrem Kopf durchgespielt hatte, war sie geduscht gewesen, hatte das Haar zu einem ordentlichen Dutt zusammengefasst und hielt einen ledernen Planer auf ihrem Schoß. Sie trug eine Bluse und Perlen. Wahrscheinlich einen Cardigan.

»Bitte erläutere das.« Es war eine Angewohnheit ihres Vaters, umso höflicher zu sein, je wütender er wurde.

Sie umklammerte den Pinsel fester, als handelte es sich um ein Schwert. »Ich werde das Medizinstudium nicht weiterführen.«

Ihre Eltern wechselten einen Blick, der ihre Kehle trocken werden ließ.

»Wenn du mehr Zeit brauchst …«, begann ihre Mutter.

»Nein«, unterbrach Lark. »Ich brauche nicht mehr Zeit.«

»Wenn es um den Mann geht, mit dem du dich getroffen hast …«

»Nein«, unterbrach sie jetzt ihren Vater. »Zumindest nicht so, wie du denkst«, ergänzte sie.

Denn in gewisser Weise *ging* es um Nick. Es ging um die Gefühle, die er in ihr geweckt hatte, Züge von ihr, die sie lange vergraben hatte oder die noch unentdeckt gewesen waren. Er hatte ihr geholfen, Teile ihres Lebens zu finden, von denen sie gar nicht wusste, dass sie sie verloren hatte.

Wie die Kunst.

Wie dieser schwindelerregende, alles verzehrende Rausch, wenn sie ihre eigenen Gefühle sichtbar machte.

»Es geht um mich«, fuhr sie fort, und ihre Stimme klang fester, als sie erwartet hatte. »Es geht darum, was ich will.«

Ihr Vater verschränkte die Arme vor der Brust. »Und was willst du?«

Der Puls pochte in ihren Ohren. »Ich weiß es nicht.«

Er gab ein abschätziges *War-ja-klar*-Schnauben von sich, das eine unsichtbare Flamme an Larks Schädelbasis entzündete.

»Woher soll ich das wissen, wenn mein ganzes Leben vor mir liegt wie eine Art …« Sie hielt inne und suchte nach dem richtigen Vergleich, als ihr Blick auf der Leinwand landete. »… Malen-nach-Zahlen-Bild.«

»Das klingt so, als hätten wir dir nie eine Wahl gelassen.« Die Augen ihres Vaters blitzten in einem Blau auf, das fast so hell war wie das auf ihren Handgelenken.

»Oh, natürlich habt ihr mich vor die Wahl gestellt. Willst du lieber Leichtathletik oder Debattieren wählen, Lark? Würdest du ein Medizinstudium in Harvard einem in Dartmouth vorziehen?« Lark versuchte, die autoritäre Stimme ihres Vaters zu imitieren.

Ihrer Mutter blieb der Mund offen stehen. »Schatz, wir haben nur …«

»Ich *weiß*«, rief Lark, nicht bereit, sich dieselben Beteuerungen anzuhören, die in den letzten Monaten aus jeder Ecke dieses Hauses getönt waren. »Ich weiß, dass ihr nur das Beste für mich wolltet. Ich weiß, dass ihr mich liebt und wollt, dass ich glücklich bin. Aber wie soll das gehen, wenn ich nicht einmal weiß, was mich glücklich macht?«

»Und wie willst du das herausfinden?«, fragte ihr Vater. »Abhauen, wann immer es dir passt? Alles wegwerfen, wofür du gearbeitet hast, um auf eine Art Selbstfindungstrip zu gehen?«

Falls es möglich war, den Vorschlag noch beleidigender klingen zu lassen, wusste sie nicht, wie.

Sie legte den Pinsel beiseite. »Indem ihr mir die Freiheit lasst, Dinge auszuprobieren, ohne mir das Gefühl zu geben, dass ich euch enttäusche, wenn sie nicht funktionieren. Auch wenn sie klischeehaft oder sinnlos sind. Selbst wenn ihr denkt, dass ich mein Leben ruiniere. Und vielleicht tue ich das ja«, räumte sie ein. »Aber es ist *mein* Leben. Es ist das einzige, das ich habe. Und bisher habe ich mich lediglich an den Rand eines totalen Nervenzusammenbruchs getrieben, indem ich es so geführt habe, wie alle anderen es für richtig halten.«

Erst als die Klimaanlage ansprang, wurde sie sich der Tränen bewusst, die ihr über das Gesicht liefen. Sie wischte sie wütend weg und sprach weiter, als ihre Eltern nichts sagten. »Ich kann nicht länger so leben. Ich *will* es nicht. Und ich verlange nicht, dass ihr gut findet, was immer ich auch tun werde. Ich bitte euch nur, mir dafür den Freiraum zu geben.« Ihr war schwindelig vor Adrenalin. Ihr Herz flatterte, und ihre Handflächen waren nass vor Schweiß.

Ihr Vater musterte sie, als sähe er sie zum ersten Mal. Ein Blick, der nicht warm oder freundlich war, sondern direkt. Ganz anders als die zögernden Blicke, die er ihr in letzter Zeit zugeworfen hatte. Dies war ein Blick der Anerkennung. Als ob sie wirklich da wäre.

Ihr Vater nahm ihrer Mutter den Brief ab und reichte ihn Lark.

Der cremefarbene Umschlag fühlte sich schwer in ihren Händen an. Er drehte sich um und ging.

Mehr als diese Zustimmung würde sie von ihm nicht bekommen.

Ihre Mutter blieb – wie vermutet – zurück und wartete, bis er den Raum verlassen hatte, bevor sie sprach. »Weißt du, die Gartens haben immer noch eine Wohnung in Paris«, sagte sie und drehte sich etwas, um einen besseren Blick auf Larks Leinwand zu haben. »Normalerweise verbringen sie den August in Italien, also wird sie wahrscheinlich bald leer stehen. Wenn du etwas Klischeehaftes suchst, wäre das ein guter Anfang – nach Frankreich zu gehen und Kunst zu studieren.«

Lark blinzelte ihre Mutter an, unsicher, ob sie richtig verstanden hatte. »Ich gebe dir gerne ihre Nummer, dann kannst du herausfinden, ob du dort wohnen kannst, während sie weg sind.«

Mit diesem einen Satz ließ ihre Mutter sie wissen, dass es nun an ihr war, zu entscheiden. Ihren Weg zu wählen und die Verantwortung zu übernehmen. Die Konsequenzen zu tragen.

Lark warf die Arme um sie und riss sie in eine feste Umarmung. Erst als ihre Mutter zurückwich, wurde ihr klar, was sie getan hatte. Der schöne Anzug war mit blauen Flecken verschmiert.

»Oh, Mom!«, keuchte Lark. »Es tut mir so leid.«

Ihre Mutter drückte ihr lächelnd die Hand. »Unsinn«, sagte sie. »Das könnte eines Tages eine Menge Geld wert sein.«

Lark lachte und wurde von einem Anflug von Dankbarkeit überwältigt, begleitet von bittersüßer Traurigkeit. Denn das Einzige, was sie in diesem Moment wollte, war, ihren Sieg mit Nick zu teilen.

Dreizehn

»Willst du ein paar mitnehmen?« Nicks Mutter stand in der Tür zu seinem Zimmer, die Hände voller Miniaturseifen, -shampoos und -lotionen, die sie aus dem Four Seasons mitgenommen hatte. »Die könntest du gut gebrauchen, wenn du wieder in der Stadt bist und keine Zeit hast, gleich einkaufen zu gehen.«

»Klar.« Nick steckte sie in seine Tasche. Das war einfacher, als zu diskutieren – was für ihn in letzter Zeit zu einer Art Lebensphilosophie geworden war.

Vielmehr ein Weg, dich aus der Affäre zu ziehen.

Nick hoffte inständig, dass die Meinungen seines Vaters, die ihm immer wieder in den Sinn kamen, in Manhattan endlich wieder verstummen würden, denn sein Vater erwies sich im Tod als ebenso wenig hilfreich, wie er es im Leben gewesen war. Ein Grund mehr, fertig zu packen und von hier zu verschwinden. Und es verdammt noch mal hinter sich zu bringen.

»Es« war das Treffen, das Marshall mit der Risikokapitalfirma angesetzt hatte, die bereit war, »Moonshot in die Stratosphäre zu schießen«. Nick hatte sich die enthusiastischen Beteuerungen seines Partners mit milder Ambivalenz angehört, unbeeindruckt von Marshalls früher einmal ansteckender Begeisterung. Der Arsch konnte es sich leisten, freundlich und überschwänglich zu sein, jetzt, wo er bekommen hatte, was er wollte. Nicks Kooperation. Oder zumindest so was Ähnliches.

Er wollte sich gleich am nächsten Morgen auf den Weg machen, Marshall in Manhattan zu einem vorbereitenden Abendessen zu treffen. Es war eine fast vierstündige Fahrt, aber wenn er es richtig anstellte, würde er dem schlimmsten Verkehr entkommen. Nicht, dass es ihn besonders interessierte. Seine Entscheidung, morgen loszufahren, hatte er so getroffen wie praktisch alles nach seiner katastrophalen Sommeraffäre. Aus Versehen.

Jetzt, da Lark ihm vorgeschlagen – nein, *mitgeteilt* – hatte, dass es für sie am besten wäre, ein ganzes Jahr lang keinen Kontakt zu haben, war ihm ziemlich egal, womit diese Zeit gefüllt wurde. Auf jeden Fall *brauchte* er etwas, in das er sich Hals über Kopf stürzen konnte. Selbst wenn es sich dabei um den Ausbau eines Unternehmens handelte, an das er nicht mehr glaubte. Auf diese Weise würde er wenigstens endlich etwas Geld für seine Bemühungen bekommen.

Aussteigen und verkaufen.

Er verdrängte den bitteren Gedanken mit einem Schluck von dem Bier, das seine Mutter ihm brachte, nachdem sie ihn gereizt genannt hatte. Gereizt trifft es nicht annähernd, dachte er und schloss seine Duffle Bag. »Jesus«, stöhnte er, als er sie auf seine Schulter hievte. Auf dem Weg zum Auto schien die Tasche aktiv an Gewicht zuzulegen. Er fragte sich, wodurch sie zum Teufel so schwer war, als er beim Ablegen in den Kofferraum ein verdächtiges Klirren hörte.

»Was zum …«

Er öffnete den Reißverschluss an der Seite, durchwühlte die Kleiderstapel und fand Gläser mit hausgemachter Bolognese und Marmelade. Auf jedem der silbernen Deckel standen der Inhalt, das Datum und *Keine Diskussion* in der unverkennbar schrägen Schrift seiner Mutter.

Liebevoll den Kopf schüttelnd, schloss Nick den Kofferraum und sprang dann fast einen ganzen Meter zurück.

Lark stand neben seinem Auto, eine rechteckige braune Papiertüte in den Händen und ein zögerliches Lächeln auf den Lippen.

Nick stockte der Atem. Der einzige Vorteil ihres schlagartigen Kontaktabbruchs war, dass er nicht erneut den Schmerz erleiden musste, sie zu verlieren. Nick hatte ihren Wunsch respektiert und mindestens ein Dutzend Textnachrichten begonnen und dann wieder gelöscht.

Nicht etwa, weil er seinen Stolz nicht verlieren wollte, sondern, um ihren Heilungsprozess nicht zu gefährden.

Und jetzt tauchte sie hier einfach ohne Vorwarnung auf, verdammt noch mal.

Es sollte ihn genauso wenig erschüttern, wie es sie offensichtlich nicht erschütterte.

Er hielt den Gedanken mit beiden Händen fest, weil er die Wut brauchte. Er brauchte sie, um sich vor dem Schmerz zu schützen, der sich allein bei ihrem Anblick bereits in seiner Brust ausbreitete. Sie war schöner als je zuvor. Ihr einfaches, trägerloses Sommerkleid leuchtete gespenstisch weiß im abnehmenden Licht, der hauchdünne Stoff schmiegte sich an ihren schlanken Körper und gab jedes Mal, wenn er sich in der Sommerbrise leicht hob, den Blick auf ihre wohlgeformten Beine frei. Nick fragte sich, ob sie ihr Haar zu einem hohen Pferdeschwanz hochgesteckt hatte, nur um ihn zu quälen.

»Lark«, sagte er, seine Stimme kam über ein Flüstern nicht hinaus.

»Hi«, antwortete sie, ein kleines Lächeln umspielte ihre Lippen. »Es tut mir leid, dass ich einfach so bei dir hereinplatze.«

Er gab ihr keine Absolution, sondern wartete schlicht darauf, dass sie ihren Auftritt erklärte.

»Ich wollte dir etwas geben, bevor du gehst.«

Sie wusste es also. Was keine große Überraschung war. Julia Hoffman, Spezialistin für Informationsverteilung.

Lark hielt ihm die Papiertüte hin.

Nick starrte darauf. »Was ist das?«

»Du kannst jederzeit nachsehen.« Sie zog den Kopf etwas ein, grinste ihn an – und wer hätte es gedacht: Alle Schutzmauern, die er aufgebaut hatte, fielen in sich zusammen.

Nick nahm ihr die Tüte ab, öffnete sie und zog ein Rechteck aus steifer Leinwand heraus, das auf einen dünnen Holzrahmen gespannt war. Ein Gemälde. Von dem Teich.

Es war alles da.

Der riesige Weidenbaum. Das Schwingseil. Ein schlaksiger, hemdsärmeliger Junge in Badehose, dessen langes, lockiges Haar wie ein Kometenschweif hinter ihm herflog, die Füße noch am Seil, während seine Hände schon nach dem Himmel griffen. Aber nicht nach irgendeinem Himmel. Ganze Galaxien von Sternen purzelten aus einem riesigen rot-goldenen Nebel.

Nick starrte es an, sprachlos.

»So kann immer Sommer sein.«

Lark hatte die Essenz eines seiner Lieblingsorte auf der ganzen Welt perfekt eingefangen. Eine Jahreszeit, von der er wusste, dass er sie, solange er lebte, nicht vergessen würde. Doch was ihn am meisten beeindruckte, waren die Farben. Die Komposition war weit entfernt von den silbrigen Grafit- und Kohlezeichnungen, die sie zuvor und auch nur zögerlich zu Papier gebracht hatte. Sie strotzte nur so vor leuchtenden, mit selbstbewussten Strichen aufgetragenen Farben.

Und vielleicht, nur vielleicht, hatte er einen kleinen Teil dazu beigetragen.

Er holte tief Luft und sah sie mit brennenden Augen an. »Das ist … unglaublich«, flüsterte er.

»Ich bin froh, dass es dir gefällt«, sagte Lark sanft, und ihre Blicke trafen sich. »Ich wollte dir etwas geben, das dich an mich erinnert.«

Nick spürte, wie sich ein Kloß in seinem Hals bildete, als er sie ansah. An sie erinnerte? Wie könnte er sie je vergessen? In den fünf Tagen, in denen sie getrennt gewesen waren, hatte sich seine ganze Welt … grau angefühlt. So grau wie die Stadt, in die er zurückkehrte.

»Danke«, sagte Nick. Jede Zelle in seinem Körper heulte auf, weil er sie in eine Umarmung ziehen wollte, aber er widerstand.

Larks Augen leuchteten, als sie einen Schritt zurücktrat, ihre Bewegungen waren ruckartig genug, um zu zeigen, dass auch sie die Anziehungskraft spürte. Sie räusperte sich, was darauf hindeutete, dass sie das Thema wechseln wollte. »Du hast also die ganze Sache mit Marshall geklärt?«, fragte sie.

Fuck.

»In gewisser Weise«, antwortete Nick.

Lark kniff die Augen zusammen. »Was bedeutet ›in gewisser Weise‹?«

Nick gab ihr die kürzestmögliche Zusammenfassung. »Es ist also sinnvoll, sich vorerst darauf einzulassen.« Er zuckte die Achseln. »Sobald Moonshot gelauncht ist, kann ich darüber nachdenken, was ich als Nächstes tun will.«

Lark, die bis zu diesem Zeitpunkt schweigend zugehört hatte, sah ihn mit einem schelmischen Funkeln in den Augen an. »Oder du könntest Marshall sagen, dass er sich verpissen soll, dein IP zurücknehmen und tun, was du willst.«

Nick blinzelte sie an. »Wer bist du?«

»Ich bin die Frau, der du beigebracht hast, wie man eine Rebellin ist«, antwortete sie. »Die Frage ist, ob du noch weißt, wie das geht.«

Nick öffnete den Mund, um zu sprechen, schloss ihn aber sofort wieder.

»Ich bin auch die Frau, die ihrem Vater gesagt hat, dass sie das Medizinstudium abbricht«, fuhr sie fort und umarmte ihren Oberkörper.

Nick war so verblüfft, dass er fast das Bild fallen ließ. »Wirklich?«

»Mhm.« Sie nickte, ihre Kehle schnürte sich sichtlich zusammen. »Ich kam von unserem Ausflug nach Hause und konnte nicht aufhören zu malen«, sagte sie. »Mir wurde irgendwann klar, wie sehr ich es vermisst habe. Und dass ich mich noch nicht bei dir bedankt hatte.« Ihr Gesicht verzerrte sich, ihre Unterlippe zitterte.

»Lark …«

»Bitte«, sagte sie eindringlich und hob eine Hand. »Sei nicht nett zu mir. Wenn du nett zu mir bist, fange ich an zu weinen, und ich fürchte, dann werde ich nie wieder aufhören. Ich muss das jetzt sagen.«

Nick schloss den Mund.

Ein Windhauch ließ ihr Kleid um ihre Waden tanzen. »Ich habe mich nie bei dir bedankt.«

»Wofür?«

»Für alles, was du für mich getan hast. Ich weiß gar nicht …«

»Brauchst du auch nicht«, unterbrach Nick sie.

»Aber ich möchte …«

»Nein.« Das Wort kam energischer heraus, als er es beabsichtigt hatte. »Bitte nicht«, sagte er leiser. »Ich bemühe mich wirklich, doch noch mehr davon, und ich verliere den Verstand.«

Als er sah, wie sie versuchte, tapfer zu sein, ohne dass er sie berühren konnte, traf es ihn erneut. Sosehr er sich auch wünschte, sie möge frei sein, ihren Träumen folgen, heilen und sich entwickeln – das alles minderte in keiner Weise den Schmerz, sie zu verlieren.

»Nun, ich … wollte dir das nur geben, also.« Lark atmete zitternd ein. »Es tut mir leid. Das ist … wirklich schwer.«

Unfähig, ihren inneren Kampf länger zu beobachten, trat er vor und zog sie in eine Umarmung. Zuerst widerstrebend, schmolz

Lark allmählich an seinen Körper, dann legte sie die Arme um seine Taille. Sein Kinn auf ihrem Kopf und ihr Ohr an seinem Herzen, standen sie ewig lange so da.

»Fenwick Avram Hoffman«, flüsterte Lark in den Stoff seines Hemdes.

Nick hob das Kinn. »Hast du einen zweiten Vornamen?«

»Lark *ist* mein zweiter Vorname«, sagte sie.

»Wie ist dein erster?«, fragte Nick.

»Meadow«, sagte sie. »Meadow Lark Hockney.« Seufzend drückte sie den Kopf an seine Brust. »Meine Mutter musste sich einer Fruchtbarkeitsbehandlung unterziehen. Meine Eltern waren sich einig, dass es ihre letzte Runde sein würde, und sie sagte sich, wenn sie auf dem Weg zur Fruchtbarkeitsklinik einen Vogel sehen würde, würde ihr Schwangerschaftstest positiv ausfallen.«

»Und sie hat eine *Wiesenlerche* gesehen?«

»Eine Meise. Aber meine Eltern waren nicht besonders angetan vom englischen Namen für diesen Vogel.«

»Da kann ich noch einen drauflegen: Ich bin nach einer Angelrute benannt«, sagte Nick.

»Was?« Sie lachte unter Tränen, was ihre Augen wie Diamanten leuchten ließ.

»Wahre Geschichte«, meldete Julia sich von der Veranda aus zu Wort. »Nicks Vater hat es mir erst erzählt, *nachdem* der Name schon auf der Geburtsurkunde stand.«

Wie lange Julia schon dort stand oder was sie gesehen hatte, war unmöglich zu sagen.

»Hallo, Julia«, rief Lark.

»Hallo, Liebes. Willst du auf einen Apfelstreuselkuchen reinkommen?«

»Ich wünschte, ich könnte.« Lark löste sich aus seiner Umarmung. »Aber ich muss jetzt wirklich los. Ich fliege morgen.«

»Du fliegst?« Nick blickte sie an. »Wohin?«

»Paris«, sagte sie. »Freunde meiner Eltern haben dort eine Wohnung, die bis November leer steht. Danach …«, sie zuckte mit den Schultern, »fahre ich vielleicht nach Italien. Oder Prag.«

Ich werde sie nie mehr wiedersehen.

»Ist das nicht aufregend?«, gurrte seine Mutter.

Nick warf ihr über die Schulter einen bösen Blick zu.

Mit eingezogenem Kopf und einem *Sorry* ging sie wieder hinein.

Nick nahm Larks Kinn in die Hand und hob es an, bis sich ihre Blicke trafen. Ihre grünen Augen waren ruhig und warm, erfüllt von einer Emotion, die er nicht recht einordnen konnte.

Ich liebe sie.

»Wäre es sehr seltsam, um einen Abschiedskuss zu bitten?«, fragte er.

»Nur, wenn deine Mutter zusieht.«

Sie blickten beide zur Vorderseite des Hauses, wo sich die Vorhänge am Fenster neben der Eingangstür bewegten.

»Julia!«, schrie Nick.

»Schon gut, schon gut«, hörten sie, als ein Schatten hinter den Vorhängen verschwand.

Nick fuhr mit den Fingern durch das kurze, seidige Haar in Larks Nacken und rieb es zwischen den Fingerkuppen von Daumen und Zeigefinger, um sich die Textur einzuprägen.

Erst dann zeichnete er mit den Fingern die Form ihrer Ohren nach, bevor er wieder ihr Kinn umfasste. Mit den Daumen strich er über ihre Augenbrauen, Augenlider, Wangenknochen und Lippen. Er prägte sich die Erinnerung an ihr Gesicht in einem Teil von ihm ein, der zuverlässiger war als seine Augen.

Als sich ihre Lippen schließlich trafen, hatten sie Mühe, einen gemeinsamen Rhythmus zu finden. Ihre Münder bewegten sich zu den Klängen zweier verschiedener Lieder. Ihres war eine Hymne. Seines ein Wiegenlied. Bis die aufsteigende Hitze sie beide allmählich hinauf zu einer Ballade hob. Üppig und mitreißend. Leidenschaftlich und rein.

Lark weinte wieder, Nick konnte das Salz ihrer Tränen schmecken. Er spürte, wie sich ihr Lächeln auf seinem Mund in eine Grimasse verwandelte und dann wieder in ein Lächeln. Erst als seine Lunge nach Luft schrie und das Pflaster unter seinen Füßen nachgab, beendete Nick den Kuss und drückte seine Stirn an ihre.

Ich liebe sie, und ich werde sie nie wiedersehen.

Erst mit Lark in seinen Armen und diesem Gedanken in seinem Kopf begriff er diese Tatsache so richtig. Und es tat verdammt *weh*. Dieser Schmerz hatte schon zuvor begonnen, ihn zu vergiften. Sie zu verlieren, war das Schmerzhafteste, was er je erlebt hatte. Aber den Teil von sich selbst zu verlieren, der dazu beigetragen hatte, ihrer Welt wieder Farbe zu geben?

Den zu verlieren, war unendlich viel schlimmer.

Das war eine Hölle, die er sich selbst geschaffen hatte.

Lark umarmte ihn so fest, dass er seinen Herzschlag an ihrer Wange spüren konnte. Er wünschte, dass dort ein Abdruck blieb wie ein Brandzeichen, das ihn immer daran erinnerte, was für ein Mann er sein wollte.

»Okay«, sagte sie. »Ich muss gehen.« Sie ließ ihn los, trat einen Schritt zurück und tupfte sich mit den Fingerspitzen die Wangen ab.

»Sehen wir uns nächsten Sommer?«, fragte er, die Stimme rau vor Rührung. Die Frage war reines Wunschdenken. Mehr nicht.

Lark warf ihm einen letzten Blick zu, bevor sie in ihr Auto stieg, die Tür schloss und den Motor startete. Erst als die roten Rücklichter in der Ferne verschwunden waren, bemerkte Nick ein weiteres Detail auf der Zeichnung. Dort unter der Weide, hinter Ästen halb versteckt, saß ein dunkelhaariges Mädchen. Hoher Pferdeschwanz, ein einfaches weißes Sommerkleid, kaum sichtbar im Schatten.

Nick hörte die Fliegengittertür knarren und sah die Holzschuhe seiner Mutter auf der Verandastufe erscheinen, auf der er saß. Sie ließ sich nieder und drückte ihm ein kaltes Bier in die Hand und rieb dann seine Schulter. In ungewohntem Schweigen saßen sie zusammen.

»Nach Larks Meinung soll ich Marshall sagen, dass er sich verpissen soll«, sagte Nick, um das Gespräch zu eröffnen. »Was denkst du?«

»Das fragst du mich?« Eine Falte erschien zwischen den dunklen Brauen seiner Mutter.

»Ja.« Nick trank einen Schluck von dem Bier. »Allerdings.«

So oft, wie sie ihre Meinung ungefragt kundgetan hatte, hätte Nick mit einer schnelleren Antwort gerechnet.

»Und?« Er stieß sie mit dem Ellbogen an, selbst überrascht, wie sehr er ihre Antwort hören wollte.

Julia stellte ihr eigenes Bier ab und drehte sich so, dass sie seine Augen sehen konnte. »Ich glaube, ich mag sie.«

»Ich auch«, sagte Nick. »Besser gesagt, liebe ich sie.«

Seine Mutter nickte nur und zerzauste seine Locken, bevor sie aufstand, um hineinzugehen. »Vergiss nicht, das Licht auf der Veranda auszumachen, bevor du reinkommst.«

»Alles klar.« Aber noch war er nicht so weit.

Er saß auf der Veranda des Hauses, das er gehasst hatte, in der Stadt, der er so unbedingt hatte entkommen wollen, und war umgeben von Erinnerungen an den Mann, dessen sturer Stolz der Grund dafür war, dass er Lark Hockney überhaupt kennengelernt hatte.

Wäre sein alter Herr nicht so besessen von einem Ruhestand gewesen, den er nie erlebte, wären sie niemals von Boston hierhergezogen. Hätte er Nick nicht ständig gedrängt, praktische Fähigkeiten zu entwickeln, hätte er sich nicht trotzig für den Kunstkurs angemeldet, in dem er Lark kennengelernt hatte. Wäre sein Vater nicht so früh gestorben, hätte Nicks Mutter wahrscheinlich keine Wurzeln in einer Gemeinde geschlagen, die sie nicht immer mit offenen Armen empfangen hatte.

Und Nick wäre den Sommer über nicht nach Hause gekommen.

Nach Hause.

Der Ort, von dem aus man startete.

Spring Valley war für ihn und Lark dieser Ort gewesen, und für einen Sommer lang hatte er sie beide wieder in seine Umlaufbahn gezogen.

Nick drückte seine Handfläche gegen das Holz, das sein Vater einst geschliffen und gebeizt hatte. »Danke, Pop.«

Ein nach Regen duftender Windstoß brachte die Bäume zum Rascheln und die Windspiele zum Singen. Sein Vater hatte immer gern das letzte Wort.

Vierzehn

Ein Jahr, zwölf Tage und zwei Stunden später …

Lark atmete tief ein, sah aus dem Fenster und ließ die elektrische Energie der Stadt auf sich wirken. In fünfzehn Minuten begann die Vernissage, und ihr Herz schien in ihrem Hals festzustecken.

»Es sind bereits eine Menge Leute da.« Sandra Sòng führte Lark vom Fenster weg zu dem Tisch mit den Canapés. »Du solltest lieber etwas essen, bevor sie hereinkommen, denn sobald sich die Türen öffnen, wirst du keine Hand mehr frei haben.« Sie schnappte sich ein Kaviar-Crostini. Mit der anderen Hand winkte sie einen Kellner mit Fliege heran, der Champagner brachte.

»Hier.« Sandra reichte Lark ein Glas, bevor sie sich selbst eines nahm.

Wie ihre Ausstellung in der Grey Art Gallery in Manhattan gehörte auch die Tatsache, dass sie eine Galeristin für ihre Bilder hatte, zu den positiven Entwicklungen des vergangenen Jahres.

Es gab noch andere, in keiner bestimmten Reihenfolge: das einjährige Jubiläum ihres Zusammenbruchs in Paris mit einer sehr netten und sehr gut aussehenden Gruppe von Studenten aus Athen zu feiern. Nach ihrer Rückkehr aus Europa eine Stelle in einem Kunsthandelsgeschäft in New York angeboten zu bekommen. Zur stellvertretenden Geschäftsführerin befördert zu werden. Den Mietvertrag für ihre erste eigene Wohnung zu unterschreiben – eine Zwei-Zimmer-Vorkriegswohnung im Stadtteil

Bay Ridge in Brooklyn mit Blick auf den Owl's Head Park. Fünf Piercings. Drei Tattoos. Zwei Panikattacken. Null Kontakt zu Nick Hoffman.

Viele Male hatte sie spät in der Nacht eine Nachricht geschrieben und sich gesagt, dass sie sie am nächsten Morgen abschicken könnte, wenn sie es dann immer noch wollte.

Und jeden Morgen hatte sie beschlossen, die Nachricht zu löschen.

Aber.

Sie hatte ihn um ein Jahr Zeit gebeten. Ein Jahr, in dem sie beide völlig frei waren, ihrem jeweils eigenen Lebensweg zu folgen, auch wenn das bedeutete, sich voneinander zu entfernen. Jetzt war offiziell mehr als ein Jahr vergangen.

Natürlich hatte sie nicht erwartet, dass er in der Sekunde anrief, in der am 8. Juli die Uhr 19.22 Uhr anzeigte. Er könnte ja inzwischen auch verlobt sein. Oder verheiratet. Verdammt, er könnte sogar ein Kind haben. Ein minikleines, denn viel Zeit hatte ihm ja nicht zur Verfügung gestanden. Sie meldete sich auch nicht bei ihm und konnte nicht einmal genau sagen, warum nicht. Vielleicht, weil sie keinen Kontakt herstellen wollte, an dem er vielleicht gar nicht mehr interessiert war?

»Fertig?« Sandra wischte sich die Handflächen ab.

Larks Magen zog sich zusammen. »Ich denke schon?«

Zuversicht, formte Sandra lautlos mit dem Mund, *Zuversicht.*

Das war ein durchgängiges Thema in ihrer Zusammenarbeit. Für den heutigen Abend hatten sie einen Visagisten und einen Stylisten engagiert, der auf wundersame Weise ein schwarzes Neckholderkleid besorgt hatte, in dem sich Lark wie ein Bond-Girl fühlte und das ihr Unterarm-Tattoo zur Geltung brachte. Dazu trug sie ein Paar umwerfende Stöckelschuhe mit zehn Zentimetern Absatz. Bei einem letzten Blick in den bodentiefen Spiegel auf der Rückseite der Schranktür hatte sie lächeln müssen.

Alle waren sie da.

Die Achtjährige, die Klavier geübt hatte, bis sie Blasen an den Fingern hatte. Die Zwölfjährige, die das Wörterbuch studiert hatte, bis ihr die Augen zufielen. Die Fünfzehnjährige, die jeden Tag vor sechs Uhr morgens drei Meilen gelaufen war. Die Achtzehnjährige, die wegen jedem Zehntel eines GPA-Punktes geschwitzt hatte. Die Zweiundzwanzigjährige, die versehentlich allen anderen geholfen hatte, indem sie sich mitten auf die Straße setzte und sich weigerte, sich zu bewegen, bis die Bedingungen besser wurden.

Die fast Vierundzwanzigjährige, die gelernt hatte, auf alle anderen zu hören.

Tief durchatmend, hob Lark ihr Glas und hielt es an den Spiegel, um mit der Frau, die sie anlächelte, anzustoßen.

*

»Oh, Schatz, dein *Haar.*« Dr. Diana Hockney blieb vor Schreck der Mund offen stehen.

Lark vergaß manchmal, wer sie gesehen hatte und wer nicht, seit sie aus Paris zurückgekehrt war.

Ein karmaverändernder Haarschnitt war ihre erste Amtshandlung gewesen, als sie aus der Metro gestiegen war. Die zweite, wenn man die warmen Nutella-Crêpes mitzählte. Jetzt war ihr Haar zu einem kinnlangen Bob herausgewachsen, den sie je nach Anlass gewellt oder glatt trug.

Heute Abend war er eher unordentlich gestylt, zu Ehren des Themas ihrer Galerieausstellung. *Die Kunst der Unvollkommenheit: Eine Erkundung von Zu viel und Nicht genug.*

Nachdem der erste Schreck verflogen war, begann ihre Mutter, die Details zu bemerken. Den winzigen silbernen Nasenring. Die bunten Tattoos von ihrem Ellbogen bis zu ihrer Schulter.

Auf Anweisung ihrer Therapeutin hatte sie ihre Eltern in den ersten drei Monaten nach ihrer Rückkehr aus Europa nicht getroffen. Die nächsten drei hatten diese dann keine Zeit gehabt. Im Frühling kamen viele Babys zu Welt, weshalb sie nicht nach Manhattan hatten kommen können. Aber inzwischen hatten sie langsam wieder begonnen, miteinander zu kommunizieren. Ihre Eltern zu ihrer Galerieausstellung einzuladen, war ein großer Schritt gewesen. Ein Schritt, von dem Lark verzweifelt hoffte, dass sie ihn nicht bereuen würde.

»Hi, Mom.« Lark beugte sich vor, um sie zu umarmen. »Wie geht es dir?«

»Ganz toll«, antwortete ihre Mutter und drückte ihre Hand. »Dein Vater hat gerade zwei weitere Krankenschwestern eingestellt, kannst du das glauben? Er hat neulich sogar laut ausgesprochen, dass wir seiner Meinung nach weniger Zeit in der Klinik verbringen sollten.«

Das musste ein Schlag für ihre jüngeren Ichs sein.

Zwar wünschte sie sich, dass ihr Vater früher zu dieser Erkenntnis gelangt wäre, doch besser spät als nie. Ein Fortschritt, dachte sie.

»Das ist großartig«, sagte Lark. »Wo ist Dad?« Sie schaute sich in der Galerie um.

Das Lächeln ihrer Mutter verrutschte. »Es tut ihm so leid, Süße, aber bei drei Frauen haben letzte Nacht die Wehen eingesetzt. Er wollte wirklich kommen – er hat es einfach nicht geschafft.«

Und er hatte auch nicht angerufen, um ihr Bescheid zu geben. Sie versuchte, nicht enttäuscht zu sein.

»Oh, Sie *müssen* Larks Mutter sein.« Sandra kam mit ausgestreckter Hand auf sie zu. »Sandra Sòng. Ich bin die Agentin Ihrer Tochter.«

»Es ist mir ein Vergnügen, Sie kennenzulernen. Es ist eine wunderbare Vernissage, die Sie hier zusammengestellt haben.«

»Vielen Dank.« Sandra verzog ihre purpurroten Lippen zu einem warmen Lächeln. »Soll ich Ihnen vielleicht einige meiner Lieblingsstücke zeige?«

»Sehr gerne«, sagte ihre Mutter.

»Hier entlang.« Sandra zwinkerte Lark über die Schulter ihres maßgeschneiderten Chanel-Anzugs zu, während sie davongingen.

Lark drückte die Handflächen aneinander und verbeugte sich kurz zum Dank. Dann trank sie mehrere Schlucke des Champagners, blinzelte mit tränenden Augen und mischte sich unter die Gäste.

Es waren die üblichen Besucher, ein paar Freunde und Geschäftskontakte, lokale Kunstkritiker und andere Künstler. Leute, die auf der Suche nach Gratiskäse und Champagner hereingeschneit kamen. Lark setzte ein Lächeln auf, während sie sich durch den Raum bewegte und so viele Gäste wie möglich begrüßte. Als ihre Wangen zu schmerzen begannen, winkte sie Sandra zu und entschuldigte sich.

Sie machte sich auf den Weg in die Personalküche, um auf ihr Handy zu schauen, für das in ihrem taschenlosen Hosenanzug kein Platz war. Sie lehnte sich gegen den Tresen, blickte aufs Display und stieß dann einen kleinen Schrei aus. Ein verpasster Anruf und eine Sprachnachricht von ihrem Vater. Mit pochendem Puls in den Ohren drückte sie auf *Play*.

»Hi … ähm, hier ist dein Vater.«

Lark konnte nicht anders, als über seine ungelenke Begrüßung zu lächeln.

»Ich wollte dir nur gratulieren. Es tut mir leid, dass ich nicht dabei sein kann, aber ich weiß, dass es ein großer Erfolg sein wird.« Eine längere Pause. »Ich bin sehr stolz auf dich, Lark.«

So steif sie auch klangen, trieben ihr seine Worte die Tränen in die Augen. Sie tupfte sich die Augenwinkel ab, um ihr Make-up nicht zu ruinieren, und schickte ihm eine schnelle Textnachricht.

Danke, Dad. Das bedeutet mir mehr, als ich sagen kann.

Sofort antwortete er mit einem Herzen.

Dass ihr Vater, der viel beschäftigte Arzt, darauf gewartet haben könnte, von ihr zu hören, war in der Tat eine seltsame Wendung. Lark spürte, wie ihr Herz leichter wurde, dann atmete sie tief durch und bereitete sich darauf vor, sich wieder den Gästen anzuschließen.

Sie hatte es fast bis zu ihrem ursprünglichen Platz zurückgeschafft, als ein Schrei durch die Galerie hallte. Alle Köpfe drehten sich zum Eingang, wo niemand anderes als Tammy mit ausgebreiteten Armen an der Tür stand.

Lark eilte zu ihr. Eine vertraute Wolke aus zitronig-blumigem Parfüm umhüllte sie, als Tammy sie in eine Umarmung zog.

»Oh, Schätzchen, es ist so. Gut. Dich. Zu. Sehen«, flötete sie und wackelte bei jedem Wort mit dem Oberkörper hin und her.

»Ich freue mich auch, dich zu sehen«, rief Lark, überrascht von der Welle der Emotionen, die sie überkam.

Tammy schob sie auf Armeslänge von sich. »Allmächtiger, sieh dich nur an!« Sie fächelte sich mit einer Hand Luft zu. »Du bist heißer als ein Ziegenbock mit einer Fackel.«

»Das musst du gerade sagen!« Lark wirbelte Tammy herum, bis ihr rot-schwarz gepunktetes, rückenfreies 1950er-Jahre-Kleid flatterte.

»Ach, dieses alte Ding.« Tammy winkte ab.

»Bist du allein gekommen?«

Tammy verzog die roten Lippen zu einem strahlenden Lächeln. »Linda parkt gerade den Wagen. Wir haben ein paar …«

»Ihr seid nach Manhattan *gefahren?*«, fragte Lark ungläubig.

»Nun, eigentlich …«

Die Tür schwang auf, und Linda kam herein, unglaublich elegant in einem engen schwarzen Seidenmantelkleid mit rotem Halstuch und roten, hochhackigen Mary-Jane-Pumps.

Als sie Lark entdeckte, schlang sie breit grinsend die Arme um sie. »Herzlichen Glückwunsch, Honey.«

»Vielen Dank«, sagte Lark. »Ihr seht einfach toll aus«, fuhr sie dann fort, als sie sah, dass Tammy und Linda sich eindeutig aufeinander abgestimmt hatten. »Koordiniert ihr eure Kleidung immer, oder war das nur für meine Vernissage?«

»Wir passen so gut zusammen, das ist kaum auszuhalten.« Die Frauen wechselten einen Blick.

»Eigentlich …«, begann Linda.

»Wir sind jetzt ein Paar!« Tammy schrie halb.

»Geht's vielleicht noch ein bisschen lauter, Babe?« Linda verschränkte ihre Finger mit denen von Tammy. »Ich glaube nicht, dass sie dich in Hoboken hören konnten.«

»O mein Gott«, rief Lark. »Ich freue mich so für euch.«

»Wo sind Julia und Mike hin?« Linda musterte die Gästeschar.

Larks Herz begann heftig zu pochen. »Julia Hoffman ist mit euch gekommen?«

»Ja, allerdings«, berichtete Tammy. »Und dieser Mike, mit dem sie jetzt zusammen ist.«

»Julia und Mike?«, fragte Lark. »Mann, ich bin überhaupt nicht auf dem Laufenden.«

»Ja, in der Tat«, sagte Tammy. »Sie sind zusammen seit … seit wir diesen Ausflug nach Baltimore gemacht haben, nicht wahr?«

»Ich bin mir ziemlich sicher, dass es da passiert ist«, stimmte Linda zu.

In diesem Moment hatte das besagte Paar seinen großen Auftritt.

Lark umarmte beide und zwang sich, Julia *nicht* nach Nick zu fragen, in der Hoffnung, dass diese sowieso ganz von allein auf ihn zu sprechen kommen würde. Und tatsächlich …

»Nick tut es so leid, dass er nicht kommen konnte«, sagte Julia. »Er schuftet wie ein Verrückter.«

»Immer noch für das KI-Start-up?«, fragte Lark.

Julia runzelte die Stirn. »Um Himmels willen, nein. Er und Mr. Fantastic sind vor sechs Monaten getrennte Wege gegangen.« Sie nahm ein Glas Champagner von Mike entgegen. »Er gehört jetzt zu einem Team, das KI-basierte immersive Ausstellungen entwickelt. Sie arbeiten gerade an einem neuen Programm mit der Met und – oh, da ist er ja!«

Julia blickte über Larks Schulter.

Lark stellten sich die Haare im Nacken auf, sie bekam Gänsehaut auf Armen und Bauch. Die Luft um sie herum schien dicker zu werden und sich zu weigern, in ihre Lunge zu gelangen.

Dreh dich um. Dreh dich einfach um.

Als sie das tat, blieb Nick stehen, ein Hitzeblitz leuchtete in seinen Augen auf und erlosch dann schnell wieder.

Er sah nicht so gut aus, wie sie ihn in Erinnerung hatte. Nein, jetzt war er einfach umwerfend schön. Er hatte sich die Haare wachsen lassen, so lang, dass die Spitzen von der Sonne gebleicht waren und bis auf sein Schlüsselbein reichten. Er war eindeutig viel an der frischen Luft gewesen, was der bräunliche Schimmer seines Teints bewies. Ob er zudem mehr Zeit im Fitnessstudio verbracht hatte oder ob es an ihrer Sehnsucht lag – der Effekt war derselbe. Seine Arme zeigten ausgeprägte Muskeln und Adern. Seine Haltung war lässig und selbstbewusst – die Beine leicht gespreizt, die Hände locker an den Seiten stand er da.

Dann lächelte er, dasselbe schiefe Grinsen, das ihr schon vor einem Jahr den Verstand geraubt hatte.

»Hallo, du.« Seine weiche, tiefe Stimme hing in der Luft zwischen ihnen, und Lark spürte seine Präsenz so sehr, als presste er sich an ihren Rücken und streifte mit den Lippen ihr Ohr.

»Hey«, sagte sie.

»Heilige Scheiße! Sieh nur, wer da ist.« Tammy und Linda traten vor, umarmten ihn und küssten ihn auf die Wange.

»Na, das ist ja fast ein Klassentreffen.« Tammy nippte an ihrem Champagner.

»Nur ist die Kunst diesmal wesentlich besser«, rief Linda.

»Das würde ich nicht unbedingt sagen«, meinte Nick.

»Ich schon«, lachte Tammy. »Wir waren furchtbar.«

»Abgesehen von Lark«, fügte Linda hinzu und gestikulierte durch den Raum. »Deine Bilder – sie sind fantastisch.«

»Danke«, sagte Lark. »Ich hatte großes Glück, dass ich Sandra gefunden habe.«

»Oder andersherum.«

Bildete sie sich das nur ein, oder war sein Blick weiter nach unten zu ihren Brüsten gewandert? Da das Kleid rückenfrei war, trug sie keinen BH, aber er konnte doch keinesfalls sehen, dass sich zwei ihrer fünf Piercings dort befanden, oder doch?

»Sollen wir uns mal umsehen, bevor alles verkauft ist?«, schlug Tammy vor. »Wir haben noch so viele leere Wände.«

»Wir haben nämlich gerade ein Haus gekauft«, erläuterte Linda.

»Ich bin auch auf der Suche nach neuen Stücken«, sagte Julia.

»Ich weiß nicht, wo du sie aufhängen willst«, stichelte Mike.

»Mach dir darüber keine Gedanken«, sagte Julia. »Hilf mir lieber beim Aussuchen.«

Nick schüttelte den Kopf, als sie gegangen waren. »Das war überhaupt nicht offensichtlich.«

»Kein bisschen«, stimmte Lark zu.

»Wie geht es dir?« Wie zuvor fühlte sie sich durch die Intensität seines Blicks entblößt. Verletzlich. Als ob es keine Rolle spielte, was sie antwortete, weil er die Wahrheit sowieso erfahren würde.

»Mir geht es gut. Und dir?«

»Gut«, meinte er. »Wirklich gut.«

»Das ist gut«, erwiderte sie.

»Ja«, stimmte er zu. »Wirklich gut.«

»Das sagtest du bereits.«

»Ja?«

»Ja.«

Einige angespannte Sekunden lang beobachteten sie die anderen Gäste, bevor sie sich wieder einander zuwandten und gleichzeitig losredeten.

»Du hast dir die Haare geschnitten.«

»Du hast dir die Haare wachsen lassen.«

Sie lachten beide verlegen.

»Ist es seltsam, dass ich hier bin?«, fragte Nick. »Denn wenn es komisch für dich ist …«

»Nein«, antwortete sie viel zu schnell. »Ich wollte dich eigentlich einladen, aber dann fand *ich* es komisch, also habe ich es nicht getan. Was superunhöflich war.«

»Ich habe dich auch nicht zu meiner Ausstellung eingeladen«, entgegnete er. »Also …«

»Das ist so verfickt unhöflich«, neckte sie.

Er hob eine dunkle Braue. »Du benutzt das Wort *ficken?*«

Lark verschränkte die Arme unter ihren Brüsten. »Das habe ich auch früher getan.«

Sein schiefes Grinsen kehrte zurück. »Ich erinnere mich.«

Und sie sich plötzlich auch.

Bitte fick mich, Nick.

Nick beugte sich so weit vor, dass sein Atem sie an ihrem Ohr kitzelte. »Vorsicht, sonst weiß gleich jeder, dass du neuen Schmuck hast.«

Lark blickte nach unten und stellte fest, dass sich ihre Brustwarzen verhärtet hatten und die Perlen auf beiden Seiten ihrer Piercingstäbe gegen den Stoff ihres Oberteils drückten. Schnell verschränkte sie die Arme, ihre Wangen brannten.

»Ich nehme nicht an, dass du sie mir zeigen würdest, um der alten Zeiten willen?«

»Ich nehme an, das würde ich nicht«, sagte sie.

»Nicht einmal, wenn ich dich, wenn deine Vernissage vorbei ist, in meine Ausstellung schmuggele?«, fragte er.

»Kommt drauf an«, antwortete sie. »Ist sie in der Met?«

»Nein«, sagte er. »Traurigerweise nicht. Aber nur etwa sechs Blocks von hier entfernt. Das schaffen wir leicht zu Fuß.«

Lark sah ihn an, und es war, als wären sie nie getrennt gewesen. »In Ordnung«, sagte sie. »Ich bin dabei.«

Fünfzehn

Manhattan bei Nacht.

Das war einer von Nicks liebsten Orten auf der ganzen Welt.

Das Lichtermeer. Schimmernde Wolkenkratzer. Züge. Bürgersteige. Neon. Straßenkünstler. Menschen, die aus Bars strömten. Das Pulsieren und Summen. Mit Lark an seiner Seite durch die Stadt zu gehen, gab ihm ein Gefühl der Lebendigkeit, wie er sie zuletzt mit ihr in seinen Armen erlebt hatte.

Und wie sehr sie sich seither verändert hatte.

Die Art, wie sie sich kleidete, wie sie sprach – sogar, wie sie die Straße entlangging. Sie war selbstbewusster. Selbstsicherer. Sogar fast ein wenig … gefährlich. Was sich nicht geändert hatte, waren seine Gefühle für sie.

In der Sekunde, in der sie sich in die Augen gesehen hatten, war die Sehnsucht des vergangenen Jahres wie ein Güterzug durch ihn hindurchgerast und hatte die Illusion, dass ein Leben ohne sie in Ordnung wäre, zerschmettert.

»Lebst du gern in New York?«, fragte er, als er das Schweigen zwischen ihnen nicht länger ertragen konnte.

»Woher weißt du, dass ich hier lebe?«

»Es stand auf deiner Über-die-Künstlerin-Tafel.«

»Ein Profi.« Sie sah zu ihm auf. »Die liest sonst nie jemand.«

Nick ertappte sich dabei, wie er immer wieder den Gang verlangsamte, um einen Schritt hinter ihr zu gehen, damit er ihren nackten Rücken bewundern konnte. Und natürlich kam ihm das, was er vorne unter dem Stoff gesehen hatte, immer wieder in den Sinn. Lark Hockney, tätowiert *und* mit gepiercten Brustwarzen? War dies das Werk grausamer Trickster-Götter, die ihn um den Verstand bringen wollten?

»Hier rechts«, sagte er.

Als sie um die Ecke bogen, kam das quadratische vierstöckige Gebäude in Sicht. Nick schloss die Seitentür auf, dann stiegen sie zwei Treppen hinauf.

Er hatte einen für Manhattan erschwinglichen Raum an einer belebten Straßenecke gemietet, mit lediglich zwei großen Fenstern auf beiden Seiten, die abgedeckt werden mussten. Die Wände waren strahlend weiß gestrichen. In der Mitte befand sich eine leere Fläche, die darauf wartete, dass seine immersive Ausstellung fertiggestellt wurde.

Als sie durch die Tür traten, schlang Lark die Arme um ihre Mitte, wanderte in dem riesigen Raum umher und starrte auf die leeren Wände.

»Ich finde es toll, was du aus diesem Ort gemacht hast«, sagte sie. »Ich bin ein Riesenfan von Minimalismus.«

»Alle Beweise sprechen dagegen.«

Nick holte seinen Laptop aus der Umhängetasche und schloss ihn an der Dockingstation an, die mit riesigen Projektoren an der Decke verbunden war. Dann durchwühlte er eine der großen Aufbewahrungsboxen, die er speziell für diesen Zweck mitgebracht hatte, und nahm einen Schlafsack und zwei Kissen heraus. Er rollte alles in der Mitte aus und bat sie, es sich bequem zu machen.

Lark zog ihre hochhackigen Schuhe aus, woraufhin sie zwar einige Zentimeter an Höhe verlor, aber nicht ein Jota an Präsenz.

»Bereit?«, fragte er.

»So bereit, wie es nur geht.«

Nick schaltete das Licht aus und drückte auf *Play,* dann streckte er sich neben ihr aus.

Die Projektoren flackerten auf, die gesamte Decke und die vier Wände waren mit wirbelnden grauen Leerräumen bedeckt. Die Farbe vertiefte sich in Mustern um den Raum herum, bewegte und dehnte sich, rollte wie Wolken. Langsam erschienen dunklere graue Linien, die sich vervielfachten, bis klar wurde, dass es sich um Bleistiftlinien handelte.

Bleistiftlinien von *Lark.* Langsam fügten sie sich zu der Zeichnung zusammen, die er an ihrem ersten Abend in der Klasse aus dem Papierkorb gefischt hatte. Mit einem leisen Keuchen wurde ihr klar, was sie da sah.

»Wie hast du …«

Doch die Linien hatten sich bereits verändert. Sie verdichteten sich, verdunkelten sich, verwoben sich zu einer Kohlezeichnung eines Schiffes, das durch stürmische Gewässer glitt. Die Wolken darüber erwachten zum Leben und krochen über den Himmel, während das Schiff in die Wellen ein- und wieder auftauchte. Langsam färbte sich das Meer von Grau zu Blau, verschmolz mit der Präsentation, die er damals für die Einheit über Farbtheorie vorbereitet hatte, gefolgt von der improvisierten Präsentation über die Farbe Grau. Das Bild des Mondes schwebte über ihnen und um sie herum, die Krater verdunkelten sich, wurden golden, bis sie sich in das Gemälde verwandelten, das sie für die Farblektion gemalt hatte. Und dann verschmolzen die Farben zur Skizze eines Teiches an einem Sommertag. Ein großer Mann mit lockigem Haar stand am Ufer, während ein langhaariger Junge an dem Seil schwang, sein Haar flatterte hinter ihm her wie ein Komet.

Aus den Weidenwedeln hüpfte ein Mädchen in einem weißen Sommerkleid, ihr Pferdeschwanz tanzte, als sie die Plattform erklomm, das Seil ergriff und hinter ihm hersprang. Sie und der

Junge schwangen zusammen, während der Mann am Ufer durchsichtig wurde und verschwand.

Die leuchtend gelbe Sonne schrumpfte und veränderte sich, bis sie sich in eine helläugige Wiesenlerche verwandelte, die in den Himmel aufstieg, wo sie sich einem riesigen Schwarm anschloss, der herumwirbelte und auf und ab tauchte, bevor er im Blau verschwand.

Sie lagen Seite an Seite auf dem Rücken, während die Show in einer Schleife wieder von vorne begann. Nick wandte Lark das Gesicht zu.

An ihren Augenwinkeln entdeckte er schimmernde Spuren, die die Farben der Projektion aufnahmen. »Das war …« Sie zögerte. »Total unfair.«

»Unfair?« Lachend rollte Nick sich auf die Seite. »Inwiefern?«

»Ich habe dir ein lausiges kleines Gemälde gegeben, und du machst daraus eine fantastische immersive Ausstellung? Wie könnte das auch nur annähernd in Ordnung sein?«

»Das war wahrscheinlich um einiges leichter, ehrlich gesagt«, sagte er. »Es ist genau das, was die Firma, die ich nach der Trennung von Marshall gegründet habe, anbietet.«

»Das hat Julia erwähnt.« Lark schenkte ihm ein Lächeln.

»Natürlich hat sie das.«

»Das muss sehr intensiv gewesen sein.« Eine Einladung, ihr mehr zu erzählen.

»Das war es.« Nick stützte sich auf die Ellbogen. »Vor allem, als ich bei dem Meeting auftauchte, das Marshall mit der Venture-Capital-Crew angesetzt hatte, und eine ganz andere Idee gepitcht habe als die, die wir besprochen hatten.«

Ihre Augen weiteten sich. »Das hast du nicht.«

»Doch, habe ich. Und wie sich herausstellte, gefiel sie ihnen sogar noch besser.«

»Irgendwie bin ich nicht überrascht.« Das Sonnengelb vertiefte sich gerade und vergoldete ihre Gesichtszüge. »Wie genau funktioniert es?«

»Es ist eine technische KI, die ich nur mit meiner eigenen Kunst als Referenzmaterial trainiert habe, und sie benutzt Originalinhalte und erstellt 3D-Bilder, die dann für maßgeschneiderte immersive Ausstellungen verwendet werden können.«

»Ungefähr so, wie du es für mich im Unterricht gemacht hast?« Lark hob eine Augenbraue.

»So in etwa. Aber wir arbeiten auch eng mit Psychologen zusammen, die virtuelle Realität als Heilmethode einsetzen.«

»So wie bei unserem Date in der Spielhalle?«

Er hatte komplett vergessen, wie messerscharf ihr Verstand war. Wie leicht ihr Logiksprünge gelangen, die ihn ganz schwindelig machten. Nick räusperte sich und spürte, wie sein Nacken heiß wurde. »Mehr oder weniger.«

»Und das Programm erlaubt es einem, digitale Kunst und Scans zweidimensionaler Medien wie meine Bleistiftskizzen und Kohlezeichnungen miteinander zu mischen?«, fragte sie.

»Ganz genau.«

Ihr nachdenklicher Blick passte genau zu dem sich vertiefenden Violett, das auf ihre Gesichtszüge fiel. »Darum ging es also bei den Kohlezeichnungen, oder? Und Gouachebildern. Und so ziemlich allen Aufgaben, die du uns in der Klasse gestellt hast. Es waren Medien, die nicht perfekt sein konnten.«

Nick räusperte sich. »Vielleicht«, räumte er ein.

Lark setzte sich auf und fuhr sich mit der Hand durch die wilden Strähnen ihres dunklen Haares. Als sie sich umdrehte, um ihn anzusehen, glänzten Tränen in ihren Augen. »Wie konnte ich vor all den Jahren in Mrs. Keils Kunstunterricht sitzen und nicht wissen, dass drei Meter von mir entfernt der Mensch war, der eines Tages die Farbe in meiner Welt werden würde?«

Nick setzte sich auf und strich ihr eine Träne von der Wange. »Das Problem ist: Da ich von einer Mutter erzogen wurde, die mich immer ermutigt hat, mit meinen Gefühlen in Kontakt zu sein, gehöre ich nicht zu den Männern, die *nicht* weinen. Wenn du also anfängst, fange ich auch an, und dann wird es nur immer seltsamer werden.«

Lark zeichnete sein Kinn mit den Fingerspitzen nach. »Ich mag es seltsam«, sagte sie.

»Dann hast du weise gewählt.«

Lange sahen sie sich einfach nur an.

»Ich dachte, ich würde dich nie wiedersehen«, sagte Nick.

»Du hättest mich auf alle Fälle wiedergesehen. Genauso, wie ich auf alle Fälle in dein Klassenzimmer kommen und dein Leben total vermasseln musste.«

»Soll das ein Witz sein?« Nick schnaubte. »Ohne dich gäbe es das alles nicht.« Er deutete in den Raum. »Ganz zu schweigen davon, dass ich mich wahrscheinlich immer noch mit Marshalls Blödsinn rumschlagen würde.«

»Wie das?«, fragte sie.

Es hatte noch fast ein ganzes Jahr gedauert, dann war ihm klar geworden, dass sie recht gehabt hatte. Woraufhin er Marshall bat, sich zu verpissen. »Ich habe meine Teenagerjahre damit verbracht, alles das zu verkörpern, was mein Vater nicht war. Dann habe ich meine frühen Zwanziger damit verbracht, all das zu verkörpern, was Marshall war. Irgendwie hatte ich vergessen, dass *ich* auch existiere.«

Larks Lippen zuckten. »Du kannst das mit dem Philosophie-Gerede jetzt lassen …«

Auch da hatte sie recht. »Ich will nur sagen, dass du das warst, was *ich* wollte. Bei dir ging es zum ersten Mal nicht darum, vor meiner Kindheit wegzulaufen oder die Leute zu beeindrucken, die in Marshalls gesellschaftlichen Kreisen verkehrten. Aber als ich dich nicht haben konnte, musste ich herausfinden, worauf ich mein Leben sonst noch aufbauen kann. Für mich ist es das hier.« Er deutete auf die Bilder, die sich immer noch um sie herum entfalteten.

»Und was wirst du jetzt tun?«, fragte sie.

»Was meinst du?«

Lark verschränkte ihre Finger mit seinen. »Jetzt, wo du beides haben kannst?«

Wie hypnotisiert ließ sich Nick Zeit, eine Antwort zu finden. »Meinem Glücksstern danken?«

*

Die Zeit schien stillzustehen, als Lark sich vorbeugte und ihre Lippen auf seine presste. Mit dieser einen schlichten Geste war ein ganzes Jahr der Trennung ausgelöscht, vergangen, so, als hätte es sie nie gegeben.

Nick wich etwas zurück, bevor die Leidenschaft ihm jede Vernunft rauben konnte. »Ich habe dir meine Ausstellung gezeigt.«

Sie verzog ihre Lippen zu einem verführerischen Lächeln. »Ein Deal ist ein Deal.«

Sie nahm seine Hand, führte sie zu ihrer Brust und dirigierte seine Fingerspitzen über die verhärtete Knospe und die kleinen Metallkugeln an beiden Seiten.

»Oh, Baby«, sagte Nick. »Ich habe das Gefühl, dass ich damit viel Spaß haben werde.«

Sie hob eine Augenbraue. »Warte, bis du ihre Freunde findest.«

Nick zögerte und löste dann die Träger ihres Neckholderkleids. Lark ließ es nicht einfach hinabgleiten, sondern bewegte sich schlangengleich, um ihn zu reizen. Als er das erste Aufblitzen von Metall sah, war er bereits steinhart.

»Komm her.«

Lark quietschte, als er sie auf seinen Schoß zog. Ihre Körper trafen aufeinander, ihre Lippen und Hände vereinigten sich. Zungen und Zähne. Die Tränen auf ihren Wangen vermischten sich mit der Wärme seiner Haut, als sie sich, ganz und gar entrückt, küssten.

Wie die Kunst, die sie beide liebten, ließ Lark in seinem Kopf Farben aufleuchten – erinnerte und erfundene. Er würde das Gefühl ihrer Zunge in dekadentem Scharlachrot und rauchigem Umbra malen. Ihr gemeinsames Verlangen brannte aschweiß und grau. Ihr wachsendes Bedürfnis loderte in einem Grün, üppiger als jeder Frühling.

Die banalen Probleme mit Knöpfen und Gürtel waren schnell gelöst. In diesem Moment interessierte sich Nick nicht länger für seine Vergangenheit – seine Verluste, Misserfolge oder Fehler –, sondern lediglich für die Spannweite seiner Handflächen, die er ihren Brustkorb hinaufgleiten ließ, um ihre Brüste zu umfassen. Für die Länge seiner Arme, als er ihre Hände über dem Kopf festhielt. Für seine Schenkel, mit denen er ihre auseinanderdrückte. Für den exquisiten Frieden, den er fühlte, als sie die Beine um seine Taille schlang. Sie blickten sich in die Augen, als er in sie eindrang, und keiner sah weg. Er nahm sie wie ein ausgehungerter Mann.

Ihre Körper waren ein Wirrwarr aus Gliedmaßen, glatt vor Schweiß. Lark ließ die Finger über seine Brust wandern, über sein Herz, das nur ihr gehörte. Gemeinsam bewegten sie sich in unordentlicher, schöner, unvollkommener Harmonie, ihre Leidenschaft brannte heller und heißer als die lange Sommernacht.

Lark legte ihre Stirn an die von Nick und sah ihm in die Augen, während die Farben der Projektoren ihre nackte, fiebrige Haut überzogen. »Ist dir klar, was jetzt passieren wird?«, fragte sie.

»Was?«

Lark lächelte, ein strahlender Ausdruck lag auf ihrem Gesicht, als die Lichter es scharlachrot färbten. »Wir werden jetzt die verlorene Zeit aufholen.«

»Ich hatte gehofft, dass du das sagen würdest.«

* * * * *